Heidelberger Gold

Hannah Corvey wurde in einem kleinen Ort an der Mosel geboren. Sie studierte Anglistik und Französische Philologie in Trier, absolvierte ein Verlagsvolontariat und promovierte anschließend in Sprach- und Übersetzungswissenschaft. Nach Stationen in Nancy, Frankfurt und München lebt und arbeitet sie seit 2001 in Heidelberg.

HANNAH CORVEY

Heidelberger Gold

DER BADISCHE KRIMI

emons:

Bibliografische Information der Deutschen Nationalbibliothek
Die Deutsche Nationalbibliothek verzeichnet diese Publikation in der Deutschen Nationalbibliografie; detaillierte bibliografische Daten sind im Internet über http://dnb.d-nb.de abrufbar.

FSC www.fsc.org
MIX
Papier aus verantwortungsvollen Quellen
FSC® C083411

Umschlagmotiv: photocase.com/Christopher
Umschlaggestaltung: Tobias Doetsch
Gestaltung Innenteil: César Satz & Grafik GmbH, Köln
Lektorat: Susann Säuberlich, Neubiberg
Druck und Bindung: CPI – Clausen & Bosse, Leck
Printed in Germany 2014
ISBN 978-3-95451-570-7
Der Badische Krimi
Originalausgabe

Dieser Roman wurde vermittelt durch die
Literarische Agentur Kossack, Hamburg.

EINS

»Wer putzt eigentlich später die Sauerei hier weg?« Der Streifenbeamte machte einen großen Schritt über die angetrocknete Blutlache. Klara Haag warf ihm einen strafenden Blick zu. Sie betrachtete die Szene, die sich ihr bot, und versuchte wie immer, sich jedes Detail einzuprägen. Mittlerweile war sie geübt darin.

Auf den teuren Marmorfliesen vor ihr lag der verdrehte Körper von Martin Kaltenbacher. Messerstiche bedeckten seine Brust, der Mund war leicht geöffnet, das Rinnsal Blut, das seitlich am Kinn verlief, war dunkelrot, fast schwarz. Das Gesicht des Toten war verzerrt, seine Augen leer und gebrochen, die Augäpfel schimmerten bräunlich, die typische Verfärbung der *tache noire*, die ein paar Stunden nach dem Tod eintritt. Das matte Grün der Iris hob sich merkwürdig hell von dem dunkleren Hintergrund ab und erinnerte Klara an ein versumpftes Gewässer auf einer trüben Lichtung. Dieses Gesicht hatte so wenig mit den Gesichtern gemein, die man im alltäglichen Leben sah. Es war kein Gesicht mehr, es war irgendetwas. Über den Hals verlief waagerecht ein langer Schnitt, der Knorpel des Kehlkopfs schien weiß hervor. An dem dunkelblonden vollen Haar des Opfers klebte Blut, die muskulösen Arme lagen schlaff links und rechts des Oberkörpers, neben dem Ermordeten stand sein Carbon-Rollstuhl.

Klaras Blick blieb an ihm haften, ein leichtes, teures Sportgerät, »Rollstuhl« war eigentlich das falsche Wort. Die Augen der Kriminalhauptkommissarin schweiften weiter durch den Raum, an einer der weiß gestrichenen Wände zeichneten sich Blutspritzer ab, Indizien roher Gewalt. Die Tatwaffe war bislang nicht gefunden worden.

Klara Haag hatte im Laufe der Jahre gelernt, den Körper eines Toten nur noch als ein Objekt zu sehen, als die viel zitierte »leere Hülle«, die ehemalige Wohnung des Menschen, aus der er jetzt ausgezogen war. Zwangsräumung sozusagen. Sie konnte die Toten nicht mehr lebendig machen, aber sie konnte ihnen etwas von ihrer Würde zurückgeben, indem sie den Täter fand. Und etwas in ihr brannte dafür, einen Menschen, der das Leben eines anderen beendet hatte, zur Verantwortung zu ziehen; es war ihr unermüdlicher Antrieb, der Täter musste die Schuld annehmen und die Konsequenzen tragen. Frei laufende Mörder störten Klaras Weltgefüge auf eine ganz empfindliche Art und Weise. Menschen, die glaubten, sich über alles hinwegsetzen zu können, machten sie krank. Sie war eine Jägerin – und sie war eine gute.

Die Ermittlerin nahm den eisenhaltigen Geruch des getrockneten Blutes wahr, dazu einen Hauch Rasierwasser, der in der Kleidung des Toten hing. Sie strich sich eine dunkelbraune Haarsträhne aus dem Gesicht und ließ ihren Blick erneut durch den offenen, mit Designerstücken möblierten Wohnraum streifen, dann sah sie ihren Kollegen an.

»Herr Kaltenbacher war offenbar ziemlich wohlhabend, wurde etwas gestohlen?«

Hauptkommissar Sebastian Langer neigte leicht den Kopf zur Seite. »Wissen wir noch nicht, die Kollegen sind dran. Patrick hat mir außerdem eben die Daten zu Kaltenbachers Angehörigen durchgegeben. In dieser Wohnung hier lebte er aber allein.«

Klara ließ die Szene weiter auf sich wirken und hob unwillkürlich ihr Kinn etwas höher, wie um Witterung aufzunehmen. Das alles sah eher nach einer Tat im Affekt aus als nach der eines überraschten Einbrechers, aber sie hielt sich mit Vermutungen zurück. Zu oft schon hatte sie die Erfahrung gemacht, dass die Dinge anders waren, als sie schienen. Ist überhaupt irgendetwas, wie es scheint?

Die Männer der Spurensicherung arbeiteten konzentriert in der geräumigen Loft-Wohnung. Tatortarbeit, eine Wissenschaft für sich. Aber in ihren weißen Anzügen erinnerten sie Klara Haag an die Schlümpfe, der Gedanke kam ihr jedes Mal. Einen Moment lang dachte sie an ihre kleine Tochter – Josephine spielte vielleicht gerade mit Schlumpf-Figuren im Kindergarten. Ein kurzes, kaum sichtbares Lächeln huschte über Klaras Gesicht, sie liebte dieses Kind mehr als ihr Leben.

Ihr Blick ging noch einmal durch den Raum, dann wandte sie sich wieder an ihren Kollegen: »Die Putzfrau hat die Leiche gefunden?«

»Ja, Marika aus Georgien, Studentin, putzt seit anderthalb Jahren hier. Sie steht unter Schock.«

Klara Haag ging hinüber zu der fülligen jungen Frau mit dem langen dunklen Haar, die zusammengesunken auf der Couch saß, ihre Augen und ihre Nase waren gerötet. Klara sah das Zittern ihrer Hände, die sich um ein zerknülltes Papiertaschentuch krampften. Sie setzte sich neben die junge Georgierin, ihr fiel auf, wie aufreizend sie gekleidet war. Stämmige Schenkel ragten aus einem kurzen schwarzen Rock, bevor sie kurz unterhalb des Knies wieder gnädig von dunkelroten hochhackigen Kunstlederstiefeln bedeckt wurden. Marikas Dekolleté war beachtlich, kam man so zum Putzen? Sie nestelte ein neues Papiertaschentuch aus ihrer billigen Handtasche und schnäuzte sich.

»Marika, mein Name ist Klara Haag, ich ermittle in dem Fall.« Marika sah die Kommissarin aus traurigen braunen Augen an. »Seit wann putzen Sie schon hier bei Herrn Kaltenbacher?«

»Seit vorletztem Jahr. Ich habe einen Wohnungsschlüssel, Martin ist ja sonst immer bei der Arbeit, wenn ich komme.«

»Martin?«

»Ja, wir sagen Du, schon von Anfang an. Ist einfacher.«

»Und heute Morgen kamen Sie hierher wie immer und fanden Herrn Kaltenbacher tot vor?«

»Ja, ich habe einen furchtbaren Schreck bekommen, das ganze Blut.« Marika hielt sich die Hände vor die Augen und presste unter Tränen hervor: »Wer tut so was? Martin war so ein netter Mann.«

Klara fragte sich, ob Marikas Dienste über das Putzen hinausgegangen waren. »Kannten Sie Herrn Kaltenbacher denn auch … privat?«

Mit einem fragenden Gesichtsausdruck sah Marika auf. »Wie … privat? Ich putze hier.«

»Putzen Sie noch bei anderen Leuten?«

»Ja, bei zwei oder drei. Ist das verboten? Ich muss arbeiten, sonst kann ich nicht hier studieren.« Marikas Stimme klang ängstlich.

»Nein, das ist nicht verboten. Ist Ihnen in der Wohnung etwas aufgefallen? Fehlt irgendetwas, oder haben Sie etwas Ungewöhnliches bemerkt?«

Marika zögerte. »Weiß nicht …« Ihr Blick war wieder auf den Boden geheftet, sie tat Klara leid, so unbeholfen, ängstlich, entsetzt über das Gesehene.

»Marika, kennen Sie Menschen aus Herrn Kaltenbachers Umfeld, Freunde, Familie? … Hatte er eine Partnerin, eine Geliebte?«

Die Befragte dachte ein paar Sekunden nach, dann sagte sie mit leiser, kindlicher Stimme: »Weiß nicht …«

»War die Eingangstür abgeschlossen, als Sie heute Morgen kamen?«

»Nein, nicht abgeschlossen, ich musste den Schlüssel nur einstecken und aufmachen. Aber das war eigentlich immer so, Martin zog die Tür nur zu, wenn er freitagmorgens zur Arbeit fuhr, er wusste ja, dass ich komme.«

»Haben Sie irgendetwas verändert in der Wohnung? Fenster geöffnet, geschlossen, etwas weggeräumt?«

»Nein, ich habe sofort die Polizei gerufen.«

Klara legte Marika kurz ihre Hand auf den Unterarm. »Die Sanitäter kümmern sich um Sie.« Dann stand sie auf, um sich weiter in der Wohnung umzusehen. Sie warf einen Blick auf die Bücherregale, Klassiker der Weltliteratur, vielleicht etwas zu demonstrativ platziert. Zur Schau gestelltes Bildungsbürgertum. Die Gemälde an den Wänden waren teils geschmackvoll, teils Kitsch von Hobbykünstlern. Sie nahm eines ab und drehte es um. »Für meinen Martin, den besten XXX der Welt. In Liebe Cindy.« Dazu zwei mit rotem Filzstift gemalte Herzen. Wie schön, wenn die Dinge so einfach sind, dachte Klara.

Sie ging vom großzügigen Wohnbereich ins Schlafzimmer. Ein breites Bett mit bordeauxroter Satinbettwäsche dominierte den Raum, eine große Aktfotografie hing an der Wand gegenüber, sie zeigte eine junge Frau, die seitlich auf dem Schoß eines durchtrainierten Rollstuhlfahrers saß, ihr langes dunkles Haar floss hinunter bis zu ihren Hüften, ihr Gesicht war der Kamera zugewandt, sie lachte, sexy und unbeschwert.

Klara ging in das an das Schlafzimmer angrenzende Bad und öffnete den Spiegelschrank. Ein Lippenstift, ein Damenparfum, ansonsten nur Aftershave, Deo, Rasierer, Zahncreme – Männersachen. Wenn Martin Kaltenbacher eine feste Freundin hatte, so waren die im Bad sichtbaren Spuren sehr bescheiden, Lippenstift und Parfum schienen eher Hinterlassenschaften einer flüchtigen Geschichte zu sein. Oder Kaltenbachers Partnerschaft sollte den Charakter des Unverbindlichen behalten.

Klara fragte sich, warum sie beim Anblick der Leiche zuerst an eine Täterin gedacht hatte. Weil sich der Gedanke an eine Tat im Affekt aufdrängte? Aber Männer handelten auch im Affekt, Klara wusste das nur zu gut.

Sie ging zurück ins Schlafzimmer und öffnete die Schublade des kleinen Beistelltischs. Gleitcreme, Kondome, eine Lesebrille, eine Schachtel Tabletten – Viagra. Wie ist das eigentlich mit dem Sexualleben von Rollstuhlfahrern? Offenbar hatte Herr Kaltenbacher eines. Er war ein attraktiver Mann Mitte vierzig, und er war wohlhabend, warum sollte er keinen Erfolg bei Frauen haben?

Sebastian Langer kam ins Schlafzimmer. »Was gefunden?«

»Die üblichen Accessoires eines Mannes in den besten Jahren.« Klara wies auf den Inhalt der Schublade.

Sebastian grinste. »Na ja, warum soll er auch keinen Damenbesuch gehabt haben? Gut aussehend, trainiert, reich, da geht immer was.«

»Du musst es ja wissen.« Klara sah ihren Kollegen mit einem leicht spöttischen Lächeln an. Manchmal nannte sie ihn »Basti«, woraufhin er meist erwiderte: »Klara, bitte, ich bin kein Dackel.« Sie mochte ihn, und ab und zu spielte sie ein Spiel mit ihm. Sie wusste, dass er sich ärgerte, wenn sie mit ihm sprach, als wäre sie seine Aufpasserin, obwohl sie nur zwei Jahre älter war als er. Und es amüsierte sie, wenn sie die kritischen Stirnfalten im glatten, attraktiven Gesicht ihres Kollegen bemerkte. Er wirkte dann wie ein unwirscher Teenager, der endlich für voll genommen werden will. Klara zog ihn mitunter damit auf, dass sie ein paar Dienstjahre mehr Erfahrung hatte als er, Sebastian hatte zuerst Physik studiert und war dann auf Umwegen zur Polizei gekommen. Aber die Kommissarin fühlte sich in Wahrheit nicht überlegen, ganz und gar nicht, manchmal war eher das Gegenteil der Fall.

Gemeinsam gingen sie zurück ins Wohnzimmer. Martin Kaltenbachers Leiche wurde gerade in einen Zinksarg gelegt, den »Zinkpyjama«, wie die Kollegen in Österreich sagten, aber das machte die Sache vermutlich nicht besser. Klara musste unwillkürlich an die Frage des Polizeibeamten denken, wer die Sauerei wegputze. Marika wohl nicht. Der Deckel des Sargs wurde geschlossen, die nächste Adresse für Herrn Kaltenbacher war die Rechtsmedizin.

Ein Polizeibeamter nahm Marikas Kontaktdaten auf, Sebastian Langer sah aus dem Fenster der Parterrewohnung in den angrenzenden, gepflegten Garten.

»Was machte Martin Kaltenbacher beruflich?«

»Er war Inhaber einer gut gehenden Firma für Consulting und Projektentwicklung im Baubereich. Bei den Immobilienpreisen in Heidelberg bleibt da vermutlich ordentlich was hängen. Er leitete das Geschäft mit seinem Halbbruder zusammen, Thorsten Kaltenbacher.«

»Verheiratet?«

»Geschieden. Keine Kinder.«

»Ach. Und die Exfrau des Toten?«

»Eva Kaltenbacher, hat eine Modeboutique in der Innenstadt und ist ansonsten offenbar von Beruf Exgattin mit Apanage.«

Klara sah ihren Kollegen an. »Nun ja, es gibt schlimmere Schicksale. Hat schon jemand mit ihr gesprochen?«

»Soweit ich weiß, nicht, also lass uns hinfahren.«

Die beiden Hauptkommissare verließen Kaltenbachers Wohnung, überquerten die Straße und stiegen in ihren Dienstwagen. Sebastian Langer telefonierte kurz mit dem stellvertretenden Leiter des Kommissariats.

»Wir sind jetzt unterwegs zur Exfrau des Opfers … ja, okay … danach zum Halbbruder in die Firma, Pathologie kommt später, die können ja auch nicht hexen … ja klar, fahren wir später noch vorbei … okay, bis dann.« Sebastian beendete das Gespräch und sah seine Kollegin an. »Irgendjemand hat Herrn Kaltenbacher anscheinend wirklich nicht gemocht.«

»Oder nicht mehr«, murmelte Klara.

ZWEI

Sebastian Langer lenkte den Wagen die abschüssige Straße vom Haus des Opfers hinunter Richtung Neckar. Kaltenbacher wohnte in Ziegelhausen, einem äußeren Stadtteil Heidelbergs, der einen weitläufigen Hang bedeckte und neben einem älteren Ortskern nahe des Flussufers vor allem schmucke Ein- und Mehrfamilienhäuser mit Neckarblick zu bieten hatte. Klara sah aus dem Seitenfenster hinaus auf den Fluss, einen milden, gemächlichen Strom, zivilisiert, ohne große Eskapaden. Ein Fluss, der den Charakter der Menschen spiegelte, die hier lebten.

»Die Putzfrau tut mir leid.« Sebastians Stimme unterbrach die Stille.

Manchmal sprach er Klaras Gedanken aus. Sie war jetzt seit etwa einem Jahr mit ihm im Dienst. Nachdem sie ihn anfangs für einen grünen Jungen gehalten hatte, dessen überaus angenehme Stimme besser in einen Radiosender oder ein Fernsehstudio gepasst hätte, hatte sie mittlerweile seine Qualitäten als Ermittler schätzen gelernt. Sebastian sah gut aus, war freundlich, schien arglos und gutgläubig – und hatte es faustdick hinter den Ohren. Er fand sich in komplizierten Zusammenhängen zurecht wie ein Wolf in seinem Revier, hatte einen kühlen Verstand und für die Zwischentöne der Aussagen von Verdächtigen das absolute Gehör.

»Hm.« Klara band ihr dunkelbraunes Haar mit einer uneitlen Geste im Nacken zu einem Zopf. »Ist dir noch was am Fundort aufgefallen, irgendetwas in Kaltenbachers Wohnung?«

»Alles ziemlich aufgeräumt, im Schrank teure Garderobe, wenig wirklich Persönliches, keine Familienfotos, die Einrichtung merkwürdig gemischt, teils stilsicher, teils daneben, genauso wie die Bilder an den Wänden.«

Klara nickte. »Ich habe eines der Bilder umgedreht … offenbar ein Kunstwerk einer verflossenen Liebschaft.« Sie kräuselte kaum merklich ihre Oberlippe mit dem ausgeprägten Herzbogen. »Das hätte ich spätestens wieder abgehangen, nachdem die Sache vorbei war.«

Sebastian bog nach rechts ab und gelangte auf die Uferstraße, die stadteinwärts führte.

»Im Schlafzimmer über dem Stuhl hing ein teurer stahlblauer Damenmantel«, fuhr Klara fort. »Ich meine, einer von den richtig teuren, den man eigentlich nicht liegen lässt. Außer man tut es unfreiwillig, oder man weiß, dass man wiederkommt.« Klara dachte einen Moment nach. »Wissen wir, wie lange Kaltenbacher schon geschieden ist? Haben wir weitere Informationen zu seiner Exfrau?«

»Ich glaube nicht, Patrick hat mir nur Namen, Anschrift und Geschäftsadresse von Eva Kaltenbacher durchgegeben. Ihr Exmann war offenbar eine große Nummer im Immobiliengeschäft … In dem Business macht man sich vermutlich nicht nur Freunde.«

Rechts der schmalen Uferstraße lagen hinter hohen Zäunen und Mauern unbezahlbare Villen, historische Bauten in einem hervorragenden Zustand, die niemals verkauft, allenfalls vererbt wurden oder im Besitz finanzkräftiger Holdings waren. Sebastian bog nach weiteren zwei Kilometern links ab und überquerte eine der Neckarbrücken Richtung Innenstadt. Hier herrschte das bunte Treiben eines Freitagvormittags, das Durchschnittsalter der Menschen auf den Straßen und Plätzen war sensationell niedrig – Studenten, Mütter mit Säuglingen, Kindergartengruppen auf dem Weg zum nächsten Spielplatz. Dazwischen Unmengen von Radfahrern, von denen die meisten, dank des unermüdlichen Einsatzes der Kollegen von der Streife, an roten Ampeln anhielten, selbst wenn weit und breit kein Auto zu sehen war.

Sebastian parkte den Wagen nach einer kurzen Fahrt im Schritttempo durch die schmalen Gassen der Altstadt vor der Boutique »Chez Eva«. Klara hob die linke Augenbraue.

»›Chez Eva‹? Origineller Name.« Ihre Stimme hatte diesen leicht ironischen Unterton, den Sebastian nur zu gut kannte.

Der Laden befand sich im Erdgeschoss einer Gründerzeitvilla, eine Glocke läutete, als Sebastian und Klara eintraten. An einer der Kleiderstangen stand eine rothaarige Frau Anfang vierzig, ihr Gesicht war gebräunt, die Lippen hellrot geschminkt. Sie sah die beiden Eintretenden aus braunen lebhaften Augen an.

»Wunderschönen guten Morgen. Kann ich etwas für Sie tun?«, sagte sie lächelnd.

»Frau Kaltenbacher?«

»Ja?« Eva Kaltenbacher lächelte noch immer, das geübte Strahlen einer gut situierten, selbstbewussten Frau in der Blüte ihres Lebens.

»Mein Name ist Sebastian Langer, Kripo Heidelberg, das ist meine Kollegin Klara Haag.«

»Ja … und?« Eva Kaltenbachers Lächeln wurde unsicher, gefror, verkrampfte sich, machte einem fragenden, ängstlichen Ausdruck Platz. Sebastian ließ diesen Wechsel im Mienenspiel passieren; Todesnachrichten sind nicht übermäßig eilig, ein paar Sekunden früher oder später … der Tote bleibt tot bis in alle Ewigkeit.

Schließlich sagte er: »Ihr Exmann wurde heute Morgen in seiner Wohnung ermordet aufgefunden.«

Eva Kaltenbacher sah den Kripobeamten an, dann wechselte ihr Blick zu seiner Kollegin, sie schien nicht zu verstehen.

Klara beobachtete sie aufmerksam aus ihren sehr blauen Augen, sah die Veränderung ihres Gesichtsausdrucks, Unverständnis, Angst, Entsetzen, das typische Nicht-fassen-Können der Nachricht.

»Das ist nicht möglich. Ich habe gestern Abend noch mit ihm telefoniert …«

»Wann genau?«

»So gegen neunzehn Uhr …«

»War Ihr Exmann zu dem Zeitpunkt zu Hause? War er allein?«

»Ja, er sagte, er mache sich einen ruhigen Abend, er wolle lesen, Musik hören, nichts Besonderes … Es kann nicht sein, dass er nicht mehr lebt, Sie müssen sich irren, vielleicht liegt eine Verwechslung vor.« Eva Kaltenbacher wankte leicht, sie hielt sich an einer Kleiderstange fest, ihr gebräuntes Gesicht hatte seine Farbe verloren, wirkte fahl und alt.

Sebastian trat einen Schritt auf sie zu, hielt sie vorsichtig am Unterarm und lenkte sie zu dem Stuhl, der hinter dem barocken Sekretär stand. Sie taumelte auf den schmalen Sessel zu wie eine neunzigjährige Frau.

»Ermordet, sagten Sie?« Ihre Stimme war schwach und tonlos. »Hat er leiden müssen?«

Im Laufe ihres Berufslebens hatte Klara schon etliche Todesnachrichten überbracht, es war kaum zu glauben, aber man gewöhnte sich auch daran. Die Frage »Musste er leiden?« irritierte sie. Es ging nicht um ein eingeschläfertes Haustier, es ging um einen Mord.

Behutsam erwiderte sie: »Frau Kaltenbacher, es handelt sich um ein Gewaltverbrechen, Ihr Exmann wurde erstochen.«

Eva Kaltenbacher schien erneut nicht zu verstehen, ihre Augenbrauen zogen sich zusammen, ihre Stimme klang dünn. »Kann ich ihn noch einmal sehen? Ich muss ihm noch etwas sagen.«

Die beiden Hauptkommissare wechselten einen kurzen Blick. Sebastian räusperte sich.

»Martin Kaltenbacher wurde in die Rechtsmedizin verbracht, das ist üblich bei Opfern eines Tötungsdeliktes. Die Leiche wird dort zunächst obduziert und erst dann für die Bestattung freigegeben, gegebenenfalls wird sie vorher noch einmal aufbereitet.«

Klara verdrehte innerlich die Augen. Hatte Sebastian tatsächlich »aufbereitet« gesagt? Sie kannte diese Sprache bei ihm. Wenn ihm etwas naheging, rettete er sich in den formalisierten Jargon der Polizeilehrbücher – entemotionalisierte Sprache. Sie erinnerte sich an ihren ersten gemeinsamen Fall, sie hatten einem Vater mitteilen müssen, dass seine Tochter ermordet worden war. Der Mann hatte in seinem schreienden Schmerz immer mehr Details wissen wollen, und Sebastian hatte geklungen wie ein Roboter. Es war schrecklich gewesen, der Einstand in kaltem Wasser.

Sebastians Blick war auf Eva Kaltenbacher gerichtet, ihre Hand krampfte sich um die geschwungene Armlehne des dunkelrot gepolsterten Stuhls, ihr Oberkörper neigte sich nach vorn.

»Frau Kaltenbacher, sollen wir Ihnen einen Arzt rufen? Vielleicht wäre es besser, wenn sich jemand um Sie kümmert.«

»Nein, nein, es geht schon. Ich glaube, ich möchte jetzt allein sein.«

Klara sah in das fahle Gesicht der halb zusammengesunkenen Frau und gab ihrer Stimme einen sanften Ton. »Sicher. Vielleicht können Sie uns in den nächsten Tagen noch ein paar Fragen beantworten.«

Eva Kaltenbacher erhob sich mühsam. »Ja, natürlich. Warten

Sie, ich begleite Sie zur Tür.« Sie versuchte einen Schritt, aber ihre Beine gaben nach, sie sank mit einem jämmerlichen Laut zu Boden.

Sebastian zückte sein Handy und verständigte den Rettungsdienst. Gemeinsam mit Klara hob er Frau Kaltenbacher hoch und brachte sie auf den gepolsterten Stuhl zurück. Sie schluchzte nun haltlos. »Ich habe ihn doch so geliebt, wie kann er das tun? Wie kann er mich allein lassen?« Eva Kaltenbachers attraktives Gesicht hatte jegliche Fassung verloren, es glich einer verzerrten Maske, der schlanke, durchtrainierte Körper bebte.

»Frau Kaltenbacher, haben Sie einen Verdacht, wer das getan haben könnte?« Klaras Stimme war warm, sie wusste, dass Menschen in Ausnahmezuständen oft ehrlicher waren, oft Dinge sagten, die sie sonst nicht äußerten, ihre Verfassung bot keine Kapazitäten mehr, Lügen zu erfinden.

Eva Kaltenbacher schluchzte. »Nein.« Dann wurde ihr Ausdruck plötzlich hart. »Vielleicht eines seiner Betthäschen.«

Klara horchte auf. Der Begriff »Betthäschen« und die Messerstiche, das hemmungslose Töten, wollten nicht recht zusammenpassen. »Kannten Sie denn Herrn Kaltenbachers ... Geliebte?«

»Nein, aber das war alles nichts Ernstes. Ich war seine Frau, ich kannte ihn wie niemand sonst. Die ganzen flüchtigen Affären waren doch nichts, bedeuteten im Grunde gar nichts, es war Spielerei, Zeitvertreib.« Eva Kaltenbacher machte eine wegwerfende Bewegung mit der rechten Hand, an deren Ringfinger sie einen schmalen Goldring trug. Immer noch den Ehering?

»Darf ich Sie fragen, warum Sie keine Kinder haben?« Klara wusste selbst nicht genau, weshalb sie ausgerechnet diese Frage stellte, vielleicht war es einfach Neugier.

»Martin war seit seinem Unfall zeugungsunfähig. Eigentlich wollte er immer Kinder, aber nun war es eben so. Und adoptieren wollten wir nicht, außerdem liebten wir unsere Freiheit. Wir hatten alles, was man sich wünschen kann.«

»Warum haben Sie sich dann getrennt?« Klara nutzte die Gunst der Stunde, die angeschlagene Eva Kaltenbacher musste ein paar Dinge loswerden.

»Wir hatten ein gutes Leben. Reisen, Erfolg, Wohlstand,

gesellschaftliche Anerkennung. Martins Behinderung war für uns keine, er war voller Tatkraft, stand mitten im Leben, hatte Charisma, für mich war er ein wahnsinnig attraktiver Mann …«

Ein erneutes Schluchzen durchbebte Frau Kaltenbacher. Nach einer kurzen Pause sprach sie weiter. »Aber vielleicht waren wir zu satt und zu verwöhnt, und dann wollten wir immer noch mehr. Mehr Selbstverwirklichung, mehr ausgefallene Erlebnisse, Martin suchte nach immer neuen Kicks, immer neuer Selbstbestätigung, er war lebenshungrig und wurde schließlich gierig. Die Firma wuchs, Martin war zunehmend erfolgreich, er war oft auf Events und Veranstaltungen, knüpfte Kontakte. Und er hatte Angebote.«

Der letzte Satz kam mit einer tiefen Bitterkeit aus Eva Kaltenbachers Kehle. »Abends ging er nun oft allein aus, kam vom Geschäft gar nicht mehr nach Hause, sondern fuhr direkt von dort zu seinen … Abendterminen. Bei den ersten Affären habe ich noch weggesehen, aber irgendwann ging das nicht mehr.« Ihre Stimme brach erneut.

»Das kann ich gut verstehen«, murmelte Klara verständnisvoll. Frau Kaltenbacher sollte noch ein wenig weiterreden.

Nach einer kurzen Stille wischte Eva Kaltenbacher mit dem Handrücken über ihr verlaufenes Augen-Make-up und fuhr mit tonloser, leerer Stimme fort. »Ich habe gelitten wie ein Hund. Als er zum ersten Mal die ganze Nacht fortblieb, bin ich fast durchgedreht. Aber dann wusste ich, dass ich um unsere Ehe kämpfen wollte. Ich war entschlossen, Martin nicht kampflos aufzugeben … Bis ich einsah, dass es keinen Sinn hatte.« Die Frau senkte den Kopf. Einen Moment später fügte sie fast eilig hinzu: »Aber unsere Scheidung verlief einvernehmlich, wir hatten einen gemeinsamen Anwalt. Martin war sehr großzügig. Das war er immer.«

Vor der Tür fuhr der Wagen des Notarztes an.

Klara stellte eine letzte Frage: »Frau Kaltenbacher, haben Sie einen neuen Partner?«

»Ja, Matthias. Er ist ein ganz wundervoller Mann, wir sind wirklich glücklich.« Eva Kaltenbachers Gesicht hatte an Farbe zurückgewonnen – Reden beruhigt, Reden hilft. Der Notarzt trat ein, stellte ein paar Fragen, legte die Blutdruckmanschette an.

Die beiden Hauptkommissare verabschiedeten sich. »Wir melden uns in den nächsten Tagen wieder bei Ihnen.«

Sie traten aus dem Laden, zurück auf die belebte Straße, eine einfache Glastür trennte die anscheinend zerbrochene Welt einer verzweifelten Frau von dem alltäglichen munteren Treiben in der Fußgängerzone, Tod auf der einen, Belanglosigkeit auf der anderen Seite einer zwei Millimeter dünnen Scheibe.

Sebastian öffnete die Fahrertür des Dienstwagens und gab sein typisch lapidares »Tja …« von sich.

»Tja« konnte alles heißen, wurde meist aber innerhalb der nächsten Minuten weiter ausgeführt zu einer Analyse der Situation. Die Ermittler stiegen ein.

»Kannst du bitte die Adresse von Kaltenbachers Firma ins Navi eingeben?« Sebastian reichte Klara einen Zettel, die tippte Straße und Hausnummer ein, Sebastian parkte aus und fuhr los.

Der dezente Duft seines frisch gewaschenen Hemdes erreichte Klara. Ob seine Mutter ihm noch die Hemden bügelt?, dachte sie.

Draußen hatte es angefangen zu regnen, die monotone Bewegung der Scheibenwischer rührte in Klaras Gedanken, die für kurze Zeit abschweiften. Es war Freitag, heute am frühen Abend würde Jan ihre gemeinsame Tochter Josephine abholen, damit sie das Wochenende bei ihrem Vater verbringen konnte.

Klaras Blick wurde ein wenig wehmütig. Warum eigentlich war sie nicht mehr mit Jan zusammen? Ach ja, sie hatten keinen Sex mehr gehabt. War das eigentlich so schlimm? Klara sah jeden Tag in menschliche Abgründe, sah, wie Menschen Dinge taten, die ihnen niemand zugetraut hätte, sah Familien an Gräbern stehen, Leben zerrinnen, sah Schicksale, die jenseits des Erträglichen lagen. Warum konnte sie sich nicht zu Hause ein wenig heile Welt bewahren und einfach mit dem Vater ihrer Tochter zusammenbleiben, mit dem sie sich gut verstand, der ein liebenswerter Mensch war? Nur weil im Bett nichts mehr lief? Es erschien ihr manchmal fast lächerlich, egoistisch, unverantwortlich. Aber sie hatte es einfach nicht gekonnt, sie war noch zu jung, um mit einem Mann wie Bruder und Schwester zusammenzuleben, zu neugierig auf das, was noch kommen konnte.

Sie hatte sich in der Beziehung mit Jan am Ende wie scheintot gefühlt, eingetütet in ihre Alltagsrituale, froh über die getrennten Schlafzimmer und in Ermangelung echter Leidenschaft kleinlich werdend über Nichtigkeiten. Es war einfach nicht mehr gegangen.

Sebastians Handy klingelte, er nestelte es umständlich aus seiner Jackentasche. »Ja, hallo? … Ach, grüß dich, ja, äh, schön, dass du anrufst.«

Klara wusste, welche Art von Gespräch jetzt folgte, sie wusste nur nicht, ob am anderen Ende der Leitung Janine, Jessica oder Jennifer kicherte und säuselte. Wann würde Sebastian endlich erwachsen werden?

»Ja, du, ich würde mich auch freuen, wenn wir uns heute Abend sehen könnten, aber heute ist es leider ganz schlecht … nee, geht wirklich nicht. Ich melde mich in den nächsten Tagen wieder, okay?« Er beendete das Gespräch.

Klara sah ihn an. »Basti, such dir doch mal was Richtiges.«

»Wie, was Richtiges? Die sind alle richtig, genau richtig.« Er setzte einen trotzigen Gesichtsausdruck auf und beschleunigte den Wagen, die Fingerknöchel seiner rechten Hand schienen einen Moment heller auf, er umklammerte das Lenkrad. Dann beeilte er sich, das Thema zu wechseln. »Wie geht es Josi?«

»Gut.« Klaras Gesicht wurde weich. »Sie lernt gerade Fahrradfahren. Sitzt wie ein kleiner Bär ganz stolz auf ihrem Rädchen und dreht die ersten Runden.«

Sebastian sah zu seiner Kollegin hinüber und lächelte. Klara hatte ihre Tochter schon ein paar Mal mit ins Büro gebracht, Sebastian und die Kleine kannten sich. Er wusste, dass Josephine Klaras Zentrum war, ihr geliebtes Mädchen, ihr sehnlichst gewünschtes Kind. Ein Wildfang mit rotbraunem Haar, das ihr ungebändigt in die Stirn hing, und großen grüngrauen Augen.

Für Klara strahlte nichts auf der Welt so wie Josephine, sie war temperamentvoll und leidenschaftlich. Josephines Vater hatte Klara manchmal »die Frau mit den tausend Gesichtern« genannt, Josephine hatte etwas davon, sie war vielschichtig und unergründlich.

Sebastians Räuspern unterbrach die Stille, die für ein paar

Minuten im Wagen geherrscht hatte. »Was hältst du von Kaltenbacher?« Jetzt kam also die Analyse, die offenbar erst einmal mit einer allgemeinen Frage begann. Häufig war es so, dass sie nach einem dienstlichen Gespräch oder einer Befragung eine Weile abwarteten, bevor sie darüber sprachen. Wie um den Dingen Zeit zu geben, sich zu setzen.

»Keine Ahnung. Ich kenne ihn ja nur tot.« Eine typische Klara-Antwort. Sie beeilte sich hinzuzufügen: »Du meinst seine Frauengeschichten?«

»Ja, genau.«

»Na ja, er kann ja tun und lassen, was er will, und ein gewisser … Lebenshunger ist ja nicht verwerflich, im Gegenteil, vielleicht ist das in seiner Situation noch verständlicher als bei anderen Menschen.«

»Aber ständig neue Affären … sind sich die Frauen denn nicht gegenseitig in die Quere gekommen?«

»Sebastian, das fragst du mich? Darin bist du doch der Experte.« Klara konnte sich den Seitenhieb nicht verkneifen. Bei ihr kam sich derzeit wirklich niemand mit irgendjemandem in die Quere … Sie dachte kurz an ihr letztes Blind Date mit einem Restaurator, den sie in einer dieser Internetbörsen kennengelernt hatte. Ein sehr höflicher, korrekter, belesener Mann Mitte vierzig, der die Hälfte seines Lebens auf Gerüsten unter Gemäldedecken verbracht hatte. Leider keinerlei Funkenflug, ein vertaner Samstagvormittag im Café. Sie war nach Hause gegangen, hatte mechanisch den Fernseher angeschaltet, um einfach nichts mehr zu denken, und fand die Dokumentation über den rätselhaften Tod von Rudolf Diesel wesentlich interessanter als das höflich zurückhaltende Geplauder der letzten zwei Stunden.

Wie schwierig es für eine Frau Mitte dreißig mit einem kleinen Kind und großen Ansprüchen war, einen passenden Mann zu finden. Oder stellte sie sich nur ungeschickt an? Manchmal hatte sie das Gefühl, dass alle um sie herum ständig neue heiße Flammen kennenlernten, als wäre dies das Selbstverständlichste der Welt. Als wäre es eher ungewöhnlich, keines dieser Angebote zu haben, tolle Männer gab es doch an jeder Ecke, in jedem Club, auf jeder Party. Klara machte offenbar irgendetwas falsch.

Die Scheibenwischer des Wagens gaben ein leises Quietschen von sich, über das sich Sebastians Stimme legte. »Ich meine, ich habe irgendwie einen merkwürdigen Eindruck. Der Kaltenbacher hatte scheinbar eine große Wirkung auf Frauen, aber er ließ nichts Ernsthaftes daraus entstehen, hielt alles unverbindlich, ersetzte die eine durch die andere. Was, wenn sich eine der Frauen ernsthaft verliebt hatte, aber feststellte, dass sie nur eine von vielen war? Macht euch so was denn nicht böse?«

Euch? ... Sebastian und die rätselhafte Welt der Frauen. Klara hob die linke Augenbraue, aber ähnliche Gedanken gingen auch ihr durch den Kopf.

»Kann schon sein«, murmelte sie. »Aber so böse, dass sie zum Messer greift? ... Außerdem müsste die Frau ziemlich kräftig sein ...«

»Ist Eva Kaltenbacher kräftig genug?« Es war ein Spiel zwischen ihnen oder vielleicht eher eine Strategie, das Frage-und-Antwort-Spiel eines Ermittlerduos, Wahrscheinliches und Unwahrscheinliches wurde abgefragt, wie ein Ball hin- und hergeworfen.

»Wenn Eva Kaltenbacher die Täterin wäre, hätte sie vorhin eine oscarreife Inszenierung abgeliefert. Ihr Entsetzen schien äußerst echt und glaubhaft.«

Sebastian überlegte einen Moment und hakte nach: »Ja, aber trainiert ist sie, hast du ihre Unterarme gesehen? Vielleicht hat sie auch jemanden beauftragt ...?«

»Einen Auftragskiller?«

»Warum nicht? Sie selbst hätte ihrem Martin vielleicht kein Haar krümmen können, aber vielleicht brannte tief in ihr die gekränkte Liebe, die Eifersucht, der Zorn über das gescheiterte Glück, immerhin hat sie anscheinend wegen Martin auf eine Familie verzichtet. Und irgendwann musste ihr Ex einfach weg. Vielleicht hatten sie so etwas wie ein kurzes Revival ihrer Liebe, sie machte sich Hoffnungen, ihn zurückzugewinnen, aber dann ließ er sie erneut fallen, und das konnte sie einfach nicht ertragen.«

Klara musste schmunzeln. Sebastian konnte Geschichten entwickeln, neben seinem Sinn für Fakten hatte er Phantasie. Manchmal brauchte man die mehr als alles andere.

»Hm. Vielleicht. Die Kaltenbacher wirkte sehr emotional, möglicherweise mit einem Hang zur Hysterie, großes Kino eben. Aber ich glaube, sie wollte ihren Ex noch immer, sie hing noch an ihm, sie hätte eher seine ›Betthäschen‹ umgebracht als ihn.«

»Tja. Oder sie hat uns ihre immer noch lodernde Liebe nur vorgespielt.« Sebastian hing offenbar an seiner Theorie.

Klara lächelte kurz. »Sebastian, es gibt auch noch das geschäftliche Umfeld von Kaltenbacher. Der Mann war keine kleine Nummer, da finden sich unter Umständen ein paar mehr Motive als verschmähte Liebe.«

Der Wagen der beiden Hauptkommissare hielt vor der Firma »Kaltenbacher Raum und Leben – Projektentwicklung & Consulting«. Das Gebäude lag in Pfaffengrund, einem Wohn- und Industriegebiet am westlichen Rand Heidelbergs. Es regnete noch immer. Klara zog ihre Lederjacke enger um ihre Hüften und strich sich eine widerspenstige Haarsträhne aus dem Gesicht. Die Ermittler gingen vom Parkplatz aus ein paar Meter auf das mehrstöckige Bürogebäude zu, die gläserne Schiebetür öffnete sich automatisch und gab den Blick frei auf einen repräsentativen Eingangsbereich.

Sie fuhren mit dem Fahrstuhl in den zweiten Stock zu den Geschäftsräumen der Firma Kaltenbacher. Eine attraktive blonde Frau Ende zwanzig begrüßte sie am Empfang. »Guten Tag. Was kann ich für Sie tun?«

»Hauptkommissar Sebastian Langer, das ist meine Kollegin Klara Haag. Wir möchten gern Herrn Kaltenbacher sprechen.«

Der Gesichtsausdruck der jungen Frau blieb professionell kühl. »In welcher Angelegenheit bitte?«

»Das sagen wir ihm dann persönlich.« Sebastians Stimme war freundlich und bestimmt. Die Empfangsdame war hübsch, aber nicht sein Fall, diesen unterkühlten Tussi-Typ mochte er nicht, seine Eroberungen hatten Herz, und sie hatten es am rechten Fleck – vorzugsweise unter einem üppigen Dekolleté.

»In Ordnung, einen Moment bitte.« Die Blondine griff zum Telefonhörer. »Herr Kaltenbacher, hier sind ein Herr und eine Dame von der Kriminalpolizei für Sie … nein, ich weiß nicht, in welcher Angelegenheit … ja, ist gut.« Sie sah auf und wies freundlich auf eine Art Wartebereich mit vier Chromstühlen und einem kleinen Tisch aus gebürstetem Stahl.

»Herr Kaltenbacher bittet Sie, noch einen Moment Platz zu nehmen, er kann Sie gleich empfangen.«

Na schön, dachte Klara, und sie hatte wieder dieses seltsame, leise Gefühl der Genugtuung, das sie sich eigentlich gar nicht erlaubte. Diese Situationen, in denen man sie erst geschäftsmäßig arrogant warten ließ, dann folgte die professionell freundliche Begrüßung irgendeines Alphamännchens, das glaubte, alles im Griff zu haben … und dann überbrachten sie eine Todesnachricht, und das Alphamännchen klappte in sich zusammen. Sie war gespannt, ob Kaltenbacher zusammenklappte. Oder kam ihm der Tod seines Halbbruders aus irgendwelchen Gründen vielleicht nicht ungelegen?

Die Ermittler warteten, Sebastian sah sich scheinbar interessiert ein modernes Gemälde an der gegenüberliegenden Wand an, eine abstrakte Darstellung eines Sonnenuntergangs. Oder -aufgangs? Er hatte auch schon Besseres gesehen. Unmerklich zwinkerte er Klara zu, sie las seine Gedanken. Hatte die Hobbykünstlerin aus Martin Kaltenbachers Wohnung auch hier ihre Spuren hinterlassen?

Entschlossen wurde eine Tür auf der rechten Seite des Flures geöffnet, und ein großer, attraktiver Mann Anfang vierzig kam auf Klara und Sebastian zu. Direkter Blick aus graublauen Augen, dunkelblondes, an den Schläfen grau werdendes Haar, Dreitagebart, teurer Anzug, routinierte Begrüßung, betont verbindliche Weltläufigkeit, Klara registrierte das alles blitzschnell. Das Geschäftsführer-Alphamännchen, wichtig, von sich selbst überzeugt, durchaus charmant, aber auch bestimmend, entlässt vormittags souverän Herrn Krüger aus der Buchhaltung, macht nachmittags souverän Geschäfte mit einem Großinvestor und vögelt gegen Abend souverän seine neue Sekretärin in deren mit billigen Möbeln eingerichteten Zwei-Zimmer-Apartment. Klara hatte innerhalb weniger Sekunden einen Grundriss dieses Mannes angefertigt, zugegebenermaßen nicht ganz frei von Klischees und Vorurteilen. Und doch schien irgendetwas anders zu sein an ihm. Trug er eine tiefe Traurigkeit in sich?

»Guten Tag, ich bin Thorsten Kaltenbacher. Kommen Sie doch bitte mit in mein Büro. Was kann ich für Sie tun?«

Klara nahm einen festen Händedruck entgegen. »Mein Name ist Klara Haag, das ist mein Kollege Hauptkommissar Langer, Kripo Heidelberg.«

Klara und Sebastian nahmen auf zwei Stühlen vor Kaltenbachers Schreibtisch Platz. Klara sah ihr Gegenüber ein paar Sekunden an, der Mann erwiderte ungerührt ihren Blick.

»Herr Kaltenbacher, Ihr Bruder wurde heute Morgen erstochen in seiner Wohnung aufgefunden.«

Die Augen der Hauptkommissarin waren auf Kaltenbachers Gesicht gerichtet, kühl beobachtend. Wie sagten all die beflissenen Persönlichkeitstrainer: »Sie bekommen keine zweite Chance für den ersten Eindruck.« Man bekam keine zweite Chance für seinen Gesichtsausdruck, nachdem man von einem Mord erfahren hatte.

Thorsten Kaltenbachers Miene blieb reglos, aber in seinen Augen lag Erstaunen. Er räusperte sich.

»Erstochen?«

»Ja.«

»Haben Sie den Täter?«

»Nein.« Klara ließ Kaltenbacher kommen, wollte ihn durch Knappheit aus der Reserve locken. Ein Mann, dessen Halbbruder ermordet worden war, musste ein paar Fragen an die Polizei haben. Aber er hatte offenbar keine, blieb still. In seinem Kopf schien es zu arbeiten, aber es drang nichts nach außen.

Als die Stille unangemessen lang wurde, fragte Kaltenbacher: »War es ein Einbruch, wurde etwas gestohlen?«

»Wir ermitteln derzeit in alle Richtungen.«

»Wer hat ihn gefunden?«

»Die Putzfrau.«

Sebastian übernahm mit seiner sachlichen Moderatorenstimme. »Herr Kaltenbacher, erzählen Sie uns von Ihrem Halbbruder, was war er für ein Mensch? Wie sah sein Privatleben aus? Seit wann leiten Sie zusammen die Firma? An welchen aktuellen Projekten arbeiten Sie?«

Thorsten Kaltenbacher lehnte sich in seinem schwarzen Ledersessel zurück und kniff nachdenklich die Brauen zusammen, seine rechte Hand griff nach einem Kugelschreiber, den er zwischen den Fingern drehte.

»Martin war ein recht außergewöhnlicher Mensch. Seit einem Motorradunfall vor neun Jahren war er querschnittsgelähmt, aber für ihn bedeutete das eher eine Herausforderung, die das Leben ihm stellte und die er annahm. Schon in der Klinik begann er zu kämpfen, in der Reha zeigte er einen eisernen Willen und eine unglaubliche Ausdauer. Er war immer ein sportlicher, aktiver Mensch gewesen, wollte so schnell wie möglich wieder mobil sein – und das gelang ihm auch.«

Kaltenbacher machte eine Kunstpause, insgesamt klang er, als würde er über ein Bauprojekt referieren. Dann sprach er in einem sachlichen Ton weiter: »Ich habe Martin eigentlich nie schwach erlebt, er ging gern an seine Grenzen, reiste nach seinem Unfall viel, wollte sich nicht von seinem Handicap einschränken lassen. Sein Vater hat ihn finanziell unterstützt, er war wohlhabend. Nach dem Tod des Vaters hat Martin mit seinem Erbe die Firma hier aufgebaut. Er hatte viele Kontakte, nutzte sie. Ich bin seit drei Jahren mit in der Geschäftsleitung, wir haben die Aufgabenbereiche geteilt …«

Vorsichtig wurde die Tür zu Kaltenbachers Büro geöffnet, die Blonde brachte Kaffee und Mineralwasser.

»Danke schön, Angela.« Thorsten Kaltenbacher lächelte kurz. Angela würde ihren Chef heute Abend ein wenig trösten müssen. Oder war hierfür noch eine Ehefrau zuständig? Klara schalt sich für ihre plumpen Gedanken.

Sebastian setzte das Gespräch fort und fragte im Ton eines wohlgesonnenen Journalisten: »Geht es Ihrem Unternehmen gut, sind Sie wirtschaftlich erfolgreich?«

Kaltenbachers Gesicht nahm fast unmerklich den Ausdruck eines Siegers an, nicht das laute Prahlen und Prunken, sondern ein leises, untertreibendes und dadurch besonders arrogantes Lächeln.

»Wir können nicht klagen.«

»Das Klagen überlassen Sie der Konkurrenz?«

»Da müssen Sie schon dort nachfragen.«

»An welchen Projekten arbeiten Sie zurzeit?«

Kaltenbacher räusperte sich. »Ich denke, hier gibt es einen gewissen … Vertrauensschutz gegenüber unseren Partnern und Auftraggebern.«

Sebastian setzte das arglose Lächeln eines achtjährigen Jungen auf, der mit einem Geburtstagsgeschenk vor der Tür seines besten Freundes steht. »Bitte entschuldigen Sie, Herr Kaltenbacher, wenn ich Sie korrigiere, es geht hier um einen Mord. ›Vertrauensschutz‹ ist da kein Begriff, mit dem wir operieren.«

Klara arbeitete gern mit Sebastian zusammen, der Mann hatte was.

»Also, wir gehen davon aus, dass wir Einsicht in alle relevanten Geschäftsunterlagen erhalten«, fügte er hinzu.

Kaltenbachers Augen blieben reglos, und Klara setzte nach. »Haben Sie irgendeine Vermutung, wer Ihren Bruder umgebracht haben könnte?« Die platte, direkte Frage.

Der Befragte zögerte.

»Nein. Aber Ihre Aufgabe ist es, den Täter so schnell wie möglich zu finden.«

»Oder die Täterin?«

Ein kurzer Schatten huschte über Kaltenbachers Gesicht. »Oder die Täterin. Natürlich. Aber mein Bruder war trainiert und kräftig, ich glaube nicht, dass er sich von einer zierlichen Frau hätte überwältigen lassen.«

»Wieso zierlich? Haben Sie da eine Person im Sinn?«

»Was soll das jetzt?« Thorsten Kaltenbacher wurde ungehalten. »Wollen Sie mir das Wort im Munde herumdrehen?«

Klara sah ihn kühl an. »Aber nein, Herr Kaltenbacher, sicher nicht. Hatte Ihr Bruder denn aktuell eine Partnerin?«

»Keine Ahnung, wir sprachen wenig über Privates.«

»Und wo waren Sie gestern Abend?«

»Da habe ich gearbeitet.«

»Allein?«

»Nein, ich bin mit meiner Assistentin noch eine Kalkulation durchgegangen.«

Ach nein. Klara hatte eben doch nur ihre Gedanken ein wenig in den seichten Gewässern des Klischees gebadet, ein bisschen in Stereotypen geplanscht, die komplizierte Welt zur kurzfristigen

Erholung auf das Niveau eines Comics gebracht. Und jetzt hatte der Kaltenbacher tatsächlich was mit seiner Sekretärin?

»Sie meinen, mit Angela?« Sebastian stand auf und ging hinüber zur Tür.

»Ja, mit Frau Helmer. Sie können sie natürlich gern fragen.«

Sebastian hatte den Raum bereits verlassen. Klara saß nun Kaltenbacher allein gegenüber, sie mochte ihn nicht, er hatte etwas von einem ausgesetzten Hund, der beißt, wenn man ihm die Hand entgegenstreckt. Seine Geschäftsmäßigkeit war Fassade, er hatte etwas Verlorenes.

»Wie war denn Ihr Verhältnis zu Ihrem älteren Halbbruder? Wenn ich das richtig verstanden habe, haben Sie unterschiedliche Väter?«

»Ja. Martin und ich haben uns sehr gut verstanden, wir waren Brüder … richtige Brüder.« Kaltenbachers Stimme war fest, er zog einen Mundwinkel nach unten, als erklärte er dies einem ignoranten Gegenüber zum hundertsten Mal.

»Unsere Mutter lebte auch mit meinem Vater nicht zusammen, Martin und ich mussten in unserer Kindheit zusammenhalten. Von Martins Vater hat unsere Mutter nach der Scheidung nur widerstrebend Geld bekommen, mein Vater hatte nichts. Uns ging es nicht immer gut.« Der große, schlanke Mann lehnte sich nach vorn und atmete hörbar ein und aus. »Aber wir haben etwas aus unserem Leben gemacht, wir haben zusammengehalten und später die Firma vorangebracht.«

»Ja, zweifellos. Und nun, Herr Kaltenbacher? Wie wird es mit Ihrem Geschäft weitergehen? An wen fallen die Geschäftsanteile Ihres Bruders?«

»An mich. Martin war geschieden und hatte keine Kinder. Außerdem hat jeder von uns entsprechende testamentarische Regelungen getroffen.«

Klara spürte, dass sie gehen wollte, raus an die frische Luft. »Wir benötigen Einblick in Ihre Geschäftskorrespondenz der letzten beiden Jahre, in die aktuellen Projekte, wir werden Ihre Konten einsehen müssen.« Ihre Stimme war trocken. »Die Kollegen kümmern sich noch heute darum, Sie unterstützen sie hierbei sicherlich.« Die Hauptkommissarin stand auf. »Wir haben vermutlich noch einige Fragen an Sie, bitte halten Sie sich zur Verfügung.«

Sie öffnete die Bürotür und traf auf Sebastian, der lässig am Empfangstresen lehnte und sich gerade von Frau Helmer verabschiedete. Gemeinsam gingen die Ermittler die Treppen des Bürogebäudes hinunter und hinaus zu ihrem Wagen. Die Luft tat gut. Klara stieg ein und ließ trotz des Regens die Scheibe ein Stück hinunter, Sebastian parkte aus.

»Und?«, fragte Klara. »Was sagt Angela?«

»Angela hat einen Moment gezögert, als ich sie fragte, was sie gestern Abend gemacht habe. Aber dann gab sie an, mit Kaltenbacher zusammen gewesen zu sein.«

»Hat sie auch die Version von der gemeinsam durchgegangenen Kalkulation gebracht?«

»Nein. Das wundert dich jetzt aber nicht, oder?« Sebastian deutete ein schiefes Lächeln an. »Aber natürlich sagte sie, dass sie gearbeitet hätten, ›Wissen Sie, es steht im Moment so viel an, da wird es schon mal später‹, das Übliche halt. Ich habe sie gefragt, was denn so anstehe, aber darauf wollte sie mir nicht antworten. ›Alles vertraulich, fragen Sie lieber Herrn Kaltenbacher persönlich, ich möchte ja nichts Falsches sagen‹, meinte sie. Unterlegt hat sie das Ganze mit einem koketten Lächeln und unschuldigem Wimpernaufschlag.«

Klara seufzte. Weibliche Loyalität für ein mickriges Gehalt. Oder für ein bisschen Selbstbestätigung im Bett. »Sieht nach einer Menge Arbeit aus … Die ganzen privaten und geschäftlichen Kontakte von Kaltenbacher … und er hatte offenbar reichlich Kontakte.«

Die Kommissarin lehnte den Kopf ein kleines Stück zurück und genoss für einen Moment den Fahrtwind. »Wann bekommen wir was aus der Voßstraße?«

In der Voßstraße lag das Institut für Rechtsmedizin der Universitätsklinik, ein historisches Gebäude wie so viele in dieser Stadt, altes Gemäuer, das moderner Wissenschaft Raum bot. Die Leiterin war mittlerweile eine gute Bekannte. Klara mochte ihre sachliche, direkte Art und schätzte ihre Erfahrung. Sie dachte daran, dass in ihrer Ausbildung Messerstiche einmal als »dankbare«

Verletzung bezeichnet worden waren. Es gab Computerprogramme, die durch Analyse des Stichkanals die Größe, Händigkeit und auch die körperliche Konstitution des Täters gut eingrenzen konnten. Man musste dann einfach nur noch die passende eins fünfundsiebzig bis eins neunzig große, rechtshändige, kräftige Person finden. Ein Kinderspiel.

Sebastians Handy klingelte. Er sah auf das Display. »Es ist Conrad.« Mit einem eiligen Druck auf eine der Tasten nahm er das Gespräch an.

Kriminaldirektor Klaus Conrad war Leiter der Kripo Heidelberg und derweil vermutlich damit befasst, die Soko Kaltenbacher zu organisieren. Klara hörte seine kräftige, sonore Stimme, die aus Sebastians Handy bis zu ihr herüber auf den Beifahrersitz drang. »Wie sieht es bei euch aus?«

Sebastian berichtete kurz – Exfrau, Halbbruder, erste Informationen und Eindrücke –, dann schloss er: »Okay, wir fahren noch in der Rechtsmedizin vorbei und kommen dann aufs Revier.«

DREI

Professor Dr. Monika Gruber hatte sich persönlich des toten Herrn Kaltenbacher angenommen. Morde waren schließlich nicht allzu häufig im beschaulichen Heidelberg. Sehr viel öfter hatte sie es mit verkehrsmedizinischen Untersuchungen alkoholauffälliger Kraftfahrer zu tun, mit häuslicher Gewalt oder hin und wieder mit einer urplötzlich verstorbenen Erbtante – dem sprichwörtlichen *corriger la fortune*.

Nun stand die Pathologin im weiß gekachelten Sektionsraum vor dem Edelstahltisch, assistiert von ihrem Oberarzt. Die Sterilität der weißen Fliesen und der Stahleinrichtung rief in Klara Gedanken an eine Großküche hervor, die sie nicht weiterverfolgen wollte. Sie hatte gelernt, dass man nicht nur seinen Körper, sondern auch sein Denken kontrollieren konnte, Gedanken-Yoga sozusagen.

Mit einer raschen Bewegung zog Professor Gruber ihren Mundschutz herunter und begrüßte die beiden Hauptkommissare. Um ihre hellgrauen Augen lagen feine Falten, die hohen Wangenknochen und das energische Kinn gaben ihrem Gesicht Entschlossenheit und eine gewisse Strenge, ihr dunkelblondes schulterlanges Haar war im Nacken zusammengebunden. Klara nickte ihr zu, dann sah sie auf den Sektionstisch.

Es war seltsam, Mordopfer nach kurzer Zeit in der Rechtsmedizin wiederzusehen, da traf man sich also schon wieder, ach, sieh an, Zufälle gibt's, Sie auch hier … und nun nackt und mit geöffnetem Torso. In den Körper eines Fremden buchstäblich hineinzusehen hatte etwas derart Grenzüberschreitendes, dass Klara sich erneut zwang, nicht weiter darüber nachzudenken.

Professor Gruber war eine viel beschäftigte Frau, zielgerichtet, klar, präzise, sie hielt sich nicht lange mit Vorgeplänkel auf. Ihre Augen waren wach und scharf, ihre Stimme etwas zu tief für eine Frau, ganz leicht hörte man das rollende R eines fränkischen Akzents. Ähnlich wie Klara schien sie getrieben vom Wissenwollen, von der Neugier, der Lust an der Erkenntnis, der Suche nach

Gerechtigkeit, von der Leidenschaft für das, was sie tat. Sie war fasziniert davon, von den Toten das Geheimnis ihres Ablebens zu erfahren, sie wusste, dass sie es ihr mitteilen würden, wenn sie nur könnten. Sie mussten schweigen, aber die Indizien in ihren Körpern hatten ihre eigene Sprache.

Monika Gruber sprach schnell, und sie erwartete, dass man ihr zuhörte.

»Wie ihr seht, sind wir noch mitten bei der Arbeit. Den Todeszeitpunkt hat euch ja der Kollege am Fundort schon eingegrenzt, die Leichenstarre war weit fortgeschritten, aber noch nicht vollständig ausgebildet, ich würde jetzt sagen, der Tod ist gestern Abend so zwischen einundzwanzig Uhr dreißig und dreiundzwanzig Uhr eingetreten. Die Ergebnisse der toxikologischen und histologischen Untersuchungen liegen noch nicht vor, aber wir haben uns schon die Stichverletzungen angeschaut. Carsten hat die Einstichkanäle in einer 3D-Darstellung visualisiert.« Die Pathologin zeigte auf den Bildschirm eines Laptops. »Plan geschliffene Klinge, mindestens zehn Zentimeter, Breite etwa zweieinhalb Zentimeter, könnte ein typisches Küchenmesser sein. Habt ihr die Tatwaffe eigentlich schon? Auffallend ist, dass die Einstichkanäle nicht schräg, sondern horizontal verlaufen, das heißt, das Messer wurde waagerecht in den Körper gestoßen.« Sie machte eine Kunstpause und sah Klara und Sebastian auffordernd an, so als wollte sie fragen: »Und, meine Lieben? Was schließen wir daraus? Wer von euch beiden kann es mir sagen?«

Klara ließ Sebastian den Vortritt. »Du meinst, Kaltenbacher lag am Boden, und der Täter hat von oben auf ihn eingestochen?«

»Ziemlich wahrscheinlich.« Monika Gruber schien zufrieden. »Bemerkenswert ist außerdem, dass wir bislang keine Spuren von Gegenwehr bei dem Opfer gefunden haben. Das Material unter den Fingernägeln wird noch untersucht, aber es sah mir nicht aus wie üppige Reste von fremdem Gewebe. Es gibt keine Hämatome, Kratzwunden oder Ähnliches bei der Leiche, keine Zeichen eines Kampfes.«

Sebastian überlegte kurz. »Kaltenbacher könnte schon geschlafen haben, als der Angriff erfolgte«, meinte er dann, »oder er war sediert … Schlafmittel, Beruhigungsmittel …«

Professor Gruber nickte erneut. »Die Kollegen im Labor sind dran.«

»Wenn Medikamente im Blut nachweisbar sind, könnte das wiederum bedeuten, dass die Tat geplant war: erst betäuben, dann zustechen. Und es kommt auch eine Täterin in Frage, der Kraftaufwand dürfte in dem Fall nicht übermäßig hoch gewesen sein.«

»Gut möglich. Aber das herauszufinden ist euer Job. Ich melde mich, sobald ich weitere Informationen für euch habe. Ach, noch etwas zu dem Schnitt durch die Kehle. Den Einblutungen nach wurde der erst nach den übrigen Messerstichen gesetzt und wäre sicherlich nicht mehr nötig gewesen, um das Opfer zu töten.«

»Was meinst du damit?« Sebastian sah Monika Gruber an.

»Na ja, was das genau bedeutet, kann ich euch nicht sagen, ist vielleicht eher etwas für eure Kriminalpsychologen. Aber wenn ich jemandem, der schon tot ist, noch die Kehle durchschneide, hat das für mich einen gewissen … sagen wir … symbolischen Charakter …«

Klara ging einige Schritte auf den Sektionstisch zu und sah sich noch einmal den Hals des Opfers an. Sie versuchte, ihre Eindrücke in Worte zu fassen: »Der Täter oder die Täterin war nicht eben zartbesaitet, vielleicht voller Zorn, vielleicht ein psychischer Grenzgänger, vielleicht einfach eiskalt, aber meiner Meinung nach in irgendeiner Beziehung zu dem Opfer. Der Schnitt durch den Hals sollte vielleicht symbolisch gesehen Kaltenbacher endgültig zum Schweigen bringen. Oder ihm die Luft zum Atmen nehmen – so wie er dem Täter die Luft zum Atmen genommen hat.«

Monika Gruber griff den Gedankengang auf. »Du meinst, der abschließende Schnitt durch die Kehle, der sagt: ›Ich bin endgültig fertig mit dir, und du bist endgültig fertig mit dem Leben.‹? Kann sein. Die übrigen Messerstiche wurden außerdem alle in Kaltenbachers Brust gesetzt, sozusagen von Angesicht zu Angesicht. Wenn er vor der eigentlichen Tat bereits sediert war, hätte man wesentlich unblutigere Arten wählen können, ihn umzubringen. Erdrosseln zum Beispiel. Zumindest seid ihr nicht hinter einer Mimose her, die kein Blut sehen kann.«

Sebastians Mundwinkel hoben sich unwillkürlich für einen Augenblick beim letzten Satz der Pathologin. Ob für derartige Informationen ein Feld in ihrer LKA-Datenbank vorgesehen war? *Mimose? Ja/Nein?* »Danke, Monika, gib uns später die Ergebnisse der Laboruntersuchungen durch, ja?«

Monika Gruber nickte, sie hatte den Mundschutz wieder hochgezogen und wandte sich erneut dem Sektionstisch zu.

Klara und Sebastian verließen das Gebäude und machten sich auf den kurzen Weg hinüber zum Polizeirevier in der Römerstraße. Klara wusste nun wenigstens, wie sie das kinderlose Wochenende ohne ihre Tochter Josephine verbringen würde. Mit Arbeit. Während ihrer Ausbildung hatte ein geschätzter Kriminaloberrat ihr wiederholt erklärt: »Ermittlungsarbeit ist Kärrnerarbeit«, und schon bevor sie die Bedeutung des ihr bis dahin unbekannten Wortes nachgeschlagen hatte, hatte sie bereits geahnt, dass es etwas mit Mühe, Ausdauer und Zähigkeit zu tun hatte. Zäh war sie.

Auf der Wache angekommen, wurden in der bereits laufenden Sitzung alle bislang verfügbaren Informationen zusammengetragen. Die Kollegen hatten in Kaltenbachers Wohnung keine Spuren gefunden, die auf einen Einbruch hindeuteten. Der Täter hatte somit entweder einen Schlüssel gehabt, oder das Opfer hatte ihm die Tür geöffnet. Da der Tatort offenbar gleich dem Fundort der Leiche war, hatte Kaltenbacher den Täter möglicherweise in sein Wohnzimmer gebeten. Handelte es sich um einen persönlichen Bekannten oder Angehörigen, einen Freund, eine Freundin?

Kriminaldirektor Conrad sah umfassende Befragungen des persönlichen Umfelds des Opfers vor und verteilte die Aufgaben auf die Mitglieder der Soko Kaltenbacher. Wochenenddienste wurden vergeben, Klara meldete sich freiwillig. Dafür wollte sie sich die Zeit nehmen, Josephine vom Kindergarten abzuholen und mit ihr zusammen zu sein, bis Jan sie gegen Abend zu sich holen würde.

Es war immer wieder ein Spagat, ihren Job und ihr Kind unter einen Hut zu bringen, aber was sollte sie tun? Sie liebte beides, und Jan war zum Glück einigermaßen flexibel bei der

Betreuung von Josi. Es gab aber auch Zeiten, in denen Klara sich einen anderen Beruf wünschte; sie könnte noch einmal studieren, Psychologie vielleicht, und sich selbstständig machen – flexible Arbeitszeiten, die Probleme der Patienten ziemlich überschaubar, verglichen mit den Dingen, die sie zur Zeit beschäftigten …

Manchmal ertappte sie sich bei der Vorstellung, Jan ins Bett zu zerren, wenn er Josi abholte oder zurückbrachte, ein zweites Kind zu bekommen und in einem genügsamen, ruhigen Leben als halbtags arbeitende Mutter mit Jan alt zu werden. Zweimal im Jahr Familienurlaub am Meer oder in den Bergen, »Schatz, was möchtest du heute Abend essen?«, »Schatz, kannst du am Wochenende mit Josi Mathe üben?«, »Schatz, ich bin so froh, dass ich keine Mörder mehr fangen muss«. Aber Klara wusste, dass es so nicht ging. So war sie einfach nicht. Es wäre ein Leben gewesen, das sie nett gefunden hätte, aber es wäre nicht ihr Leben gewesen. Sie war keine »Schöner-wohnen«-Frau, Dauerharmonie ertrug sie nur bedingt, und die Verbrechen da draußen zogen sie in ihren Bann. Sie musste weitermachen.

Am Nachmittag holte sie Josephine aus dem Kindergarten ab. Die Kleine kam auf sie zugelaufen.

»Hallo, Mama.« Ihre Stimme war kräftig und ein bisschen rau.

»Hallo, mein Schatz.« Klara nahm ihre Tochter in den Arm und gab ihr einen Kuss. Josephine zog ihre Boots an, und Klara hängte ihr den kleinen dunkelblauen Rucksack über die Schultern. Sie war froh, dass Josi derzeit auch andere Farben akzeptierte als Rosa – es herrschte Rosa-Pause. Sie trug Jeans und ihr Lieblingsshirt von den Ramones, der legendären Punkband aus den Siebzigern, mit einem riesigen Aufdruck über dem Rücken: »Hey Ho Let's Go«. Jan hatte es ihr gekauft, und Josi hatte es damals stolz ihrer Mutter gezeigt.

»Mama, was steht da?«, hatte sie neugierig gefragt.

»›Hey Ho Let's Go‹.«

Josephine hatte gekichert und es immer wieder hören wollen.

Nun gingen sie zusammen den kurzen Weg vom Kindergarten bis zu Klaras Wohnung. Josephine plapperte, entdeckte immer wieder interessante Dinge am Wegesrand, die es wert waren, betrachtet zu werden, hüpfte, nahm Klaras Hand, lief wieder ein paar Schritte vor und bestaunte eine Katze hinter einem Gartenzaun. Sie hatte das herzförmige Gesicht ihrer Mutter, die helle Haut und die geschwungenen Lippen.

»Kommt Papa heute Abend?«

»Ja, am Wochenende bist du bei Papa.« Josephine freute sich, sie war gern bei Jan. Einerseits gab es Klara einen kleinen Stich, andererseits war sie froh darüber.

Zu Hause angelangt, machten sie es sich auf der Couch bequem, sahen Bücher an, redeten, lachten. Der Nachmittag verging wie im Fluge. Klara hatte das Gefühl, durch Josis Nähe auftanken zu müssen für das bevorstehende Wochenende. Später machte Klara Pizzateig und belegte ihn gemeinsam mit ihrer Tochter – Olivenaugen, Tomatennasen, Paprikamünder. Vergnügt aßen sie zusammen, und gegen sieben klingelte es an der Tür. Josephine sprang auf und öffnete.

»Hallo, Papa.« Sie flog Jan in die Arme.

»Hallo, meine Große, na, alles klar?« Jan gab ihr einen dicken Kuss auf die Wange.

Klara trat an die Wohnungstür.

»Hey, Jan. Josi hat schon gegessen. Hier sind ihre Sachen.« Sie reichte ihm Josephines Rucksack.

»Was, du hast schon gegessen?« Jan setzte seine Räuber-Hotzenplotz-Stimme auf. »Dabei habe ich doch ein Wildschwein für uns gegrillt.« Josi kicherte. Wie leicht kleine Mädchen noch zu beeindrucken waren.

Klara verabschiedete sich von ihrer Tochter. »Viel Spaß, mein Schatz, und pass auf beim Fahrradfahren.« Sie sah Jan kurz an. »Pass auf, ja?«

»Aber klar passen wir auf, nicht wahr, meine Große?« Jans Stimme klang leicht genervt. Er ging mit Josephine die Treppe hinunter.

»Tschüss, Mama.« Josi winkte, bis sie hinter der Biegung des Treppenhauses verschwand.

VIER

Elsa Weißgerber schloss die Tür ihres Büros am Institut für Übersetzen und Dolmetschen zu. Endlich Feierabend. Gegen Ende der Semesterferien war häufig viel los, Studenten, oder besser Studentinnen, baten um Sprechzeiten, ließen sich ihre Noten eintragen, hatten Fragen zur Planung der Lehrveranstaltungen im kommenden Semester.

Elsa liebte ihren Job, sie war eine erfolgreiche freiberufliche Dolmetscherin und lehrte am Institut auf einer halben Stelle. Die Arbeit mit den Studierenden machte ihr großen Spaß, die Ausbildung der zukünftigen Dolmetscher und Dolmetscherinnen war intensiv, nur wenige absolvierten das Studium erfolgreich. Neben der perfekten Beherrschung von zwei Fremdsprachen war ein besonderes Talent für das Simultandolmetschen erforderlich – entweder man hatte es, oder man hatte es nicht. Gleichzeitig in der einen Sprache komplizierte Texte zu hören und sie in einer anderen Sprache wiederzugeben war nun einmal nicht jedermanns Sache. Die Hauptbeschäftigung der späteren Sprachmittler lag nicht in der Wiedergabe des harmlosen Geplänkels eines amerikanischen Filmstars in einer Samstagabend-Show, sondern in der Verdolmetschung von Bilanzpressekonferenzen, medizinischen Fachkongressen und Gesprächen hochrangiger Politiker.

Elsa pflegte am Institut einen engen Kontakt zu ihren Schützlingen, es ging nicht nur um eine Sprachausbildung, es ging um eine äußerst aufwendige individuelle Vermittlung von Wissen, Strategien und Parkettsicherheit. Der Markt in Deutschland war aufgeteilt zwischen einigen wenigen höchst qualifizierten und viel beschäftigten Dolmetschern, deren Tagesgagen vierstellig waren. Viele wollten dorthin, aber nur wenige schafften es.

Elsa hatte es geschafft. Ihr Privatleben war viele Jahre lang auf der Strecke geblieben, welcher Mann akzeptierte schon die ständige Abwesenheit seiner Partnerin, den beruflichen Erfolg, ihre persönliche Bekanntschaft mit den Großen aus Wirtschaft und Politik? Wenn man die amerikanische Außenministerin gedolmetscht hatte, war es einfach schwierig, sich am Abend das Klein-Klein eines mittelmäßig bezahlten Mathelehrers anzuhören und dabei noch Interesse zu empfinden oder zumindest vorzutäuschen. Nein, dann verzichtete Elsa lieber ganz auf eine Beziehung und widmete sich ihrer Karriere.

Das heißt: Sie hatte lieber verzichtet. Bis sie Martin getroffen hatte. Er war anders. Und damit meinte sie nicht die Tatsache, dass er im Rollstuhl saß, das war völlig ohne Bedeutung. Sie meinte seinen Charme, sein Selbstbewusstsein, seine Aufmerksamkeit, seine Weltgewandtheit und nicht zuletzt seine Qualitäten als Liebhaber. Sie hätte es nie für möglich gehalten, dass ein Mann im Bett so auf sie einging. Es bereite ihm Lust, wenn sie Lust empfinde, sagte er, und er tat alles dafür, dass dem so war. Dass sein Stehvermögen außerdem, gelinde gesagt, ungewöhnlich war, schadete dabei nicht. Sicher, er brauchte Hilfsmittel, aber die zeigten eine äußerst befriedigende Wirkung.

Elsa empfand keinerlei Scheu oder Zurückhaltung, hatte keine Berührungsängste. Martins Oberkörper war kräftig und muskulös, sein Gesicht war männlich und außergewöhnlich attraktiv, was spielte es für eine Rolle, dass er kein Gefühl in den Beinen hatte? Dafür hatte er umso mehr Gefühl in seiner Stimme, in seinen Händen, in seinen Augen. Elsa war verliebt bis über beide Ohren. Endlich fühlte sie sich bei jemandem auf Augenhöhe angekommen.

Für Elsa war Martin nicht behindert, er war besonders. Nach den ersten zwei oder drei Treffen hatte sie kaum noch wahrgenommen, dass er im Rollstuhl saß, sie sah wie gebannt in seine grünen Augen, war gefangen von seinem jungenhaften Lächeln. Und dann hatte er sie zu sich nach Hause zum Abendessen eingeladen, er hatte wunderbar gekocht und einen exzellenten Rotwein gereicht, Elsa kannte sich aus. Schließlich war es passiert, und es war wunderschön gewesen.

Martin ging ganz offen mit seinen körperlichen Besonderheiten um, er hatte ein unverkrampftes, selbstverständliches Verhältnis zu seinem Körper. Es war von Anfang an eine tiefe Vertrautheit zwischen ihnen, sie hatten gelacht, herumgealbert, sich geküsst, und als das Viagra wirkte, hatten sie sich stundenlang geliebt.

Martin war ein traumhafter Liebhaber, und sie war unfassbar erregt gewesen. Sie war ein Sprachmensch, und Martin konnte sie mit seiner Sprache erregen. Er hatte in dieser Nacht unglaubliche Dinge gesagt und sich völlig auf sie konzentriert. Sie stand im Mittelpunkt, alles war auf sie ausgerichtet, seine Worte liebkosten sie mit einer bislang ungekannten Intensität, sie war seine Königin, seine Kaiserin, seine Göttin. Elsa fühlte sich wie jemand, der wochen- und monatelang durch die Wüste geirrt und nun endlich zu einer Oase gekommen war. Sie konnte diesen Mann nicht mehr loslassen, wollte in ihm ertrinken, mit ihm verschmelzen, sie gierte nach seinem Geruch, seinem Geschmack, wollte auf ihm sein und unter ihm und neben ihm, sie war wie von Sinnen.

Am Morgen nach ihrer ersten gemeinsamen Nacht hatte er sie angelächelt und gesagt: »Mein Gott, wie ich dich liebe.«

Sie hatte Schmetterlinge im Bauch gefühlt, ihn leidenschaftlich geküsst. »Sehen wir uns heute Abend?«

»Sicher. Ich rufe dich am Nachmittag an.«

Damit hatte ihre Beziehung begonnen, und Elsa wusste, dass sie jeden Tag tiefer wurde. Die letzten vier Monate hatte sie fast wie im Rausch verbracht – ein verlängertes Wochenende in Paris, hervorragende Restaurants, Ausflüge mit Martins Sportwagen, den er trotz seiner Einschränkung sicher fuhr. Martin verstand zu leben, ein solcher Mann hatte ihr so gefehlt. Sie hatte einen wirklich anstrengenden Beruf, bei dem sie in gewisser Weise teilnahm am Wirken der Großen dieser Welt. In ihrer Freizeit wollte sie das Leben genießen, und sie wollte dies nicht in einer Kleingartenkolonie oder im Nieselregen am Rande irgendeines Fußballfeldes tun. Sie brauchte ein wenig Niveau, Martin bot ihr mehr als das. Und bei seiner Weltgewandtheit konnte er doch so gefühlvoll, so jungenhaft, so sensibel sein.

Elsa konnte sich mit diesem Mann weitaus mehr vorstellen als nur eine Beziehung. Vor ein paar Wochen hatte er sie mitgenommen zu einer Abendveranstaltung des Mittelstandsverbandes, dort hatte sie auch seinen Bruder kennengelernt, einen charmanten, humorvollen Mann. Elsa hatte es als einen Schritt in die richtige Richtung betrachtet – sie war einem Teil von Martins Familie vorgestellt worden.

Heute war es spät geworden, üblicherweise kam Elsa nicht erst um neunzehn Uhr aus ihrem Büro am Institut, aber sie hatte sich in Vorfreude auf das Wochenende mit Martin Zeit genommen für die Anliegen der beiden letzten Studentinnen. Sie war ausgeglichen und guter Laune und hätte die Welt umarmen können. Das Institut war bereits menschenleer, ein typischer Freitagabend, die Kollegen waren längst ins Wochenende gestartet.

Elsa ging durch den Flur im Keller des altehrwürdigen Gebäudes, in dem Robert Wilhelm Bunsen in der zweiten Hälfte des 19. Jahrhunderts einen Teil seiner damals hochmodernen Laboratorien eingerichtet hatte. Sie meinte, in den kleinen Kellerräumen, die heute als Büros für die Dozenten dienten, immer noch Chemikalien zu riechen – Gallensäure, rotes Blutlaugensalz, Chlorid, Salpetersäure … Der Geist bärtiger Gelehrter, die geheimnisvolle Tinkturen zusammenmischten, schien noch immer in der Luft zu liegen. In den kleinen Laboratorien, Hexenküchen gleich, war experimentiert und geforscht worden, das Gebäude atmete Geschichte.

Elsas Absätze hallten dumpf auf dem braunen Linoleumboden des Kellerflurs, sie näherte sich der Brandschutztür, die den Gang in eine vordere und eine hintere Hälfte unterteilte, ging vorbei an den dunkelgrünen Bürotüren, alle zwei bis drei Meter eine Tür, einige beklebt mit Plakaten zu Tagungen und Vorträgen. »Prometheus gibt niemals auf – Geisteswissenschaftliche Tagung über Hans Blumenbergs Philosophie«.

Elsa nahm das Geräusch der Lüftung hinter der Tür des Technikraums wahr, als sie daran vorbeilief, ein gleichmäßiges, tiefes Brummen und Surren. Sie zog die schwergängige Metalltür mit den Glaseinsätzen auf, die in den halbrunden Deckenbogen des Flures eingepasst war wie ein gotischer Torbogen. In diesem Moment ging das Licht aus. Elsa erschrak unwillkürlich und klammerte reflexartig ihre Hand fester um den Riemen ihrer braunen Ledertasche. Im selben Augenblick wurde ihr klar, dass das Licht wohl durch die Zeitschaltung automatisch ausgegangen war. Aber sie hatte es doch eben erst angemacht …

Elsa stolperte im Dunkeln über einen Stuhl, der halb in den Gang hineingestellt war, und fluchte leise. Sie schob den Stuhl rasch und unwillig zur Seite und glaubte im selben Moment hinter sich ein Geräusch zu hören. Für eine Sekunde hielt sie inne, drehte den Kopf leicht zur Seite, horchte.

Hinter ihr lag Stille. Sie empfand ein leichtes Zittern, eilte voraus, ging schneller, drückte eine Brandschutztür rechts von ihr auf und gelangte in den Abschnitt, an dessen Ende eine Treppe nach oben ins Erdgeschoss führte.

Mit schnellen Schritten ging sie vorbei an den hellgrauen Schließfächern zu ihrer Rechten und lief die dreizehn Stufen der Treppe hinauf, die Kiefer fest aufeinandergepresst. Gleich war sie oben. Ein kurzes Schauern erfasste sie, aber gleich hatte sie es geschafft, Sekunden nur noch, ein Wimpernschlag.

Am Ende der Treppe lag eine weitere dunkelgrüne Metalltür. Elsas Hand flog auf den Türgriff, wollte ihn hinunterdrücken. Es ging nicht. Der Griff war blockiert. Im Dämmerlicht, das durch ein schmales Fenster am Fuße der Treppe fiel, starrte Elsa auf ein kleines weißes Schild, das an der Tür angebracht war. »Rauchabschlusstür. Türen geschlossen halten.« Geschlossen, aber nicht verschlossen. Diese Tür ging immer auf. Es war der normale Auf- und Abgang, um in die im Keller gelegenen Räume oder von dort wieder ins Erdgeschoss zu gelangen.

Mit ganzer Kraft drückte Elsa erneut auf den Türgriff, zerrte und rüttelte an ihm, versuchte, ihn mit Gewalt nach unten zu ziehen – er ließ sich keinen Zentimeter bewegen. Offenbar hat sich jemand einen üblen Scherz erlaubt, dachte sie, als wäre sie umgeben von Pennälern in einem Provinzgymnasium. Ärger erfasste sie. Welche Unverschämtheit und wie unverantwortlich, die Türen zu blockieren, was wäre, wenn wirklich einmal ein Brand ausbrechen würde?

Elsa stand auf der obersten Treppenstufe, sie fühlte kalten Schweiß auf ihrem Hals, als ihr klar wurde, dass sie den Rückweg in den Keller antreten musste, um am anderen Ende des Flures über den zweiten Aufgang ins Erdgeschoss zu gelangen.

Sie zögerte, kam sich für einen Moment vor wie ein in die Enge getriebenes Tier, warf sich noch einmal erfolglos gegen die verschlossene Metalltür. Sie hatte keine andere Wahl, sie musste zurück.

Vorsichtig tastete sie sich entlang der Wand die Treppe hinunter und suchte unten angekommen nach dem kleinen trüben Glimmen einer Lichtschalter-Beleuchtung, doch dieser orangefarbene Punkt in der Dunkelheit, auf den man zusteuern konnte, der Sicherheit und Rettung versprach, der einen sprichwörtlich hin zum Licht leitete, fand sich nirgends.

Elsa drückte sich an die Schließfächer und lauschte – war da nicht erneut dieses Geräusch? Wie ein Lufthauch. Oder ein Atemzug? Ein gepresster Laut entfuhr ihr, ein leises Wimmern. Dann schalt sie sich selbst eine ängstliche Kuh. Reiß dich zusammen, was soll dir hier schon passieren? Sie war in einem öffentlichen Gebäude.

Öffentlich. Das bedeutete, dass die Eingangstüren offen waren, dass jeder in das Gebäude hineinkonnte. Die Nackenhaare stellten sich ihr auf. Wenn sie doch nur einen Lichtschalter finden würde, die befanden sich doch immer in der Nähe der Türen.

Elsa ging ein paar Schritte weiter und zog die Tür auf, die zurück in den langen Kellerflur führte. Sie tastete links und rechts an der Wand entlang, aber sie fand nichts. Unwillkürlich wurde sie von einem starken Fluchtimpuls ergriffen, das evolutionäre Notprogramm setzte ein. Sie begann zu rennen, sie hastete durch die Dunkelheit, stürzte auf die Bogentür zu, die die beiden Flurhälften voneinander trennte, warf sich mit aller Kraft gegen die schwergängige Tür, schlüpfte durch die Öffnung, rannte weiter.

Wie in Trance nahm sie wahr, dass hinter ihr die schwere Brandschutztür zufiel – und wenige Sekunden später ein zweites Mal. Entsetzen packte sie. Sie warf sich gegen die Metalltür zu ihrer Linken, die zum zweiten Treppenaufgang führte. Wieso gab es hier so viele Türen? Schweißperlen standen ihr auf der Stirn. Brandschutz, die regelmäßigen kleineren Explosionen in Bunsens Laboratorien vor hundert Jahren. Die heute hier untergebrachten technischen Betriebsräume, »Rauchen verboten, Vorsicht Explosionsgefahr«.

Elsa stürzte die Treppe nach oben, zwei Stufen auf einmal nehmend, flog nach links, ihre Hand packte das Geländer, sie schwang um die Biegung des Aufgangs, stürzte die zweite Treppe hinauf zum Flur des Erdgeschosses, dem sogenannten Professorenflur – hier hatten die Lehrstuhlinhaber ihre Dienstzimmer. Elsa rannte den Gang entlang, an dessen Ende erneut eine von dunkelgrünem Metall eingefasste Glastür drohte. Wie das Tor zur Freiheit oder die Pforte zur Hölle.

Ihre Schritte hallten über den Flur, Strähnen ihres rotblonden Haars klebten in ihrem Gesicht, sie stieß die Tür auf, wandte sich nach links, lief weiter und zog die schwere Holztür auf, die zum Hof des Instituts führte.

Endlich im Freien! Panisch nestelte sie den Schlüssel zu ihrem Fahrradschloss aus der Hosentasche, schloss auf, sprang auf das Rad und hastete los, ohne sich noch einmal umzusehen.

Sie fuhr, so schnell sie konnte, die belebte Straße entlang, noch immer schnürten ihr Panik und Entsetzen die Kehle zu. Nach ein paar hundert Metern hielt sie sich rechts und überquerte kurz darauf die Neckarbrücke; auf dem Fahrradweg kamen ihr andere Radfahrer entgegen, aber Elsa trat wie von Sinnen in die Pedale. Erst auf der anderen Seite des Flusses verlangsamte sie ihr Tempo.

Was war das gerade, was war passiert? Ihr Gehirn versuchte einzuordnen, was sie gerade erlebt hatte. Ob sie Martin davon erzählen sollte? Aber er würde sie sicher nur ungläubig ansehen, vielleicht würde er sie auch necken und sich als persönlichen Leibwächter anbieten.

Elsas Gedanken quälten sich durch die vergangene halbe Stunde. Die beiden letzten Studentinnen in ihrer Sprechstunde, wie sie danach ihre Sachen zusammengepackt und ihr Büro verlassen hatte. Wieso war die Flurbeleuchtung ausgefallen, wieso die Tür am Kelleraufgang blockiert gewesen? Es war ein Leichtes, auf der Außenseite einen Stuhl oder Ähnliches unter den Türgriff zu klemmen, sodass man die Tür von innen nicht mehr öffnen konnte, aber wer tat so etwas? Hatte sie irgendeinen ihrer Studenten ungerecht behandelt, wollte ihr jemand einen Schreck einjagen oder sich rächen? Ob sie am Montag einmal mit dem Hausmeister sprechen sollte? Vielleicht gab es auch eine ganz harmlose Erklärung, vielleicht war einfach nur der Griffmechanismus defekt und würde am Montag schon ausgetauscht.

Aber was war mit den Geräuschen, die sie gehört hatte, die Tür, die sich zum zweiten Mal hinter ihr geöffnet und geschlossen hatte? Elsa lief erneut ein Schauer über den Rücken. Sie hatte sich das nicht eingebildet. Oder war die Tür doch nur einmal ins Schloss gefallen, nachdem sie selbst sie geöffnet hatte?

Elsa fuhr weiter, die gleichförmige Bewegung ihrer Beine beruhigte sie, sie atmete tief, spürte die Muskeln in ihren Oberschenkeln, wie sie mechanisch das Fahrrad vorantrieben. Links und rechts von ihr liefen Menschen auf den Gehwegen, das normale Leben auf den Straßen legte sich heilend über den Schreck, der sich aus dem dunklen Kellergewölbe heraus ihrer bemächtigt hatte. Er war immer noch tief in ihrem Körper, aber die belebte Stadt begann ihn abzudämpfen.

Zu Hause angekommen, stellte Elsa ihr Rad in den Fahrradständer vor dem Haus und eilte die beiden Treppen hinauf zu ihrer Wohnung. Sie schloss auf, ging ins Wohnzimmer und ließ sich auf die Couch fallen. Sie war in Sicherheit. Aber ihre Hände zitterten noch immer. Sie wählte Martins Nummer, die Ansage seiner Mobilbox antwortete. Martin hatte ihr gesagt, dass es am Freitagabend später werden würde, er habe noch eine Besprechung. Vielleicht würde er ja zwischendurch doch einmal sein Handy abhören und konnte sie zurückrufen.

Elsa ging in die Küche und goss sich ein Glas Mineralwasser ein. Sie war unruhig, setzte sich hin, stand wieder auf, ging ins Bad, wusch sich das Gesicht mit kaltem Wasser. Aus dem Spiegel sah sie eine attraktive Frau mit angespanntem Blick an. Unter ihren ungewöhnlich hellen Augen lagen Schatten, die Lippen waren schmal, auf der Haut ihres Halses zeichneten sich rötliche Flecken ab, ihre Wangen waren blass.

Elsa tupfte ihr Gesicht trocken und trug eine getönte Tagescreme auf, sie bürstete ihr Haar und band es zu einem Zopf zusammen. Sie wollte nicht allein sein, empfand den Drang, irgendetwas zu tun, mit jemandem zu reden, wusste aber nicht, wen sie anrufen sollte. Sie würde es in einer halben Stunde noch einmal bei Martin versuchen. Vielleicht könnte sie bis dahin ein wenig lesen oder Musik hören, sich mit irgendetwas ablenken? Sie ging hinüber ins Schlafzimmer und griff nach dem Buch auf ihrem Nachttisch.

Das Geräusch der Türklingel durchschnitt die Stille wie der Schrei eines fremdartigen Tieres. Elsa fuhr zusammen, sie erstarrte. Die Klingel schrillte noch einmal. Elsa ging langsam hinaus in den Flur zur Tür.

»Ja? Wer ist da?« Ihre Stimme klang unsicher und brüchig.

»Ich bin's.«

Elsa öffnete die Tür.

FÜNF

Klara Haag saß erneut auf einem unbequemen Stuhl im Präsidium und hörte die sonore Stimme von Kriminaldirektor Conrad. Er hatte Spätdienst angeordnet. In Gedanken war Klara noch bei ihrer kleinen Tochter. Vor einer halben Stunde hatte sie sie Jan übergeben und war kurz darauf wieder zur Wache gefahren. Nun saß Josephine vermutlich gerade beim zweiten Abendessen in Jans Wohnung, die nicht weit entfernt vom Polizeipräsidium lag.

Es stand die Durchsicht von Kaltenbachers geschäftlicher und privater Korrespondenz an, seinem Bruder zufolge hatte er ein Smartphone genutzt, von diesem fehlte jedoch jede Spur. Die E-Mail-Kommunikation war über den Server der Firma zugänglich, im Schnitt gab es über zwanzig Mails am Tag, beruflich und privat gemischt, dazu die Ordner mit den Consulting-Projekten der letzten beiden Jahre. *Kärrnerarbeit.*

In Kaltenbachers Wohnung hatten sich zahlreiche unterschiedliche Fingerabdrücke gefunden, ein Geschäftsmann, der ein offenes Haus führte. Von der dunkelroten Satinbettwäsche hatte die Spurensicherung Haare aufgenommen: lange rotblonde, lange schwarze, kurze dunkelblonde.

Die Ergebnisse der Blutuntersuchung lagen vor, bei Kaltenbacher wurde ein Schlafmittel in relativ hoher Konzentration nachgewiesen: Zopiclon aus der chemischen Klasse der Cyclopyrrolone, ein Medikament der ersten Wahl zur Behandlung von Schlafstörungen, Tabletten mit hoher Wirksamkeit und hohem Abhängigkeitspotenzial. Trinkgefäße, in denen Rückstände des Schlafmittels feststellbar waren, konnten nicht sichergestellt werden, die klassischen zwei Rotweingläser, in dem einen Zopiclon-Reste, an dem anderen blutroter Lippenstift und aussagekräftige Speichelspuren … Es wäre zu schön gewesen.

Aktuelle private Kontakte von Kaltenbacher schienen eine gewisse Elsa Weißgerber sowie eine Gabriele Malik zu sein. Daneben mailte er mit männlichen Bekannten, einem Gerold Gertsch, mit dem er gemeinsam trainiert hatte, mit einem früheren Schulfreund, einem Cousin in München … Die geschäftliche Korrespondenz war umfangreich, Kaltenbachers Stil war verbindlich, sachlich; wenn es um Zahlen ging, knallhart. Die Beamten versuchten, sich in einer Arbeitsgruppe ein Bild von Kaltenbachers Person zu machen, durchforsteten die privaten und geschäftlichen Unterlagen.

Klara zog es noch einmal zu Kaltenbachers Exfrau – gab es den Begriff »Exwitwe«? –, sie glaubte, hier noch mehr über den Ermordeten zu erfahren, und sie glaubte, dass Eva Kaltenbacher noch am Leben ihres Exmannes teilgenommen hatte.

Die Ermittlerin fuhr vom Revier aus mit dem Dienstwagen hinüber nach Neuenheim, einem der teuren, akademischen Stadtteile Heidelbergs, und hielt vor einem präsentablen Wohnhaus in einer ruhigen Seitenstraße.

Sie läutete, kurz darauf ertönte Eva Kaltenbachers Stimme über die Sprechanlage: »Matthias, bist du es endlich?«

»Nein, Frau Kaltenbacher, hier ist Klara Haag. Entschuldigen Sie bitte die späte Störung, ich würde gern noch einmal mit Ihnen sprechen.«

Ein paar Sekunden vergingen, dann summte der Türöffner. Klara stieg die Treppen hinauf in den zweiten Stock, Eva Kaltenbacher stand an der Tür, sie sah schlecht aus.

»Kommen Sie herein.« In einem dunkelbraunen Hausanzug, ohne Make-up und mit trist herabhängendem Haar war aus Eva Kaltenbacher eine zehn Jahre ältere Frau geworden.

»Wie geht es Ihnen?«, fragte Klara mitfühlend.

»Nicht gut. Ich kann immer noch nicht glauben, dass Martin tot ist.« Frau Kaltenbacher sank auf ein orangefarbenes Sofa, Klara nahm auf einem Sessel gegenüber Platz und ließ ihren Blick beiläufig durch das geschmackvoll in hellen Farben gestaltete Wohnzimmer streifen.

»Erzählen Sie mir von Ihrem Mann.« Die Kommissarin ließ bewusst das »Ex« weg.

Eva Kaltenbacher fuhr sich durch das rot gefärbte Haar, die Bindehaut ihrer verweinten Augen hatte eine ähnliche Farbe angenommen. »Er war viele Jahre lang der wichtigste Mensch in meinem Leben. Wir hatten eine wirklich gute Zeit miteinander, er hat mir so viel bedeutet. Wissen Sie, er hat all das verkörpert, was ich bei einem Mann gesucht habe, Stärke, Charme, Lebenslust, er war mein Fels in der Brandung, die sprichwörtliche starke Schulter zum Anlehnen.« Sie unterdrückte ein Schluchzen, sank ein wenig in sich zusammen. Es schien Klara, als wollte sie reden. »Mit seiner Behinderung hatte ich keine Probleme, ich bin gelernte Krankenschwester, ich kenne die körperlichen Vorgänge und Besonderheiten, ich habe da keinerlei Berührungsängste.«

Klara nickte verständnisvoll. »Können Sie mir noch einmal erklären, warum Ihre Ehe in die Brüche ging? Weil Ihr Mann begann, Affären zu haben?«

Eva Kaltenbacher sah auf das helle Parkett des Bodens, ihr Blick war starr, und ihre Wangen wirkten hohl. »Ja, aber das war nicht der alleinige Grund. Es fing alles damit an, dass er vorschlug, dass wir beide einmal getrennt voneinander in Urlaub fahren sollten. Er meinte, es sei wichtig, dass jeder eigene Erlebnisse und Eindrücke habe, und es sei doch sehr belebend für eine Beziehung, wenn man den anderen zwei Wochen lang vermissen würde und sich beim Wiedersehen viel zu erzählen habe. Mir hat der Vorschlag eigentlich nicht gefallen, aber wir haben es dann ausprobiert. Er flog in ein exklusives Ferienresort an die Algarve, ich machte einen Wanderurlaub in den Bergen – das ging mit ihm ja ohnehin nicht.«

Sie rieb sich mit dem Handrücken über die tränenfeuchten Augen und nahm einen Schluck Wasser aus dem Glas, das vor ihr auf dem Couchtisch stand.

»Nach unserer Rückkehr schien zunächst alles in Ordnung, tatsächlich hatten wir uns viel zu erzählen. Die ersten Tage nach diesem Urlaub waren sehr schön, wir redeten, zeigten uns Fotos, gingen abends gemeinsam aus. Aber der Alltag kehrte schnell wieder ein, wir lebten Seite an Seite und manchmal, glaube ich, auch nebeneinanderher. Und schon nach zwei, drei Monaten wollte Martin erneut allein los, dieses Mal nach Asien. Ich war nicht begeistert, aber ich ließ ihn gehen, was sollte ich auch tun?« Sie hob die Schultern und ließ sie gleich wieder sinken, als wären sie unendlich schwer. »Ich wollte in der Zeit nicht allein zu Hause sitzen und machte einen Kletterkurs in den Alpen. Ich merkte, dass das Klettern mir sehr gefiel, und ich machte schnell Fortschritte. Als Martin wieder zu Hause war, erzählte ich ihm ganz begeistert von meiner neuen Passion, aber ich glaube, er hörte mir überhaupt nicht richtig zu. Ein paar Wochen später wollte ich übers Wochenende nach Österreich zum Klettern, Martin sagte nur: ›Dann viel Spaß.‹ Er war seltsam kalt und abweisend. Ich fuhr los, aber ich hatte kein gutes Gefühl dabei und konnte die Tour nicht genießen. Statt am Montag fuhr ich schon am Sonntagabend von Österreich nach Hause zurück und kam in eine leere Wohnung.« Eva Kaltenbacher holte Luft, es klang wie ein gequältes Seufzen. »Martin kam in der Nacht nicht nach Hause.«

Ihr Ausdruck wurde bitter, unter ihre Trauer mischte sich Härte und Enttäuschung. »Das war der Anfang vom Ende. Als Martin am nächsten Morgen wiederkam, sagte er, er habe bei seinem Freund Gerold übernachtet, sie seien einen trinken gewesen. Ich hätte ihm nur zu gern geglaubt. Aber ich spürte, dass etwas nicht in Ordnung war. Jedes Mal wenn ich mit ihm reden wollte, wich er mir aus, er konnte sehr liebevoll, aber auch sehr abweisend sein. Ich kam nicht mehr an ihn heran. Das ging so über Wochen. Ich hatte immer häufiger Kopfschmerzen, fühlte mich elend. Die Situation zu Hause war bedrückend, fast bedrohlich, ich hatte solche Angst, Martin zu verlieren.«

Eva Kaltenbacher wirkte hilflos wie ein verlassenes Kind. Klara versuchte, die Wechsel zwischen selbstbewusster Frau, liebender Gattin und ausgeliefertem Opfer zu begreifen, die Facetten der Person, die ihr gegenübersaß, auszuloten. Es schien ihr ein weites Spektrum, eine Klaviatur von Liebe und Hass, Stärke und Schwäche, möglichem Kontrollverlust und vielleicht einer verborgenen Kälte. Klara war für den Bruchteil einer Sekunde nicht mehr sicher, mit wie vielen Frauen sie es gerade zu tun hatte.

Im Raum war es für einen Moment still geworden, das warme Licht einer antiken Stehlampe aus der Gründerzeit beleuchtete eine Hälfte von Eva Kaltenbachers Gesicht, die andere lag im Schatten. Dann fuhr sie fort. »Ich suchte schließlich Rat bei einer Psychologin. Einer meiner ersten Sätze war: ›Egal, was Sie sagen, ich werde mich nicht von meinem Mann trennen.‹ Aber am Ende kam es genau so.«

Die trauernde Witwe konnte nicht mehr an sich halten und brach in Tränen aus. Sie zog ein Taschentuch aus der seitlichen Tasche ihres Hausanzugs und weinte hemmungslos.

Geduldig wartete Klara ab, sie wusste, dass die Frau noch nicht fertig war mit der Geschichte ihrer Ehe. Aber ihr war immer noch nicht klar, was sie eigentlich antrieb, der Ermittlerin, einer wildfremden Person, dies alles zu erzählen. Das wirkliche Bedürfnis, etwas loszuwerden, es sich von der Seele zu reden? Oder etwas ganz anderes?

Die tränenerstickte Stimme von Eva Kaltenbacher riss sie aus ihren Gedanken. »Meine Beziehung mit Martin wurde immer schwieriger, ich klammerte, und er entzog sich, ich wollte reden, und er wich mir aus. Meine Psychologin riet mir, etwas für mich zu tun, ich war verzweifelt, ein wenig abschalten konnte ich nur noch in den Bergen beim Klettern. Ich hatte ein Hobby, eine Passion, die ich nicht mit Martin teilen konnte, selbst wenn ich es gewollt hätte. Und Martin nahm es mit absoluter Kühle und Gleichgültigkeit hin. Irgendwann fand ich auf seinem Handy dann Nachrichten von einer Claudia, die sehr eindeutig waren. Ich stellte Martin zur Rede, er stritt es noch nicht einmal ab. Es gab ein großes Drama, schließlich aber eine tränenreiche Versöhnung, es war, als hätte sein Panzer noch einmal Risse bekommen, und ich konnte wieder zu ihm durchdringen. Er versprach, nie wieder etwas mit einer anderen anzufangen, ich sei doch die *Eine* für ihn.«

Eva Kaltenbacher hielt inne, so als würde sie in sich hineinsehen. Dann lachte sie unter Tränen ein kurzes, bitteres Lachen und machte eine wegwerfende Handbewegung. »Aber wissen Sie was? Wenn einmal der Wurm drin ist«, sie verzog das Gesicht zu einem ironischen, fast anzüglichen Lächeln, »dann bekommen Sie es nicht mehr gekittet. Nach Claudia kam Cindy, danach bin ich ausgezogen. Aber ich spürte, dass ich Martin immer noch liebte, er war Familie für mich, und seine Familie verlässt man nicht einfach.«

Frau Kaltenbacher machte eine erneute Pause und nahm einen Schluck Wasser. Klara beobachtete, wie sich die trainierten Muskeln an ihrem Unterarm abzeichneten, als sie zum Glas griff.

»Als sich die Wogen etwas geglättet hatten, haben wir öfter telefoniert, uns manchmal zum Essen getroffen«, erzählte sie weiter und stellte das Glas wieder ab. »Ich war nach wie vor für ihn da, ich hatte immer wieder Hoffnung, dass er sich nur ein paar Monate lang die Hörner abstoßen wollte und dann unsere Ehe vielleicht eine zweite Chance hätte. Aber irgendwann reichte er die Scheidung ein. Etwa zu dem Zeitpunkt lernte ich Matthias auf einer Klettertour in Südtirol kennen. Er tat mir einfach gut, er fragte mich, wie es mir ginge, was ich wolle, er nahm mich ernst, er war einfühlsam und zärtlich, und er ließ mir Zeit, er war jemand, mit dem ich reden konnte. Und lachen.«

Eva Kaltenbachers Stimme klang nun fast kindlich, aber Klara hatte den Eindruck, dass sie sich den Mann selbst schönredete. Eva hatte einen kuscheligen, großen Teddy bekommen, ach, wie schön, ein Spielkamerad. Aber sie wollte den Wolf, sie war ihm verfallen, dem rücksichtslosen Leitwolf. Und der lauerte tatsächlich noch hinter der Ecke, mit seinen grünen Augen und den spitzen Fängen.

Mit leiser Stimme fuhr Frau Kaltenbacher fort. »Als Martin wenige Wochen später von meiner neuen Beziehung erfuhr, lud er mich zu einem verlängerten Wochenende nach Paris ein, sozusagen eine Städtereise als gute Freunde und um unsere einvernehmliche Scheidung zu feiern. Er sagte: ›Evi, in Erinnerung an die guten alten Zeiten‹, und ich fuhr mit ihm.«

Klara blieb für einen Moment der Mund offen stehen. »Und Matthias? War er damit einverstanden?«

»Matthias war sehr großzügig, er wusste, dass ich Martin immer auf eine bestimmte Art und Weise …«, sie zögerte, »… mögen würde. Und Matthias meinte, unter erwachsenen Menschen könne man dem anderen nicht vorschreiben, was er zu tun und zu lassen habe. Außerdem sei er sich sicher, dass er mir vertrauen könne.«

»Und? Konnte er Ihnen vertrauen?« Klara kannte die Antwort bereits.

Einen Moment lang wand sich Frau Kaltenbacher. »Meine

Liebe zu Martin war so groß, so etwas stirbt nicht einfach.« Sie fing erneut an zu schluchzen, »sterben« war ein ungünstiges Wort. »Und nun ist Martin tot, ich kann es einfach nicht fassen.«

Klara sah auf die weinende Frau und ließ ihr Zeit. Wenn sie ihre Trauer nur vorspielte, war sie wirklich gut.

»Frau Kaltenbacher, wissen Sie, mit wem Ihr Exmann zuletzt zusammen war?«, fragte sie nach ein paar Minuten. »Wenn ich mich recht erinnere, gebrauchten Sie den Begriff ›Betthäschen‹.«

Die Gefragte schnäuzte sich. »Nein, Martin erzählte nichts davon, wissen Sie, ich hätte es vermutlich auch nicht hören mögen. Aber ich wusste, dass er nie wirklich Single war.«

»Woher wussten Sie das, wenn Ihnen niemand etwas Konkretes erzählte?«

»Ein Mann wie Martin ist kein Single, glauben Sie mir.«

Klara zögerte und hakte noch einmal nach. »Sie haben nicht vielleicht … auf eine andere Art Informationen erlangt?«

»Was meinen Sie damit?« Eva Kaltenbachers Stimme trug einen Anflug von Misstrauen.

»Sagen *Sie* es mir …« Klara sah der blassen Frau direkt in die Augen. Auf der leuchtend orangefarbenen Couch wirkte sie für einen Moment verloren, die Kommissarin fragte sich kurz, was sie bei dem Möbelstück zu dieser Farbwahl bewogen hatte. Vielleicht die selbst suggerierte Lebenslust?

»Na ja, ich habe ein paar Dinge über Thorstens Assistentin mitbekommen, wir treffen uns ab und zu zum Tennis. Hin und wieder bin ich auch mal an Martins Haus vorbeigefahren …« Eva Kaltenbacher wand sich. »Es stand manchmal ein gelber Porsche dort. Und einmal sah ich eine blonde Frau an der Haustür stehen, sie hielt eine Flasche Sekt in der Hand. Martin öffnete, und die beiden küssten sich. Aber Sie dürfen nicht denken, dass ich Martin hinterherspionierte, in der letzten Zeit war ich kaum noch da, meine Beziehung zu Matthias ist mir wirklich viel wert.«

Ja, das scheint mir auch so, dachte Klara und schwieg. Vom Flur her erklang der melodische Ton der Türklingel.

»Oh, das wird Matthias sein.« Eva Kaltenbacher erhob sich und eilte zur Tür. Kurze Zeit später stand ein etwa eins neunzig großer dunkelhaariger Mann mit randloser Brille, ovalem Gesicht, braunen Augen und angenehmer Stimme im Wohnzimmer. Der Teddybär. Er nahm Eva in den Arm, Klara beobachtete die Situation, der Mann schien sehr auf seine Partnerin bezogen zu sein, strich ihr übers Haar, küsste ihre Stirn. Dann wandte er sich schließlich mit einem fragenden Gesichtsausdruck Klara zu.

»Klara Haag, Kripo Heidelberg«, stellte sich die Kommissarin vor. »Sie wissen bereits, was passiert ist?«

»Matthias Lamprecht. Ja, Eva hat mich sofort angerufen, nachdem sie von der schrecklichen Tat erfahren hatte.« Er drückte seine Freundin an sich. »Leider konnte ich nicht früher da sein, ich bin die Woche über beruflich in Hannover. Aber nun bin ich ja hier.«

Eva sah ihn dankbar an. Sie würde ihn umfassend in Anspruch nehmen bei dem Versuch, ihr schweres Schicksal zu meistern. Und Klara hatte genug gehört von Wölfen und Bären, sie schickte sich an aufzubrechen.

»Gut, Frau Kaltenbacher, dann möchte ich Sie nicht länger stören. Ach, eine Frage noch. Wo waren Sie eigentlich gestern Abend?«

Matthias Lamprecht atmete hörbar ein. »Sie wollen doch nicht ernsthaft andeuten, dass Eva etwas mit der Tat zu tun haben könnte …«

»Herr Lamprecht, bitte. Das sind reine Routinefragen.«

Eva Kaltenbacher sah von der Kommissarin zu ihrem Partner und legte ihm beschwichtigend eine Hand auf den Unterarm. »Lass nur, Matthias, ich habe nichts zu verbergen. Ich war hier zu Hause. Wie ich Ihnen bereits mitgeteilt habe, hatte ich am frühen Abend noch einmal mit Martin telefoniert.«

Ein kaum sichtbarer Schatten huschte über Lamprechts Gesicht. Klara entging diese minimale Veränderung nicht, ihre Wahrnehmung war trainiert auf derartige Details. Mit argloser Stimme fragte sie: »Waren Sie allein?«

»Ja, Matthias arbeitet ja in Hannover. Ich habe noch einige Unterlagen fürs Geschäft geordnet. So gegen dreiundzwanzig Uhr bin ich zu Bett gegangen.«

Dünnes Alibi, dachte Klara, und mit Matthias, dem edlen Ritter im Plüschpelz, möchte ich auch nicht tauschen.

Kurz nach zehn kam Klara nach Hause in ihre spärlich möblierte Vier-Zimmer-Wohnung in der Heidelberger Weststadt. Jan hatte bei seinem Auszug einen Teil der Möbel mitgenommen, und Klara gefiel die Wohnung so leer viel besser. Josephine konnte im Esszimmer Fahrrad fahren – ein echter Luxus bei den Heidelberger Mietpreisen.

Klara zog ihre Stiefel aus und legte sich aufs Sofa, sie strich sich durch das lange dunkle Haar und massierte sich die Schläfen. Sie war müde, und gleichzeitig kreisten ihre Gedanken. Immer wieder wendete sie bestimmte Sätze von Eva Kaltenbacher hin und her, versuchte, ihren Eindrücken und Instinkten nachzuspüren. Frau Kaltenbacher wirkte tief getroffen und verletzt. Bei dem, was sie gesagt hatte, war sie vielleicht ehrlich gewesen, aber hatte sie alles gesagt, was sie wusste?

Noch immer in Gedanken versunken, stand Klara auf, ging in die Küche zum Kühlschrank, an dessen Tür ein paar ihrer Lieblingsfotos von Josi hingen, goss sich ein Glas Riesling ein und fischte eine Packung Erdnüsse aus dem Vorratsschrank. Sie vermisste Josephine, wie gern hätte sie ihrer kleinen schlafenden Tochter noch einen Kuss gegeben, die heruntergerutschte Bettdecke hochgezogen, sie ein paar Minuten angesehen. Man sagt immer, dass Kinder von ihren Eltern abhängig sind, dass sie ihre Eltern brauchen, aber umgekehrt ist es genauso.

Mit einem Seufzen ging Klara in Josis Zimmer. In dem Kinderbett aus rot lackiertem Holz lagen nur die Kuscheltiere, auf dem Kopfkissen der große, lächelnde Eisbär, dem sie gedankenverloren übers Fell strich. Josephine war nicht da, sie war bei Jan – Klara war eine allein gelassene Mutter.

SECHS

Am Samstagmorgen trafen sich Klara und Sebastian um neun Uhr auf dem Revier. »Und? Alles fit?« Klara sah Sebastian grinsend an, es kam ihr unwahrscheinlich vor, dass Sebastian eine Nacht von Freitag auf Samstag allein verbracht hatte.

»Ja, danke der Nachfrage. Sehr fit. Und ich weiß wirklich nicht, was dieser süffisante Unterton soll, ich war zu Hause gestern Abend, und ich war um elf im Bett.« Sebastian schien zu schmollen.

»Ach, Basti, aus mir spricht nur der blanke Neid.« Sie gab ihm einen leichten Stoß in die Rippen. Gemeinsam traten sie aus der seitlichen Tür der Wache und gingen die wenigen Stufen hinunter zu dem Parkplatz, auf dem die zivilen Dienstwagen standen.

Klara setzte sich hinters Steuer, Sebastian schnallte sich mit einem herzhaften Gähnen auf dem Beifahrersitz an. »Trotzdem ziemlich früh heute.« Er fuhr sich mit den Fingern durch seinen dunkelblonden Kurzhaarschnitt und rieb über seine Bartstoppeln. Dann angelte er sein Handy aus seiner Jeans und fing an zu tippen. »Muss noch kurz was schreiben.«

Klara sah ihn schief an. Sebastian schmunzelte, auf seinen Wangen zeichneten sich zwei Grübchen ab, er war ein hübscher Kerl. Klara hatte schon häufiger bemerkt, dass die Menschen ihm gern von sich erzählten, er wirkte wie der nette Junge von nebenan, er hatte etwas Vertrauenerweckendes an sich. Kein Nachteil bei Befragungen und Vernehmungen.

Die Kommissarin lenkte den Wagen über den Kreisverkehr Richtung Stadtausgang. Sie fuhren nach Sandhausen, eine der dialektstarken, dörflichen Gemeinden im Dunstkreis Heidelbergs, in der ein kleines Häuschen noch erschwinglich war, sofern man es die nächsten dreißig Jahre lang abzahlen mochte.

Nach fünfzehn Minuten kamen sie vor einem modernen Bungalow an. In der Hofeinfahrt stand ein gelber Porsche Boxster mit Kennzeichen »HD – GM«. Die Beamten stiegen aus, gingen zur Haustür und läuteten.

Gabriele Malik, die offensichtliche Besitzerin des Porsches, öffnete. Sie trug einen seidenen Hausanzug mit Leopardenmuster, ihre pedikürten Füße steckten in goldfarbenen Pantoletten, ihr Haar war honigblond, ihre Lippen waren sehr voll und bereits am frühen Morgen rot geschminkt.

Klaras Blick wanderte unwillkürlich von oben nach unten und wieder zurück. Vor ihr stand eine dieser Frauen, deren Anblick irritiert, da der Betrachter vergeblich versucht, ihr Alter einzugrenzen. Gabriele Maliks Gesicht deutete auf Ende dreißig hin, ihr Hals und die sonnenfaltige Haut ihres Dekolletés auf Anfang fünfzig, ihre Figur auf Mitte zwanzig, und ihre Stimme war die einer Frau, die vierzig Jahre zu lang in einer verqualmten Bar gesessen hatte.

»Ja bitte?« Die Frage klang überrascht und leicht ungehalten angesichts der morgendlichen Störung. Frau Malik würdigte die beiden Hauptkommissare kaum eines Blickes und schnarrte mit ihrer rauchigen Stimme: »Ich bin nicht interessiert an religiöser Bekehrung oder kostenlosen Zeitschriften, und ich spende auch nichts.«

Klara trug eine fünfhundert Euro teure Lederjacke eines italienischen Designers, die Frau schaute eindeutig nicht genau hin.

»Guten Morgen, Frau Malik, mein Name ist Klara Haag, das ist mein Kollege Sebastian Langer, Kripo Heidelberg.«

»Und?« Gabriele Maliks Stimme war immer noch desinteressiert.

»Können wir einen Moment hineinkommen?«

»Wieso? Um was geht es bitte?« Unterkühlte Arroganz, die Frau war ein harter Zahn.

»Frau Malik, wir würden gern ein paar Minuten in Ruhe mit Ihnen sprechen. Wenn es Ihnen lieber ist, können wir Sie aber auch aufs Revier laden.«

Gabriele Malik zögerte kurz und trat dann einen Schritt zur Seite. Aus dem Inneren des Hauses schallte eine männliche Stimme. »Wer ist es, Schatz?«

Die beiden Ermittler traten ein und gelangten in einen offenen Wohn- und Essbereich, in dem ein korpulenter, glatzköpfiger Mann Ende fünfzig beim Frühstück saß. Auf seiner Brötchenhälfte war ein beachtlicher Hügel Fleischsalat angehäuft, an seinem Kinn klebte Mayonnaise.

»Ihr Ehemann?«

»Ja.«

»Dr. Ralf Malik. Und wer sind Sie, wenn ich fragen darf?«

Klara und Sebastian stellten sich erneut vor. Sie standen vor dem üppig gedeckten Esstisch, jetzt würden sie dem trauten Paar das Frühstück ruinieren.

»Frau Malik, gestern Vormittag wurde Martin Kaltenbacher ermordet aufgefunden. Vielleicht haben Sie schon davon gehört?«

Gabriele Maliks Gesicht wechselte die Farbe. »Ermordet?«

Ihr Mann hörte auf zu kauen. »Aber das ist nicht möglich, Martin war ein so guter Mensch, wie kann jemand so etwas tun?«

»Frau Malik, wir haben die E-Mail-Kommunikation zwischen Ihnen und Herrn Kaltenbacher eingesehen, Sie waren … befreundet?«

Der Herr des Hauses beeilte sich, den Bissen seines Brötchens hinunterzuschlucken. »Martin war ein gemeinsamer Freund, wir kannten uns schon seit etlichen Jahren, kennengelernt haben wir uns auf einer Charity-Gala in Mannheim. Martin verstand es, zu leben und zu genießen, außerdem konnte man sich hundertprozentig auf ihn verlassen.« Herr Malik hastete durch die Sätze, ein paar kleine Gurkenstücke zwischen den Zähnen. Seine Frau ließ sich auf das weiße Sofa rechts neben dem Esstisch fallen und nestelte an ihren blutroten Acrylfingernägeln.

»Ralf, kannst du mir bitte aus der Küche ein Glas Wasser holen, ich glaube, mir ist nicht gut …« Ihre Stimme klang noch ein halbe Oktave tiefer als eben.

»Ja, sicher.« Ihr Mann erhob sich umständlich und stampfte in die angrenzende Küche.

Gabriele Malik sah Klara mit einem flehenden Blick an. »Bitte, kein Wort zu meinem Mann«, flüsterte sie. »Bitte … er weiß nichts.« Dr. Malik kam zurück und reichte seiner Frau ein Glas Wasser, um seinen Hals hing eine Goldkette mit einem Kreuzanhänger.

»Äh, Herr Malik, in der polizeilichen Ermittlungsarbeit ist es üblich, Bekannte des Opfers zunächst getrennt zu befragen, könnten wir vielleicht in einem anderen Raum sprechen?« Sebastian blickte Malik auffordernd an, der sah aus wie ein Seebär, dem man den Fisch geklaut hatte. Er rieb sich mit der flachen Hand über den Mund und anschließend zögerlich über seinen kahlen Schädel.

»Ja, natürlich, kommen Sie bitte mit in mein Arbeitszimmer.«

Die beiden verschwanden durch den Flur, Klara nahm auf einem Sessel gegenüber von Gabriele Malik Platz, die prompt zu weinen anfing. Klara dachte kurz, wie gern sie einen Geschäftspartner von Kaltenbacher befragen würde, die würden wenigstens nicht heulen. Vermutlich nicht.

Auf Klaras Frage hin gab Gabriele Malik an, mit Kaltenbacher befreundet gewesen zu sein.

»Auch intim befreundet?« Klara hatte keine große Lust, lange um den heißen Brei herumzureden, und bei der Frau musste man sicherlich keine rosa Schleifchen um seine Sätze binden.

»Wir mochten uns sehr, Martin war aufmerksam und charmant.«

Ja, das hatte Klara schon mehrfach gehört. »Bitte, Frau Malik, etwas konkreter, Ihr Mann und mein Kollege werden nicht ewig im Arbeitszimmer sein.«

Gabriele Malik schniefte und tupfte sich eine Träne von der rosé bepuderten Wange. »Martin war ein guter Liebhaber. Wir hatten einfach Spaß miteinander, daran ist doch nichts Schlechtes. Ralf hat ja offenbar kein Interesse mehr …« Sie zog erneut die Nase hoch.

»Wann haben Sie Herrn Kaltenbacher zuletzt getroffen?«

»Das ist schon ein paar Wochen her. Er sagte mir, er habe da neuerdings jemanden. Das kam schon mal vor. Dann trafen wir uns eine Weile nicht. Aber irgendwann rief er wieder an. Wissen Sie, wir kennen uns schon so lange. Ich habe einige andere Frauen kommen und gehen sehen, ich stehe da über den Dingen. Martin wusste, was er an mir hatte.«

Abgeklärt und auf den Punkt, dachte Klara. Es gab Frauen, mit denen man Liebe machte, und es gab welche, für die ein Vorspiel Zeitverschwendung war – der Sekundenzeiger der weißgoldenen Cartier-Uhr lief jenseits der fünfzig schneller, und Austern und

Champagner konnte man auch danach noch zu sich nehmen. Oder aufstehen und gehen. Klara warf trotzdem noch einmal einen kleinen Angelhaken aus.

»Sie waren nicht eifersüchtig auf Martins andere Beziehungen?«

Die Malik schwamm müde an dem zappelnden Wurm vorbei. »Eifersüchtig? Kindchen, aus dem Alter bin ich raus.« Sie hob kaum merklich die Augenbrauen, die vermutlich botoxgewohnte Mimik war sparsam.

Nun gut, dann die einfache Frage nach dem Alibi. Klara beugte sich leicht nach vorn. »Wo waren Sie am Donnerstagabend?«

Gabriele Malik antwortete, ohne zu zögern: »Hier zu Hause, zusammen mit meinem Mann. Am späteren Abend haben wir noch mit unserer Tochter telefoniert, sie studiert in München.«

Klara fragte sich weiter durch das außereheliche Leben einer Frau, die im Grunde ihre eigene Vergänglichkeit nicht aushielt, hatte immer wieder das Gefühl, die Details gar nicht so genau wissen zu wollen, und war heilfroh, als sie eine knappe halbe Stunde später wieder mit Sebastian im Wagen saß, die trauernden Verflossenen wurden ihr zu viel.

Sebastian reckte sich auf dem Beifahrersitz und meinte lapidar, dass Herr Malik ebenfalls angegeben habe, am Donnerstagabend mit seiner Frau zu Hause gewesen zu sein, auch den Anruf bei der Tochter habe er erwähnt. »Traute Zweisamkeit. Und der Malik tut tatsächlich so, als wüsste er von nichts. Geübt im Wegsehen. Aber wer weiß, seine Frau ist das vermutlich auch.«

»Das Geheimnis einer langen, erfolgreichen Ehe.« Klara zuckte mit den Schultern und lenkte den Wagen aus dem Ort hinaus auf die Bundesstraße. Es war ein ruhiger Spätsommertag, der Himmel war wolkenlos und tiefblau, Altweibersommer, sie liebte diese Jahreszeit.

»Was hältst du von Gabriele Malik?« Sebastian sah seine Kollegin fragend an.

»Luxusweibchen, hält sich in ihrer Ehe für zu kurz gekommen, nimmt mit, was sie kriegen kann, Kaltenbacher streichelte ihr Ego, und sie hatte Spaß mit ihm. Aber er war ihr nicht wichtig genug, als dass sie ein Verbrechen begehen würde. Im Prinzip war er für sie austauschbar.«

»Hm.« Sebastian nickte. »Wahrscheinlich hast du recht. Und ihr Mann kommt damit klar, wegzusehen. Die Eskapaden seiner Frau sind für ihn zu unbedeutend, um sich darüber aufzuregen oder gar darunter zu leiden. Die beiden haben ein ziemlich abgeklärtes Verhältnis zueinander.« Sebastian fuhr sich mit der Hand über sein bartstoppeliges Kinn. Das leise, kratzende Geräusch gefiel Klara. »Irgendwie erinnern mich die zwei an Zimmerpflanzen, sie stehen weit genug voneinander entfernt, und wenn mal jemand kommt und sich am vermoosten Stamm des einen reibt, sieht der andere einfach weg. Aber so ganz ohne einander wollen sie auch nicht sein.«

Klara musste lächeln, Sebastians Vergleiche waren manchmal ungewöhnlich, aber passend. Nur das mit dem vermoosten Stamm wollte sie nicht weiter überdenken.

»Ich glaube außerdem«, sprach Sebastian weiter, »der Herr Dr. Malik würde wegen seiner Frau und deren Liebhaber niemals das Risiko eingehen, den Rest seines Lebens hinter Gittern verbringen zu müssen – abseits von gutem Wein, Frauen und Fleischsalat aus dem Delikatessen-Geschäft.« Sebastian kramte in der Tasche seiner Jeans, zog einen Streifen Kaugummi heraus, wickelte ihn aus und steckte ihn in den Mund. »Willst du auch einen?«

Klara lehnte ab. Sie lenkte den Wagen weiter auf der Bundesstraße Richtung Heidelberg. »Ich war gestern Abend noch einmal bei der trauernden Frau Kaltenbacher. Irgendetwas ist merkwürdig an ihr. Sie hängt offenbar tatsächlich noch an ihrem Ex. Ich habe auch ihren neuen Partner kennengelernt, vielleicht müssen wir uns den mal genauer ansehen.« Sie machte eine kurze Pause. »Wie weit sind die Kollegen mit der Durchsicht der Geschäftskommunikation?«

»Keine Ahnung, sie haben gestern etliche Kartons mit Aktenordnern aus Kaltenbachers Firma abgeholt. Harald hat die Leitung des Teams. Auf unserer Liste steht aber leider noch eine Flamme von Kaltenbacher …«

Klara atmete aus, es klang wie ein gequältes Stöhnen.

»Frau Weißgerber. Sechsunddreißig, ledig, kinderlos, Dolmetscherin, wohnt in der Furtwänglerstraße.« Sebastian grinste aufmunternd zu seiner Kollegin hinüber. »Lass es uns hinter uns bringen.«

»Wenn's sein muss ...« Klara ließ die Scheibe des Seitenfensters hinunter, der Fahrtwind nahm eine Haarsträhne auf, die ihre Wange kitzelte.

Sebastian rutschte auf seinem Sitz ein Stück nach unten und reckte die Arme über den Kopf. Manchmal erinnerte er Klara an einen amerikanischen Collegestudenten, sportlich, lebenslustig, aus gutem Hause. Sie sah ihn vor sich, wie er mit einer jungen, hübschen blonden Frau am Strand von Kalifornien entlangspazierte, ein verspielter Labrador begleitete die beiden, ein verliebtes Paar mit sonnigem Gemüt und großen Plänen. Aber irgendwie hatte das Schicksal Sebastian nicht in eine Profi-Baseball-Mannschaft oder eine erfolgreiche Anwaltskanzlei in Los Angeles gesteckt, sondern zur Mordkommission ins beschauliche Heidelberg. Na ja, hier konnte er Frisbee spielen auf der Neckarwiese.

Die Ermittler fuhren schweigend ein paar Kilometer weiter auf der Landstraße, dann in die Stadt hinein, über eine der Neckarbrücken und weiter wieder stadtauswärts. Nach zwanzig Minuten standen sie vor einem dreigeschossigen Mehrparteienhaus in der Furtwänglerstraße und klingelten bei Weißgerber. Niemand öffnete. Nach zwei weiteren Versuchen läuteten sie bei der Nachbarwohnung, auf dem Klingelschild stand »Bartz«.

Der Türöffner summte, die Ermittler stiegen die Treppe hinauf und stellten sich einem älteren, untersetzten Mann vor. Der sah sie beflissen aus kleinen braunen Augen an. Er habe Frau Weißgerber gestern Morgen zum letzten Mal gesehen, versicherte er, nein, verreist sei sie wohl nicht, allenfalls kurz übers Wochenende, oder sie sei einkaufen oder bei einer Freundin, vielleicht solle man es am späteren Nachmittag noch einmal versuchen, er könne Frau Weißgerber auch gern etwas ausrichten, wenn er sie sähe.

»Ja, falls Sie sie in den nächsten Stunden sehen, sagen Sie ihr doch bitte, dass sie sich auf der Wache in der Römerstraße melden soll, hier ist die Telefonnummer.« Klara und Sebastian verabschiedeten sich und gingen zurück zu ihrem Wagen.

»Ob Frau Weißgerber bereits vom Tod ihres Freundes erfahren

hat? Anscheinend war die Sache zwischen den beiden ja noch aktuell …«

»Keine Ahnung, wenn wir sie bis heute Abend nicht antreffen, muss Conrad über eine Türöffnung entscheiden. Immerhin gehört Frau Weißgerber auch zum Kreis der möglichen Tatverdächtigen. Lass uns erst einmal zurück auf die Wache.« Klara startete den Motor, parkte aus und fuhr Richtung Römerstraße.

Auf dem Polizeirevier waren die Kollegen mit der Auswertung der Geschäftsunterlagen aus Kaltenbachers Firma beschäftigt. Aktuell war das Unternehmen »Kaltenbacher Raum und Leben« beteiligt an der Sanierung der alten Villa Dahm in der Heidelberger Weststadt, einem der beliebtesten Wohnviertel, von Gründerzeitvillen und glücklichen, wohlhabenden Familien geprägt. Die Villa Dahm war eine äußerst großzügige, frei stehende Unternehmervilla aus dem 19. Jahrhundert, gelegen auf einem traumhaften Grundstück mit altem Baumbestand – und das unmittelbar angrenzend an die Innenstadt. Ein absolutes Filetstück, bei dem die Kaufpreise für die modernen Eigentumswohnungen, die nun in der Villa entstanden, astronomisch waren. Entsprechend lukrativ war der Auftrag für Kaltenbachers Firma.

»Raum und Leben«?, dachte Klara. Wohl eher »Geld und Tod«. Sie kannte die Villa Dahm, ihre Altbauwohnung lag nur ein paar Straßen entfernt, und sie war mit Josephine häufig auf dem Spielplatz direkt neben der alten Villa gewesen. Die Bauarbeiten dort hatten vor einiger Zeit begonnen, nachdem das unter Denkmalschutz stehende Haus und das kleine Nebengebäude lange ungenutzt gewesen waren. Das großflächige Schild auf der Westseite des Gebäudes versprach neun exklusive Eigentumswohnungen und ein exklusives Stadthaus. »Exklusiv« traf es in diesem Fall gut, ausschließlich für einen erlauchten Käuferkreis.

Klara und Sebastian gingen in den ersten Stock der Polizeiwache und betraten eines der schmucklos ausgestatteten Besprechungszimmer. Auf den u-förmig gestellten Tischen lagen mehrere Stapel schwarzer und dunkelgrauer Aktenordner, drei Kollegen saßen im Raum verteilt, genügend Platz links und rechts neben sich, um Unterlagen aus den unhandlichen Ordnern ausbreiten zu können.

»Morgen, grüß euch.« Sebastian nickte in den Raum und wandte sich dann einem der Kollegen zu. »Moin, Harald, wie sieht's aus? Habt ihr was gefunden?«

Harald Bender war ein erfahrener Beamter Ende fünfzig, der sich in seinem Leben entschieden zu viel geärgert hatte, deutlich zu viel rauchte und in seinem kurpfälzischen Dialekt kaum ein Schimpfwort der deutschen Sprache ausließ. Er lebte seit dreißig Jahren für den Job, unterwegs war ihm irgendwann seine Frau abhandengekommen, inklusive Sohn und Tochter. Aber Harald war lernfähig, auf seinem Schreibtisch standen nun Fotos seiner beiden kleinen Enkelkinder, und er verbrachte so viel Zeit wie möglich mit ihnen.

Der Hauptkommissar strich mit seinen nikotingelben Fingerspitzen über die Seiten eines Ordners. Sein braunes Haar war bereits schütter geworden, in das längliche Gesicht hatten sich tiefe Falten eingegraben – es war das Gesicht eines Ermittlers, der erfahren, aber nicht müde war. Er bellte ein beängstigend rasselndes Husten und fing dann in seinem typischen Singsang an zu berichten.

»Nun, ich will mal so sagen … die Kaltenbachers – der tote und der lebendige – haben bei der Villa Dahm einen richtig guten Coup gelandet. Guckt euch die Verträge und den Provisionsrahmen an. Ich sag ja, Immobilien sind das Heidelberger Gold.«

Er schob den schwarzen Ordner quer über den Tisch zu Klara und Sebastian.

»Und die Konkurrenz bei der Ausschreibung des Projekts war, vornehm ausgedrückt, beachtlich. Da musste man schon mit harten Bandagen kämpfen, um den Fisch an Land zu ziehen.«

Der Ermittler grinste, die Farbe seiner Zähne hatte vor langer Zeit von Gelb nach Hellbraun gewechselt, aber die fast kindliche Freude, die ihm jedes Mal im Gesicht stand, wenn er etwas entdeckt hatte, ließ ihn strahlen und um Jahre jünger wirken. »Regel Nummer eins: Du musst wissen, was die Konkurrenz vorhat.« Er grinste noch immer. »Und leck mich am Arsch, die Kaltenbachers waren gut informiert. Und jetzt ratet mal, warum?«

Harald Bender lehnte sich genüsslich zurück, machte das Gesicht eines Showmasters aus den siebziger Jahren und trommelte mit seinen gelben Fingern auf die Tischplatte.

Klara und Sebastian sahen sich an und zuckten mit den Schultern. Harald genoss noch ein paar Momente länger den ahnungslosen Ausdruck seiner beiden jungen Kollegen und ließ dann die Bombe platzen.

»Sie hatten zwei Maulwürfe installiert. Oder sollte ich besser sagen: ›Maulwürfinnen‹? Maulwurfs-Frauchen, Spitzel-Tanten, Mata Haris. Sack und Arsch, das ist gut, was?« Harald bellte ein kerniges Lachen hervor.

Klara und Sebastian verstanden nicht, Klara fragte gedehnt: »Maaaulwurfs-Taaanten?«

»Genau, ganz einfach, Viola und Nicole. Wir haben das mit den Informationen über die Mitarbeiter auf den Internetseiten abgeglichen: Viola Schanz, Assistentin der Geschäftsführung bei der ›SWB Consulting‹, und Nicole Baumgartner, Empfangsdame bei der ›Allwohn Bau GmbH‹. Da staunt ihr, gell?« Harald Bender sah triumphierend in die Runde.

Klara dämmerte es langsam. Wahrscheinlich hatte Kaltenbacher, der Tote, die beiden in Naturalien bezahlt. Möglicherweise auch Kaltenbacher, der Lebendige.

Bender führte mit einem kehligen Glucksen weiter aus, wie sein Team und er beim Abgleich der Ausschreibungstexte, der vertraulichen Planungsunterlagen und der Kommunikation während des Bewerbungsverfahrens, vor allem aber bei der Durchsicht der privaten E-Mails darauf gekommen waren, dass die Herren Kaltenbacher von zwei Damen bei den genannten Mitbewerbern stets über Firmeninterna auf dem Laufenden gehalten wurden. Kaltenbachers entwickelten entsprechend eine konkurrenzlose Kalkulation und wiesen in ihrem Entwurf immer wieder indirekt auf Nachteile und Mängel der Konkurrenzentwürfe hin, natürlich ohne direkt auf diese Projektunterlagen Bezug zu nehmen, jedoch für erfahrene Planer und Bauträger unübersehbar. Es war ein strategisches Paradestück, bei dem Viola und Nicole die notwendigen Informationen geliefert hatten. Während der Mittagspause abfotografierte Pläne, unauffällig und schnell über das Smartphone versendet, seitenweise Konzeptionspapiere und Gesprächsprotokolle, kurze Zusammenfassungen der Beratungen in der Chefetage, über einen anonymen Mail-Account an Martin Kaltenbacher verschickt, unterschrieben mit »Liebe Grüße, Nicole«.

Harald Bender war begeistert, Klara und Sebastian waren es weniger, der Kreis möglicher Tatverdächtiger wurde langsam unübersichtlich. Ein promiskuitiver Herzensbrecher und Schiebung und Intrigen im finanzkräftigen Immobiliensektor. Klara empfand einen Widerwillen dagegen, zwei weitere Frauen tränenreich von Kaltenbachers wundervollem Wesen schwärmen zu hören, Mädchen, macht die Augen auf. Sie hätte die Gespräche gern Harald überlassen, er kam mit so etwas besser klar und würde alles abhandeln mit einem »Sack und Arsch aber auch, der hatte wirklich einen Stein im Brett bei den Weibern«.

Hauptkommissar Harald Bender hustete und hielt sich eine schwielige Faust vor den Mund. Nachdem ihn seine Frau damals verlassen hatte, war er fast jeden Abend betrunken gewesen, aber das war vor Klaras Zeit. Man erzählte sich, dass der damalige Leiter der Heidelberger Kripo ihn lange gedeckt hatte, weil er einen Mann wie Harald nicht verlieren wollte. Aber irgendwann war Schluss gewesen, Harald musste wieder klar im Kopf werden – und er hatte es geschafft. Seine geliebten Glimmstängel würde er allerdings nie aufgeben können.

»Der Chef hat für fünfzehn Uhr eine Besprechung angesetzt, Zusammentragen der bisherigen Ergebnisse und weitere Planung der Ermittlungen. Die Bundesliga kann ich heute vergessen.« Harald machte ein säuerliches Gesicht.

Klara wusste, dass es ein heiliges Ritual für ihn war, gemeinsam mit seiner Rosi, einem rauen, aber herzensguten Weibsbild, das ihn aus seinem Sumpf gezogen hatte, in seiner Stammkneipe die Spiele des Tages zu verfolgen.

»Wenn du Pech hast, sogar das aktuelle Sportstudio heute Abend um elf. Wir haben möglicherweise noch eine Türöffnung mit Wohnungsdurchsuchung.«

»Ja klasse.« Harald Bender rieb sich mit seiner fahlen Hand durch das schlecht durchblutete Gesicht und schob sich die Brille mit dem dunkelroten Gestell auf die Stirn. Vermutlich hatte sein Optiker ihm die Fassung empfohlen, damit sein Teint frischer aussähe. Es hatte nicht funktioniert. Bender hustete erneut. »Ich muss erst mal raus, mir eine anstecken. Hilft beim Denken.« Er zog bekräftigend die Nase hoch.

Klara und Sebastian verließen mit ihm das Besprechungszimmer und gingen in ihr Büro.

Einige Stunden später standen sie erneut in der Furtwänglerstraße vor der Wohnungstür von Elsa Weißgerber. Herr Bartz hatte sie freundlicherweise wieder ins Haus gelassen, nachdem das Läuten bei seiner Nachbarin erfolglos geblieben war.

»Falls ihr die Weißgerber nicht antrefft, fahrt ihr zu den beiden Mata Haris.« Kriminaldirektor Conrad gefiel der Ausdruck, er hatte genüsslich ein »a« nach dem anderen gedehnt und die Knöchel seiner Finger knacken lassen. Klara hatte kurz aufgestöhnt, aber ein strenger Blick von Conrad hatte deutlich gemacht, dass Widerrede nicht erwünscht war.

»Ihr bleibt an dem direkten Umfeld von Kaltenbacher dran, wir brauchen Informationen. Die Türöffnung bei der Weißgerber verschieben wir gegebenenfalls auf morgen, schließlich muss ich jede Öffnung rechtfertigen, und ihr wisst selbst, dass wir dieses Jahr schon ein paar hatten.« Conrad hatte aufmunternd in die Runde gesehen. »Zahlt ihr alles mit euren Steuern.«

Klara war etwas erstaunt gewesen. Elsa Weißgerber war eine zentrale Figur in Kaltenbachers Privatleben, legte sie der Chef zu leichtfertig auf Eis?

Conrad hatte schließlich die Besprechung aufgehoben. »Ich möchte heute gegen achtzehn Uhr über den aktuellen Stand informiert werden und bin auch die übrige Zeit über Handy erreichbar. Wir brauchen möglichst bald Ergebnisse. Kaltenbacher war in unserer Stadt kein Unbekannter. Also, dann mal weiter, jeder weiß, was er zu tun hat.«

Nun läutete Klara zum dritten Mal an Elsa Weißgerbers Tür. Ohne Erfolg, die Tür blieb verschlossen.

Sebastian rief mit kräftiger Stimme: »Frau Weißgerber? Sind Sie zu Hause? Bitte öffnen Sie.«

Wenige Sekunden später ging die Wohnungstür des Nachbarn auf, der hilfsbereit erklärte, seine Nachbarin seit dem letzten Besuch der beiden Kommissare nicht gesehen zu haben. Klara und Sebastian sprachen noch ein paar Worte mit Herrn Bartz, bedankten sich für die Auskunft und gingen unverrichteter Dinge wieder das Treppenhaus hinunter.

»Warum kann Harald nicht zu den Mata Haris?«, maulte Klara, als sie in den Wagen gestiegen waren. »Er hat sie ja schließlich auch entdeckt.«

»Komm, Klärchen, Milieustudien, da kannst du noch was lernen …« Sebastian lächelte sie an. Klara mochte ihn wirklich. Sie wünschte ihm, dass er irgendwann eine nette, intelligente junge Frau treffen würde, mit der er einen Stall voller Kinder hätte, kleine Sebastians mit roten Wangen und Grübchen und einem verschmitzten Lachen.

Sie seufzte. »Wer kommt zuerst dran, das Fräulein Viola oder das Fräulein Nicole?«

»Nicole Baumgartner wohnt hier in der Nähe in Handschuhsheim in der Lindengasse. Praktisch um die Ecke.«

Die beiden Kommissare fuhren ein paar Straßen weiter. Handschuhsheim war ein Stadtteil von Heidelberg, aber eigentlich ein eigenes Dorf, ein dörfliches Dorf mit einem Dorfchor namens »Hendsemer Krischer«. Der Dialekt der Gegend lag für Klara irgendwo zwischen charmant und grauenvoll, aber man gewöhnte sich an vieles, auch daran, dass sich die Leute hier nicht weh*taten*, sondern weh*machten*. Oder totmachten.

Das kleine ehemalige Bauernhaus in der Lindengasse war in den siebziger Jahren renoviert worden und versprühte den Liebreiz von Resopal, ockerfarben gefliesten Wänden und holzverkleideten Decken. Der Mann, der den Hauptkommissaren öffnete, passte kaum in den Rahmen der Haustür.

»Ja?«, fragte der Schrank in einer tiefen Bassstimme.

»Klara Haag und Sebastian Langer, Kripo Heidelberg. Wir würden gern mit Nicole Baumgartner sprechen.«

»Wie? Wat? … Kripo?« Der Hüne schien nicht zu verstehen.

»Ist Frau Baumgartner zu Hause?«

»Äh ja …« Ein Zögern lag in der tiefen Stimme, dann schwang

sie sich auf zu einem lauten »Nicole! … Hier sind zwei Bu… Polizisten, kommste mal?«.

Einige Sekunden später machte der Schrank einer zierlichen dunkelblonden Frau in engem T-Shirt und Trainingshose Platz. Die Frau war etwa Ende zwanzig, das Haar wellte sich über ihre Schultern, sie war ungeschminkt und sehr hübsch, ihre grünen Augen blickten die beiden Kommissare fragend an.

»Ja?« Unsicher und mit angespannten Zügen fixierte Nicole Baumgartner Sebastian.

»Können wir einen Moment hineinkommen?«

Frau Baumgartner sah von einem zum anderen und trat dann einen Schritt zurück. »Ja, sicher.«

Die Ermittler gingen in einen engen Flur, der in ein Wohnzimmer mit braunem Ledersofa, gekacheltem Couchtisch und großformatigem Flachbildfernseher führte. Auf dem Boden spielte ein etwa vierjähriger Junge mit seinen Spielzeugautos.

»Justin, gehst du mal in dein Zimmer, Mama und Papa müssen was mit den Leuten hier besprechen.«

Justin rührte sich nicht.

»Justin, bitte …« Frau Baumgartner wurde ungeduldig. »Mama spricht mit dir.«

Justin nahm seine Mutter weiterhin nicht zur Kenntnis, sie wandte sich an ihren Mann. »Hajo, dann geh du doch mal mit dem Jungen rüber in sein Zimmer.«

Hajo murrte, er war wenig begeistert von dem Vorschlag, vermutlich wollte er seine Frau nicht mit der Polizei allein lassen und außerdem dringend mitbekommen, um was es ging. Kaufhausdiebstahl? Nicole trug in letzter Zeit auffallend oft neue Unterwäsche.

»Hajo, jetzt mach doch.« Frau Baumgartner war sichtlich gestresst, und hinter ihrem zierlichen Äußeren schien sich das Temperament einer Kobra zu verbergen. Unwillig schnappte sich der muskelbepackte Hajo den kleinen Justin und trug den strampelnden und protestierenden Jungen aus dem Zimmer. Klara und Sebastian nahmen auf der Ledercouch Platz.

»Frau Baumgartner, Martin Kaltenbacher wurde am Freitagmorgen tot in seiner Wohnung aufgefunden.«

Nicole Baumgartner starrte vor sich hin.

Jetzt überlegt sie, ob sie Martin Kaltenbacher kennen soll oder lieber erst einmal nicht, dachte Klara. Es war ein Katz-und-Maus-Spiel, diese Momente forderten immer wieder Klaras Jagdinstinkt heraus – ich weiß etwas, das du nicht weißt. Und bald werde ich alles wissen.

»Martin wer?«

Sie schindet Zeit, es wird ihr nicht viel nützen. Klara wiederholte in aller Ruhe: »Martin Kaltenbacher. ›Kaltenbacher Raum und Leben‹.«

»Ah. ›Kaltenbacher Raum und Leben‹. Ja. Genau.« Frau Baumgartner war paralysiert wie das Kaninchen vor der Schlange. Dann begann sie, nervös ihre Finger zu kneten, und biss sich auf die Unterlippe. Der silberfarbene Aufdruck »Dancing Queen« auf ihrem rosa T-Shirt wirkte fast schmerzhaft deplatziert. »Die Firma kenne ich.«

Klara lehnte sich ein kleines Stück nach vorn. Herzchen, du wirst nicht drum herumkommen. »Nur die Firma, oder kannten Sie auch die beiden Inhaber?«

Verzweifeltes Kauen auf der Unterlippe. »Ja, wissen Sie, innerhalb der Branche kennt man sich natürlich, man sieht sich hin und wieder bei Veranstaltungen, das ist ja ganz normal.«

Von normal kann schon längst keine Rede mehr sein, dachte Klara. Sie spielte das Spiel weiter. »Kannten Sie die Gebrüder Kaltenbacher auch persönlich?«

Pause.

»Wie, persönlich?« Frau Baumgartner sprach das Wort aus wie ein äußerst kompliziertes Fremdwort. Mädchen, mach es uns doch nicht so schwer.

»Persönlich«, setzte Klara nach. »Standen Sie in persönlichem Kontakt zu einem der Herren?«

Frau Baumgartner wand sich, rutschte auf ihrem Sessel hin und her. In dem Moment wurde die Wohnzimmertür geöffnet, und der lebende Schrank kam zurück.

»Wo ist Justin?« Nicole Baumgartner rettete sich in die Frage nach dem Kind.

»Ich habe ihm das Kinderprogramm angeschaltet. Er sieht fern.«

»Hajo, du weißt genau, dass ich nicht will, dass der Junge so viel fernsieht. Jetzt geh gefälligst rüber und kümmer dich um ihn.« Die Stimme der zierlichen Frau war die eines Oberfeldwebels kurz vorm Gefecht. Hajo wagte trotz seines Unwillens nicht zu widersprechen und trollte sich aus dem Wohnzimmer, die Tür ließ er einen Spalt weit offen.

Scheinbar ahnungslos fragte Frau Baumgartner wenige Augenblicke später an Klara gewandt: »Um was ging es noch mal?«

Klara hatte keine Eile. »Ich hatte Sie gefragt, ob Sie die Kaltenbachers persönlich kannten.«

»Ach ja, genau. Nein, nicht persönlich.« Sie hatte sich also entschieden. Entschieden für die Unwahrheit.

»Frau Baumgartner, aus unseren Unterlagen geht hervor, dass Sie Martin Kaltenbacher Informationen aus Ihrem Unternehmen, der ›Allwohn Bau GmbH‹, übermittelten.«

Nicole Baumgartner schwieg, sie war geschlagen.

»Möchten Sie uns hierzu etwas sagen?« Klaras Stimme war freundlich, das Kaninchen saß in der Falle.

Die Befragte zögerte, rutschte erneut auf ihrem Sessel hin und her, dann setzte sie plötzlich einen trotzigen Gesichtsausdruck auf.

»Ohne meinen Anwalt sage ich gar nichts mehr.«

Die Leute sahen eindeutig zu viele Krimiserien, sie glaubten ernsthaft, sich mit dieser Antwort in Sicherheit bringen zu können. Jetzt war Sebastians vertrauenerweckende Art gefragt, Klara und er beherrschten das Spiel im Schlaf.

»Sehen Sie, Frau Baumgartner, Ihr Arbeitgeber muss nicht notwendigerweise etwas davon erfahren. Wenn Sie sich kooperativ zeigen, sollte es doch vielleicht Möglichkeiten geben, dass Sie Ihren Job behalten können.« Sebastian neigte den Kopf wie ein wohlwollender Reformpädagoge, deutete ein mildes Lächeln an, machte eine Kunstpause und gab dann zu bedenken: »Das Leben mit Kind in Heidelberg ist nicht gerade billig. Viele Familien sind auf zwei Einkommen angewiesen, wir möchten sicherlich nicht, dass es Ihrem Jungen an etwas mangelt.« Erneute Pause. »Aber es geht hier um einen Mord«, Nicole Baumgartner zuckte bei dem Wort zusammen, »da können Sie nicht einfach die Aussage verweigern.« Sebastian vollbrachte ein tadelndes Kopfschütteln. »Das geht nun wirklich nicht. Am Ende würden Sie dann vielleicht sogar in Tatverdacht geraten, wir müssen ja annehmen, dass Sie etwas zu verbergen haben. Am besten, Sie sagen uns einfach, was Sie für Herrn Kaltenbacher getan haben und wie es dazu gekommen ist. Sehen Sie, wir machen doch alle mal Fehler …«

Frau Baumgartner sah Sebastian an, dann brach sie in Tränen aus. Sie presste die Fäuste vor ihre schmal gewordenen Lippen. »Hajo hat doch vor einem Jahr seinen Job verloren. Wir brauchten einfach das Geld. Es fehlte an allen Ecken und Enden ohne Hajos Gehalt.« Sie schluchzte laut auf. »Martin und ich kannten uns wirklich nur vom Sehen, von Veranstaltungen, er fiel ja auf, wissen Sie. Vor einiger Zeit dann ist er auf mich zugekommen, er war sehr charmant, fragte, ob ich mit meinem Job zufrieden sei, scherzte mit mir. Er sagte, eine gute Kraft könne er auch immer gebrauchen, eins kam zum anderen, und irgendwann machte er mir ein sehr gutes Angebot.« Frau Baumgartners Stimme zitterte. »Er hatte wirklich eine Vision für das Objekt der Villa Dahm, er wollte in dieser Stadt etwas bewegen, er war ein Macher. Ich hatte nicht das Gefühl, dass ich etwas Unrechtes tat.«

Nicole Baumgartner klang verzweifelt. Klara sah in ihre ängstlichen Augen, dann wanderte ihr Blick hinüber zur Tür, dort stand Hajo. Er sah voller Unverständnis auf seine Frau.

»Frau Baumgartner, wann haben Sie zuletzt Kontakt gehabt mit Herrn Kaltenbacher?«, wollte Sebastian wissen.

Die Befragte heulte auf wie ein weidwundes Tier. »Sagen Sie das doch nicht so, als hätte ich etwas mit ihm gehabt. Ich hatte nichts mit ihm.«

Ihr riesiger Mann sah plötzlich ganz klein und verloren aus, seine Augen waren die eines ängstlichen Kindes.

»Frau Baumgartner, wir unterstellen Ihnen in dieser Hinsicht nichts, sagen Sie uns einfach, wann Sie zuletzt mit ihm gesprochen oder von ihm eine Nachricht erhalten haben.«

Die Frau versuchte, sich zu fassen, sie knetete noch immer nervös ihre Hände. »Nachdem die Firma Kaltenbacher den Zuschlag für das Projekt erhalten hatte, haben wir nur noch ein paarmal gemailt und telefoniert. Zuletzt gesprochen habe ich mit Martin Kaltenbacher vor etwa einer Woche. Es lag eine weitere interessante Ausschreibung vor, für die er sich interessierte. Er wollte wissen, ob meine Firma ebenfalls ›dran ist‹, wie er sagte.«

»Und? Ist sie es?«

»Ja.«

»Das heißt, Ihre … Geschäftsbeziehung hätte möglicherweise angedauert?«

Nicole Baumgartner schluchzte erneut auf. »Ich sagte Ihnen schon, dass wir das Geld dringend brauchen. Und Martin hat mir versichert, dass er mich in seiner Firma einstellen würde, falls irgendetwas herauskäme und ich meinen Job verlieren würde. Für mich gab es also praktisch kein Risiko.«

Da wäre ich mir nicht so sicher, dachte Klara.

Sebastian räusperte sich. »Wie viel Geld haben Sie denn erhalten, Frau Baumgartner?« Klara wusste, dass diese Frage im Beisein des arbeitslosen und ahnungslosen Hajo ungefähr genauso prekär war wie die platte Frage nach außerehelichem Beischlaf. Aber Sebastian war der gute Beichtvater, und hatte man erst einmal angefangen zu beichten, gab es keine halben Sachen. Also raus damit.

»Erst eintausend, und wenn die Firma den Zuschlag erhält, noch mal zweitausend.«

Klara und Sebastian kannten den Provisionsrahmen der Kaltenbachers, sie hatten Nicole aus der Portokasse bezahlt.

»Frau Baumgartner, wissen Sie, ob die Kaltenbachers noch andere Informanten hatten?«

»Nein, davon weiß ich nichts.«

»Waren Sie jemals bei Martin Kaltenbacher zu Hause?« Vom Türrahmen her erklang ein gepresstes Geräusch, ein wenig wie das Winseln eines Hundes, dem man auf die Pfote getreten hatte.

»Nein, war ich nicht.« Nicole Baumgartner sprach leise, kaum hörbar.

»Frau Baumgartner, wir müssen das unter anderem anhand Ihrer Fingerabdrücke überprüfen. Wo fand die Übergabe des Geldes statt, das Sie von Kaltenbacher erhalten haben?«

»In einem Café.«

»Hatten Sie seit Donnerstagabend Kontakt zu Thorsten Kaltenbacher, dem Bruder des Opfers?«

»Nein.«

Sebastian machte ein besorgtes Gesicht, die Antwort kam sehr schnell und entschieden. Er atmete hörbar ein und blickte streng. »Wo waren Sie am Donnerstagabend?«

»Hier zu Hause. Bei meiner Familie.« Das Wort Familie erhielt einen gedehnten Nachdruck.

Hajos belegte Stimme klang vom Türrahmen herüber. »Natürlich war sie hier.«

Frau Baumgartner saß wie ein Häufchen Elend auf dem braunen Ledersessel, Klaras Blick fiel auf ein Tattoo, das sich um ihr Fußgelenk rankte, »Rebel Mouse«. Fast tat es Klara weh.

Die beiden Ermittler erhoben sich. Klara ahnte, dass Frau Baumgartner ein mindestens genauso unangenehmer zweiter Teil des Nachmittags bevorstand. Der Teil mit ihrem Mann.

Als sie mit Sebastian die Wohnung verlassen hatte und hinüber zu ihrem Wagen ging, hörte sie hinter sich eine Kinderstimme. »Wohin gehen wir, Papa?« Der Hüne eilte mit dem strauchelnden Justin an der Hand die schmale Gasse entlang. Klara sah ihnen nach.

Sebastian murmelte: »Das hat sie sich selbst eingebrockt.« Er öffnete mit einem Druck auf den Knopf des Autoschlüssels den Wagen. Sie stiegen ein.

»Was hältst du von ihr?«, fragte Klara.

Die harte Schale ihres Kollegen bekam bereits Risse. »Natürlich trifft es immer die Falschen. Was hätte sie machen sollen? Die Arbeitslosigkeit ihres Mannes, Kaltenbachers Charme und dann die dreitausend Euro … Dreitausend, das ist ein Witz. Aber für sie ist es viel.«

»Mörderin?«, fragte Klara.

»Das weißt du genauso gut wie ich«, murmelte Sebastian.

»Okay, dann auf zu Viola, dem Veilchen.«

Viola Schanz war gemeldet in Neuenheim. Die Ermittler brauchten rund zehn Minuten für die Fahrt dorthin, parkten den Wagen in einer angrenzenden Seitenstraße und liefen fünfzig Meter bis zu einem weiß gestrichenen modernen Mehrfamilienhaus. Sie standen vor einer hellgrauen Eingangstür mit neumodischem Griff und einem langen Glaseinsatz in der Mitte.

Sebastian drückte auf die Klingel mit dem Namensschild »Schanz«. Niemand öffnete. Ein zweites und drittes Läuten blieben ebenfalls erfolglos. Sebastian steckte die Hände in die Taschen seiner Jeans und hob die Schultern. »Das Fräulein ist nicht zu Hause, und ich bin hungrig, lass uns was zu essen holen.«

»Pizza oder Indisch?«

»Indisch.«

Die Dienstbesprechung am frühen Abend verlief im kleinen Kreis. Der Abgleich der zahlreichen Fingerabdrücke in Kaltenbachers Wohnung hatte bislang keine Übereinstimmung mit denen einer bereits erkennungsdienstlich behandelten Person gebracht. Natürlich verkehrten bei den Kaltenbachers nur Leute mit weißer Weste.

Harald berichtete von seinem Gespräch mit dem Geschäftsführer der »Allwohn Bau GmbH«. »Also, lasst es mich mal so sagen: Der Mann steht auf dem Golfplatz in Sankt Leon-Rot, Achter-Eisen in der Hand, drischt den Ball und meint: ›Tot? Der Kaltenbacher? Ach, sieh an. Aber solange es noch einen Kaltenbacher gibt, wird die Firma wohl weiterlaufen.‹ Er war reichlich unbeeindruckt vom Tod seines Konkurrenten, ganz der abgebrühte Geschäftsmann, Geldsack, oder wie sagt man das neudeutsch … ›Selfmademan‹, äh, leck mich, an denen läuft alles ab. Er meinte, Konkurrenz gäbe es immer, aber der Kuchen, den es zu verteilen gäbe, wäre ja groß genug. ›Mal gewinnt der eine, mal der andere, die Villa Dahm hat der Kaltenbacher bekommen, das nächste Mal sind wir wieder am Zug.‹ So in etwa. Spielte derweil in aller Seelenruhe weiter, ›Was? Umgebracht? Erstochen?‹, und peng, locht er den Ball ein … Die haben alle Nerven wie Drahtseile.« Harald hustete. »Na ja, ein bisschen ärgern musste ich ihn dann doch. Hab ihm gesteckt, dass er einen Maulwurf in seiner Firma hat, da hat er mich zum ersten Mal richtig angeguckt. ›Maulwurf?‹, fragt er und wird blass um die Nase.« Harald lachte sein verrauchtes Lachen, das klang, als wollte man einen eingerosteten Motor wieder anwerfen. »Der kann sich jetzt mal auf die Suche machen und sehen, wo sein Schuppen undicht ist.«

Kriminaldirektor Conrad verdrehte die Augen, aber er hatte es sich im Laufe der Jahre abgewöhnt, von Harald eine sprachlich angemessene Art der Darstellung zu erwarten. Dafür hatte sein Hauptkommissar eindeutig andere Qualitäten: Harald war ein alter Fuchs, der in seinem Leben schon alles gesehen hatte, dem man nichts vormachen konnte. Außerdem hatte er sich eine Menschlichkeit bewahrt, die bei anderen Kollegen immer weiter abnahm, je länger sie im Dienst waren.

Harald Bender hustete sich in den nächsten Satz. »Das Alibi für den Donnerstagabend haben wir überprüft, der Mann war auf der Eigentümerversammlung der ›Paladium‹-Hausverwaltung, die ging bis zweiundzwanzig Uhr, danach war er mit einem anderen Eigentümer noch in einem Lokal bis etwa vierundzwanzig Uhr. Scheint also wasserdicht. Es könnte natürlich sein, dass die Herren nicht selbst töten, sondern töten lassen, aber ein echtes Motiv erschließt sich mir nicht. Die spielen ihr Spiel weiter, und einer der Mitspieler ist jetzt eben raus, was soll's.« Harald zuckte mit den Schultern und fuhr nach einer kurzen Pause fort. »Nach unserem Besuch auf dem Golfplatz wollten wir noch zum Chef der ›SWB Consulting‹, aber der war nicht zu erreichen, Kurzurlaub auf Sylt … ist ja auch im September noch schön da«, Harald hustete, »gute Luft.«

Später am Abend saß Klara allein in ihrer Wohnung. Der Samstagabend einer alleinerziehenden, berufstätigen Single-Mutter. Im Prinzip gab es zwei Varianten dieser Spezies Frau: die, die auf die Piste gingen, einen schicken Kerl auftaten und sich in einer Art Wellnesswochenende um den Verstand vögelten, und die, die sich langweilten, vorgaben, froh zu sein, ihre Ruhe zu haben, und sich sagten, dass neue Beziehungen zwar anders, aber nicht unbedingt besser seien als vergangene. Klara gehörte eher zu der letzten Gattung.

Sie wollte es sich gerade auf der Couch bequem machen, als ihr Handy summte. Eine SMS von Jan. »Josi will dir unbedingt Gute Nacht sagen, bist du zu Hause?«

Klara wählte Jans Nummer.

»Hallo, Klara … Moment, ich geb sie dir.«

Josis Stimme am Telefon war für Klara wie ein Pflaster auf einen kranken Tag, wie die Medizin, mit der alles wieder gut wird. Klara legte ein klein wenig pädagogische Strenge in ihre Stimme: »Hallo, mein Schatz, bist du noch nicht im Bett? Es ist doch schon ganz spät.«

Josephine kicherte. »Nein, Mama, Papa hat gesagt, es ist erst mittelspät, und morgen früh darf ich ganz lange schlafen. Weißt du, was wir heute gemacht haben? Drachen steigen lassen. Der ist ganz hoch geflogen, bis zum Himmel.« Josephine war aufgeregt. »Und morgen machen wir das noch mal, und Billie kommt auch mit.«

»Billie?« Hatte Jan neuerdings einen Hund? Berner Sennenhund? Riesenschnauzer?

»Ja, Billie. Papas neue Freundin.«

Das tröstende Pflaster auf dem wunden Tag löste sich. Klara empfand einen Stich, den sie nicht empfinden wollte. »Ach so, mein Schatz, na, dann viel Spaß. Und jetzt aber schnell ins Bettchen und schlaf schön. Ich hab dich ganz, ganz lieb.«

»Ich dich auch, Mami.« Josephine gab ihrem Vater das Telefon. »Hier, Papa.«

»Klara?« Jans vertraute Stimme klang plötzlich fremd. »Ich bringe Josi dann morgen Abend um sieben. Bis dann.« Er legte auf.

Klaras Abend war gelaufen. Aber was hatte sie geglaubt? Dass ein Mann wie Jan ewig allein bleiben würde? Dass er nur darauf wartete, zu ihr zurückzukommen? Zu der ungeduldigen Kriminalerin, die er einmal angeschrien hatte: »Erst kommen deine Mörder, und dann kommt ganz lange nichts. Und dann irgendwann kommen wir.« Das stimmte nicht, erst kam Josephine, dann kam lange nichts, dann kamen die Mörder.

Aber Klara hatte ohnehin keine Lust mehr gehabt, zu widersprechen. Sie hatten sich überhaupt nur wenig gestritten. Als Klara Jan gesagt hatte, dass sie die Trennung wollte, war Jan merkwürdig ruhig geblieben. Vielleicht weil sie beide wussten, dass es die richtige Entscheidung war, dass sie beide mit dem Leben, das sie führten, nicht glücklich waren, dass es ein Beziehungsleben auf Sparflamme war, ein kleines, kümmerliches Flämmchen.

Und nun gab es Billie. Und wenn Josephine sie kennenlernte, gab es Billie vielleicht schon länger, und es war etwas Ernstes.

Klara ging in die Küche zum Kühlschrank. Die Flasche Riesling war noch etwa halb voll. Sie mochte diesen Wein, er war klar und ehrlich, von den Steilhängen der Mosel. Die warmen Schieferböden, die harte Arbeit der Winzer, die Vielschichtigkeit der Aromen – der Wein hatte Charakter. Klara goss sich ein Glas ein. Charakter. Im Gegensatz zu den meisten Menschen, die sie heute getroffen hatte. Sie nahm einen Schluck, schmeckte die fruchtige Säure, nahm noch einen Schluck. Dann goss sie sich nach, ging mit ihrem Glas ins Wohnzimmer und stand vor dem CD-Regal.

Eine alte CD von The Police fiel ihr ins Auge. Wegen dieser Band hatte Jan damals begonnen, E-Gitarre zu spielen, in einer wenig erfolgreichen Band in einem Vorort von Frankfurt. Klara legte die CD ein, der simple, trockene, geniale Basslauf von »Every Breath You Take« ließ ihr auch nach fast zwanzig Jahren noch einen Schauer über den Rücken laufen. Immer wieder gut. Klara drehte die Musik lauter, ging zurück in die Küche und nahm die Flasche Riesling mit ins Wohnzimmer.

Billie. Soso. Wahrscheinlich war Billie Ende zwanzig, konnte gut kochen, hatte einen normalen Job und – wünschte sich Kinder. Klara war versucht, die Flasche Wein auf ex zu leeren. Jan wollte immer zwei oder drei Kinder, und Menschen wie Jan sollten grundsätzlich auch Kinder haben. Das war vor allem gut für die Kinder. Aber hatte Josi überhaupt Lust darauf, ihren Papa mit einem schreienden Säugling zu teilen? Vermutlich würde man sie vorher nicht fragen. Ihre geliebte Tochter hatte dann ein Geschwisterchen, das Klara praktisch überhaupt nicht kannte. Sie nahm noch einen Schluck Wein. Wie sonderbar. Ein Halbgeschwister. Versteht man sich mit denen genauso gut wie mit den echten Geschwistern?

Klara legte sich quer über die Couch, sie fühlte sich bereits leicht benebelt. Es war angenehm, so als würde sie hoch oben an einem Moselhang auf dem warmen Schieferboden liegen.

Über ihrer Nase tanzte ein Zitronenfalter, sie blickte hinunter auf das blausilberne Band des Flusses, das sich durch die Landschaft schlängelte, ein Ausflugsschiff fuhr gerade in die Schleuse ein, die Autos auf der Bundesstraße, die am Flussufer entlangführte, glitten wie Spielzeugautos vorwärts, klein und harmlos. Der Himmel war kobaltblau, Klara hatte eine zweite Flasche und einen Korkenzieher mit einem Griff aus gedrehtem Rebenholz dabei, die Vögel zwitscherten über ihr. Sie würde heute auf diesem wunderbar warmen Boden schlafen, der nach Pflanzen und Erde roch, und der Rest der Welt konnte ihr im Mondschein begegnen.

Plötzlich sprangen Klaras Gedanken hinüber zu Thorsten Kaltenbacher, die Mosel-Idylle zerplatzte wie eine schillernde Seifenblase. Halbgeschwister. Wieso hatte Kaltenbacher so latent aggressiv betont, dass er und sein Halbbruder »echte Geschwister« waren, richtige, nicht halbe? Warum war es so wichtig für ihn? Ein Problem aus der Kindheit oder ein Problem aus der Gegenwart? Oder beides? Oder die alte Psychologenweisheit, der zufolge man ständig das Gegenteil meint von dem, was man sagt? Keine echten Geschwister, kein naher, geliebter Bruder.

Klara brauchte jemanden, mit dem sie ihre Gedanken hin- und herwerfen konnte wie einen Ball, und mit jedem Werfen und Fangen kam man ein Stückchen weiter beim Erkennen der Dinge. Der Ball flog hin und her wie das Schiffchen an einem Webstuhl und webte an einem Ermittlungsteppich, webte an der Wahrheit.

Sie wählte Sebastians Nummer. Zu ihrem Erstaunen ging er ran. »Hi, Klara. Was gibt's?«

»Sebastian, können wir uns in der Stadt treffen? Ich brauche noch einen Riesling, und wir müssen über Thorsten Kaltenbacher reden.«

»Du brauchst noch einen Riesling?« Sebastians Stimme klang belustigt. »Wie viele hattest du denn schon?«

»Basti, lenk nicht vom Thema ab. Wo treffen wir uns?«

»Wegen mir in einer halben Stunde in der Altstadt, ›Maxbar‹.«

Als Klara eintraf, saß Sebastian schon an der Bar der traditionsreichen Kneipe und hatte ein Bier vor sich.

»Hallo, Sebastian.« Klara setzte sich neben ihn und bestellte einen trockenen Winzersekt. Zur Feier des Tages. Des eher schwarzen Tages. Sie wartete, bis das Glas vor ihr stand, nahm einen ordentlichen Schluck und begann:

»Basti, wir müssen uns dringend den Kaltenbacher noch einmal vornehmen.«

»Ja sicher, das hätten wir ohnehin getan. Aber wie kommst du ausgerechnet heute Abend darauf?«

Klara dachte kurz nach, formte einen Gedankenball und warf ihn die dreißig Zentimeter nach links hinüber zu Sebastian, der neben ihr auf seinem Barhocker saß und gerade sein Glas geleert hatte. »Was sollte dieses Gerede von den echten Brüdern, wieso ist ›Halbbruder‹ ein Schimpfwort für den Kaltenbacher? Hattest du nicht auch den Eindruck, der war merkwürdig gefasst, als er vom Tod seines Bruders erfuhr? Betont die Brüderlichkeit, aber nimmt die Nachricht vom Tod auf, als ginge es um einen Fremden. Und was bedeutet Martins Tod eigentlich für sein Geschäft? Ist das aktuelle Projekt der Villa Dahm in Gefahr, weil ein Teil der Firma verstorben ist? Oder fängt der lebende Kaltenbacher das alles auf?«

Sebastian bestellte sich ein weiteres Bier, das schon kurze Zeit später vor ihm stand. Mit einem Stirnrunzeln meinte er: »Ich bin nicht sonderlich überzeugt vom Alibi, das seine Assistentin ihm gegeben hat, aber wir haben keinerlei Motiv. Beide Kaltenbachers haben mehr als genug Geld, die Firma lief ausgezeichnet, im operativen Geschäft schienen sich die Brüder gut zu ergänzen, sie teilten sich den Gewinn, und es gab für beide mehr als reichlich.«

Klara fing Sebastians Gedankenball wieder auf. »Dann ein Motiv im privaten Bereich? Aber was soll das sein? Beide geschieden, beide offenbar gut mit weiblicher Gesellschaft versorgt, Lebemänner, was ist da Anlass genug, zu morden?«

Sebastian nahm einen großen Schluck Pils. »Was ist mit Eva Kaltenbacher, der Ex? Wie gekränkt ist ihre alte Liebe, wie sehr hing sie noch an Martin, wie weit würde sie gehen?«

»Keine Ahnung.« Klara bestellte sich einen zweiten Sekt. Warum schmeckte der heute so gut? Sie sah Sebastian an, ein feines Lächeln umspielte ihre Lippen. »Wie weit würdest du denn gehen?«

Ihr Kollege schmunzelte. »Klärchen, du und ich, wir kennen unsere Statistiken, fünfundneunzig Prozent der Morde werden aufgeklärt. Das Risiko wäre mir viel zu hoch.« Er leerte sein Glas bis zur Hälfte, Klara sah, wie sein Adamsapfel bei jedem Schluck auf und ab hüpfte. »Was ist mit den Geschäftskontakten? Vielleicht war Kaltenbacher, der Tote, im Begriff, irgendjemandem mächtig in die Parade zu fahren, und musste deshalb mundtot gemacht werden.«

»Dann könnte Kaltenbacher, der Lebendige, aber das Werk fortsetzen. Da müsste der jetzt auch noch dran glauben.«

»Oder der eine Kaltenbacher hatte Informationen, die der andere nicht hatte.«

»Unter Brüdern teilt man brüderlich.« Klara nahm einen Schluck Sekt, dann noch einen, sie war mittlerweile eindeutig betrunken. Sebastian arbeitete daran, er trank sein Glas in einem Zug leer, offenbar hatte auch er großen Durst. »Noch ein Pils, bitte.«

Die Kellnerin hinter dem Tresen lächelte ihn an.

»Pass auf, die Kaltenbergers … äh, -bachers setzten schon seit Jahren unfeine Methoden ein. Ein bisschen Bestechung hier, ein bisschen Vetternwirtschaft da, und als sie dann noch mit der Anwerbung der beiden Spioninnen direkt im Revier der Mitbewerber wilderten, und das auch noch erfolgreich, hat es einem der Konkurrenten endgültig gereicht, und er hat in unbändigem Zorn zumindest schon mal den einen Kaltenbacher aus dem Weg geräumt.« Sebastian sah Klara triumphierend an. »Vielleicht war der Typ auf dem Golfplatz, den Harald befragt hat, gar nicht so cool«, raunte er.

Klara drehte ihr mittlerweile leeres Glas in der Hand. »Könnte sein. Vielleicht hat auch die Maulwürfin Viola alles ihrem Chef gebeichtet, dann ging sie am Donnerstagabend zu Kaltenbacher, trank ein Glas Wein mit ihm, in dem das Schlafmittel war, und dann kam ihr Chef dazu und hat Kaltenbacher kaltgemacht.«

Sebastian sah seine Kollegin fragend an und runzelte die Stirn. »Noch einen Sekt für die Dame, bitte.«

Die Kellnerin lächelte erneut.

»Weißt du, ich frage mich auch, wieso sich offenbar Haarspuren von zwei unterschiedlichen Frauen in Kaltenbachers Bett fanden?«, fügte Sebastian mit sphinxartiger Stimme hinzu.

»Ha, Sebastian, das ist eine Frage für dich.« Klara grinste unverschämt, ihr Kollege, der gerade sein frisch gezapftes Pils zu den Lippen führen wollte, setzte das Glas wieder ab und gab ihr einen leichten Stoß in die Seite. »Ich sag dir was. Das eine Haar ist von seiner Geliebten, der er treu und ergeben war, und das andere ist von der Putzfrau.«

Klara sah gedankenverloren auf die bunte Batterie von Schnapsflaschen auf dem Regal hinter dem Tresen. Die Kellnerin stellte ihr einen weiteren Sekt hin.

»Danke schön«, murmelte Klara und dachte bei sich: Nachschub bitte nicht stoppen. Dann meinte sie an Sebastian gewandt: »Wir müssen Elsa Weißgerber finden, und mit Thorsten Kaltenbachers Ex würde ich auch gern mal sprechen. Die Exen haben oft was zu erzählen …« Sie stützte mit der rechten Hand ihren Kopf und zerpflückte mit der linken einen Bierdeckel. Plötzlich sagte sie: »Jan hat eine Neue.« Ihre Aussprache war leicht verwaschen. »Josi kriegt eine Stiefmutter.«

Sebastian lehnte sich zu seiner Kollegin hinüber. »Schlimm?« Es klang wie »Schschschlllemm?«.

»Keine Ahnung. Hab mich noch nicht entschieden.«

Sebastians Gesicht war plötzlich ganz nah vor Klaras. »Klärchen, vorbei ist vorbei. Du wolltest ihn nicht mehr.«

Klara sah in zwei dunkelgrüne Augen mit hellblauen Einsprengseln in der Iris, strahlenförmig von der Pupille weg verlaufend. Was waren das überhaupt für Augen? Das waren tiefe Bergseen mit kleinen Inselchen und Untiefen und vielleicht einem jahrhundertealten Seeungeheuer unter der Wasseroberfläche. Schrecklich schöne Augen.

Klara hörte eine fremde Stimme sagen: »Ich habe noch eine Flasche richtig guten Sekt im Kühlschrank.« Bei genauerer Betrachtung war es ihre Stimme gewesen, und das Wort »Sekt« hatte geklungen wie sein phonetischer Verwandter mit den drei Buchstaben. Um Himmels willen. Sie sollte sich jetzt besser auf ihren Schieferhang an der Mosel zurückziehen.

Aber Sebastians Mund öffnete sich, und heraus kam: »Wunnerbar. So einen kleinen Sekt kann ich noch vertragen.« Er lächelte. Seine Zähne waren hell und gerade und irgendwie noch so … jung.

Klara blinzelte und trank ihren Sekt aus. Auf diesen einen mehr oder weniger kam es jetzt auch nicht mehr an.

Ihr Kollege zückte seine Geldbörse und zahlte. Als er von seinem Barhocker aufstand, stieß er leicht an Klara an, es war ein Gefühl, als hätte sie einen elektrischen Schlag bekommen.

Sie liefen zum Taxistand um die Ecke. Das Kopfsteinpflaster unter Klaras Füßen fühlte sich uneben an, genau vor ihnen lag auf einer kleinen Anhöhe das Heidelberger Schloss, rechts davon stand ein blasser voller Mond.

»Denkst du, die Weißgerber ist morgen zu Hause?« Klara versuchte sich in unverfänglichem Ermittlungsdenken.

»Hm. Weiß nicht. Sehen wir ja dann.« Sebastian grunzte ein bisschen, als sie in ein Taxi einstiegen. Sie nahmen beide auf dem Rücksitz Platz, Klara hatte das Gefühl, als wären die wenigen Zentimeter zwischen ihnen mit einer merkwürdigen Wärme angefüllt.

Zehn Minuten später bezahlte sie den Taxifahrer, gab ihm ein viel zu hohes Trinkgeld, »Stimmt so, danke«, und redete irgendetwas von der *Méthode champenoise*, nach der auch der gute Winzersekt hergestellt wurde. »Also wirklich, wusstest du schon, dass jede Flasche handgerüttelt wird …?«

Sebastian sah sie mit großen Augen an. »Oh, handgerüttelt?«

Als Klara ein paar Sekunden später ihre Wohnungstür aufschloss, fielen sie in den Flur, ihre Lippen hingen aneinander und konnten sich nicht mehr lösen. Scheiße, dachte Klara, ganz schlechte Idee. Ganz schlecht. Morgen müssen wir wieder zusammenarbeiten. Vielleicht muss ich mit ihm arbeiten bis zur Rente. Noch satte dreißig Jahre. Scheiße. Hilfe.

Sebastians Hände schienen auf ihrem Hintern befestigt worden zu sein. Warum roch der Mann nur so gut? Fast wie die Erde auf ihrem Schieferhang. Klara riss all ihre Willenskraft zusammen und drängte Sebastian ein Stück von sich weg. »Warte mal, warte, das ist, glaube ich, überhaupt keine gute Idee, gar keine gute Idee, überhaupt nicht.«

Doch Sebastian kam wieder näher und schob sie ins Wohnzimmer. »Finde ich auch, wir sollten aufhören damit …« Seine Lippen klebten erneut auf ihren.

»Stopp, stopp!« Klara holte tief Luft. »Pause. Denkpause. Ich mache uns erst einmal ein bisschen Musik, was hältst du davon?« Sie versuchte, ein unverbindliches Lächeln aufzusetzen, Sebastian grinste sie an. Mit seinen Bergseen im Gesicht und diesen schönen Zähnen.

Klara ging in die Hocke und drückte den »Play«-Knopf der Musikanlage, die auf dem Fischgrätparkett ihrer Altbauwohnung stand. Der Basslauf von »Every Breath You Take« klang durch den großen, hohen Raum. *Das* war keine gute Idee.

Sebastian ging neben ihr auf die Knie, Sekunden später lagen sie auf dem hellen Teppich vor dem Sofa, und Klara versank in den dunkelgrünen Seen.

SIEBEN

Thorsten Kaltenbacher verbrachte das Wochenende mit seinem zehnjährigen Sohn Konstantin. Er versuchte, ihn so oft wie möglich bei sich zu haben, Konstantin war sein ganzer Stolz. Tanja hatte nach der Scheidung ein ziemliches Theater um das Umgangsrecht gemacht, spielte sich als Übermutter auf, aber je älter Konstantin wurde, umso mehr zog es ihn zu seinem Vater. Manchmal verbrachte er drei oder vier Wochenenden im Monat mit ihm, es war einfach wichtig für den Jungen, eine männliche Identifikationsfigur zu haben.

Thorsten Kaltenbacher nahm Konstantin ab und zu auch mit ins Geschäft und erklärte ihm, was er dort tat.

»Wir kümmern uns darum, dass tolle neue Gebäude entstehen, in denen Menschen leben und arbeiten können.«

Konstantin war begeistert und wissbegierig. Er würde ein guter Nachfolger in der Firma werden, sein Vater war dabei, ihn systematisch aufzubauen.

Es war ein besonderes Wochenende, Konstantins Onkel war gestorben. Thorsten Kaltenbacher erzählte seinem Sohn nicht, dass er umgebracht worden war, das musste ein Zehnjähriger nicht wissen – welche Ängste würde das in ihm wachrufen? Onkel Martin war plötzlich und unerwartet verstorben, das reichte erst einmal. Konstantin hatte am Samstag ein wichtiges Hockeyturnier, er sollte sich unbelastet auf sein Spiel konzentrieren können, er sollte das Wochenende mit seinem Vater genießen, er sollte eine unbeschwerte Kindheit haben. Dass Tanja die Scheidung gewollt hatte, war schlimm genug für den Jungen gewesen. Die Frau war überhaupt gut im Kaputtmachen.

Thorsten Kaltenbacher stand am Rande des Hockeyfeldes und feuerte Konstantin an. Er sah die Ausdauer und die Schnelligkeit seines Sohnes, sah, dass er mit seiner Mannschaft gewinnen wollte. Deshalb war er hier, deshalb stand er auf dem Platz. Konstantin war ein Kämpfer, genau wie sein Vater. Der Junge mit dem dunkelblonden kurzen Haar, der Stupsnase, über die sich unzählige Sommersprossen verteilten, und den wachen grünen Augen rannte über das Feld, führte geschickt den Ball, ließ die Jungs der gegnerischen Mannschaft links und rechts stehen, jagte nach vorn, punktete. Thorsten Kaltenbacher jubelte laut auf.

Nach weiteren fünfunddreißig Minuten hatte Konstantins Mannschaft gewonnen. Sein Vater war begeistert. Nach der Siegerehrung und diversem Geplauder mit anderen Eltern fuhr er mit Konstantin in ein amerikanisches Schnellrestaurant. Konstantins Wangen glühten noch immer, sein kindlicher Stolz war rührend. Sie würden sich anschließend noch einen schönen Männerabend machen, Thorsten Kaltenbacher hatte ein neues Computerspiel gekauft, das er mit seinem Sohn – im Falle eines Sieges beim Hockey – spielen wollte.

Reaktionsschnelligkeit, taktisches Geschick, eine gute räumliche Wahrnehmung, das alles ließ sich mit diesen Spielen trainieren, Tanjas Gezeter über die bösen Computerspiele war ihm schon immer auf die Nerven gegangen. Jetzt erzählten sie ihr einfach nichts mehr von ihren Männerabenden. »Frauen müssen nicht alles wissen«, hatte Kaltenbacher mit einem verschwörerischen Lächeln gesagt, und Konstantin hatte zurückgelächelt.

Als er seinen Sohn später gegen zweiundzwanzig Uhr ins Bett brachte, war er zufrieden mit dem Tag.

Konstantin nahm seine Hand. »Papa, wo ist Onkel Martin jetzt? Wohin gehen die Toten?«

Liebevoll sah Kaltenbacher in das ovale Gesicht des Jungen und dachte einen Moment nach. »Onkel Martin geht es sicher gut. Alle Menschen müssen einmal sterben. Bei deinem Onkel kam das Ende überraschend früh, aber manchmal ist das einfach so.«

»Woran ist er denn gestorben, war er krank?«

Kaltenbacher zögerte kurz. »Ja, er hatte ein krankes Herz. Und jetzt schlaf gut.« Er stand vom Rand des Bettes auf.

»Papa, kann ich nicht immer bei dir wohnen?« Konstantin sah seinen Vater fragend an.

»Doch, Konstantin, das kannst du bald.«

Am nächsten Vormittag brachen sie nach einem gemütlichen Frühstück in ein nahe gelegenes Freizeitbad auf. Thorsten Kaltenbacher leerte im Vorbeigehen seinen Briefkasten, der neben der Haustür angebracht war. Rechnungen, Werbung, zwei Umschläge ohne Adresse, ein Schreiben seiner Bank. Er steckte alles in die Tasche mit den Badesachen, überquerte mit seinem Sohn die Straße und öffnete seinen schwarzen BMW-Geländewagen. Konstantin durfte vorn sitzen, das liebte er.

Vater und Sohn verbrachten einen entspannten Tag im Schwimmbad. Kaltenbacher genoss die Zeit, es lenkte ihn von den Ereignissen der letzten beiden Tage ab. Es würde privat und beruflich in den nächsten Wochen einiges auf ihn zukommen. Wenn er mit Konstantin zusammen war, konnte er all den Ärger vergessen. Und der Junge brauchte ihn.

Er dachte an Tanjas Getue, wie wichtig die Mutterliebe für Konstantin sei, schließlich habe sie ihn zur Welt gebracht. So, als würde es sie zu einem besseren Menschen machen, dass sie irgendwann einmal über eine Nabelschnur mit dem Jungen verbunden gewesen war. Das, was ihn mit Konstantin verband, war viel mehr wert, es war eine Liebe, die auf Ähnlichkeit beruhte, er war der Mensch, an dem sich Konstantin orientierte, der für ihn Vorbild war.

Er hatte Tanja nach der Trennung großzügig abgefunden. Eigentlich ging es im Leben ja immer nur um Sex oder Geld. Oder um beides. Nachdem es bei ihnen nicht mehr um Sex gegangen war, von Liebe wollte er gar nicht reden, blieb noch das Geld. Er hatte genug davon, und auch wenn es ihm widerstrebte, Tanja ein bequemes Leben zu finanzieren, so erwies es sich doch als das geringere Übel, vor allem als sich herausstellte, dass sie seit den regelmäßigen Zahlungseingängen auf ihrem Konto deutlich kooperativer war, was seine Zeiten mit Konstantin betraf.

Thorsten Kaltenbacher genoss das angenehm temperierte Wasser des Hallenbades. Hier konnte er abschalten und seine Gedanken ordnen. Konstantin hatte zwei Klassenkameraden getroffen und vergnügte sich mit ihnen am Einmeterbrett. Hin und wieder winkte er seinem Vater zu, der lächelte und winkte zurück.

Hatte Tanja eigentlich irgendwelche Vorteile durch Martins Tod? Martins Firmenanteile gingen auf ihn über, aber wenn er jetzt auch das Zeitliche segnen würde, wäre Konstantin ein ziemlich reicher Junge – und davon würde natürlich auch Tanja profitieren. Vielleicht sollte er sich in nächster Zeit etwas vorsehen.

Ob die Polizei schon bei ihr gewesen war? Aber was sollten sie dort, was sollte die Frau mit dem Tod ihres Exschwagers zu tun haben? Selbst wenn man sie befragte, er kannte Tanja. Hinter ihrem Engelsgesicht verbarg sich eine Front aus Granit. Sie hatte ihn so oft mit einer unglaublichen Kühle und Unbeteiligtheit abblitzen lassen, er war an ihrem Alabasterkörper abgeprallt, hatte in Augen gesehen, hinter denen niemand mehr war, ein prachtvolles Gebäude, in dem niemand zu Hause war. Er selbst war nun alt genug, um zu wissen, was im Leben zählte. Frauen kamen und gingen, was blieb und was zählte, waren nur er selbst und sein Sohn.

Konstantin kam zu ihm herübergelaufen. »Kann ich mit Tobi und Nils ein Eis essen gehen?«

»Natürlich, nimm dir das Geld aus unserem Spind.«

Konstantin verschwand lachend Richtung Umkleidekabinen.

Der Nachmittag verging wie immer viel zu schnell. Kaltenbacher tobte später mit seinem Sohn und dessen Freunden im Wasser, sie schwammen und tauchten um die Wette, hier konnte er sich selbst noch einmal jung fühlen. In seiner eigenen Kindheit war Spaß ein sehr seltener Gast gewesen.

Gegen Abend ging er mit Konstantin Pommes und Burger essen und brachte ihn anschließend zu Tanja zurück, die ihren Sohn sehnsüchtig begrüßte, als wäre er ein dreijähriges Kind. Eigentlich hatte er für die Frau nur noch Verachtung übrig.

Er fuhr weiter zu seiner Wohnung in der Heidelberger Südstadt, räumte die Sporttasche aus, steckte die nassen Badesachen in die Waschmaschine und legte die Post vom Morgen auf den Esstisch. Sein Blick fiel auf die zwei unbeschrifteten weißen Umschläge. Er öffnete einen und zog ein weißes Blatt heraus.

»Ich will nur dein Bestes«, stand in einer Standard-Computerschrift darauf. Sonst nichts.

Kaltenbacher setzte sich. Was hatte das zu bedeuten? Sicherlich nicht wörtlich das, was dort stand. Ein schlechter Scherz? Er kannte viele Leute, und vermutlich waren nicht alle von seinem beruflichen Erfolg und seiner Durchsetzungskraft angetan. Stand der Brief im Zusammenhang mit dem Tod seines Bruders? Oder ging es um Privates, um eine gekränkte Freundschaft, eine verschmähte Liebe? Er starrte auf den zweiten Umschlag, auf das weiße Rechteck, das sich hell vom braunen Holz des Esstisches abhob. Dann öffnete er ihn.

»Geld«.

Darum ging es also. Erpressung. Sein Bruder war tot, und er wurde erpresst. Aber wieso zwei Briefe? Würde sich etwas ändern an der Aussage, wenn er erst den zweiten und dann den ersten geöffnet hätte? »Geld – Ich will nur dein Bestes«. Was sollte das? War das ein Spiel, machte sich jemand über ihn lustig? Könnte es auch bedeuten, dass Geld käme? »Du bekommst Geld. Ich will nur dein Bestes«? Das war ja absurd. Jemand wollte ihn verunsichern, ihm drohen. Zwei Botschaften. Wie bei einem Kinderspiel. Aber er war kein Kind mehr.

Thorsten Kaltenbacher zog eine Schublade seines alten Schreibtisches auf, ein Erbstück seines Onkels, und ließ die Briefe darin verschwinden. Dann legte er eine Klassik-CD in den Player ein und setzte sich auf die beigefarbene Ledercouch. Er musste nachdenken.

ACHT

Dämmerlicht fiel durch die Rollläden in Klaras Schlafzimmer. Sie brauchte einen Moment, um zu wissen, wo sie war. Welcher Tag war heute? Sonntag? Plötzlich packte sie das blanke Entsetzen. Neben ihr lag Sebastian, er schlief friedlich und sah aus wie ein unschuldiges Lämmchen. Klara lugte vorsichtig unter die Bettdecke, die Hoffnung, noch irgendein Kleidungsstück am Leib zu tragen, bestätigte sich nicht. Wie hatte ihr das passieren können? Ausgerechnet mit Sebastian!

Klara schälte sich vorsichtig aus dem Bett, sie wollte wieder etwas anhaben, bevor er aufwachte. Leicht schwankend tappte sie ins Bad, duschte schnell, zog sich an, machte sich eilig ein wenig zurecht und stand ein paar Minuten später mit einer Tasse Kaffee an ihrem Bett, in dem Sebastian noch immer schlief. Sie würde so tun, als hätte sie auf dem Sofa übernachtet, und ihrem Gast, dem sie vorbildlich als gute Gastgeberin das Bett überlassen hatte, freundlich einen Espresso reichen. An alles andere würde sie sich einfach nicht mehr erinnern können – ist irgendetwas vorgefallen?

»Sebastian … Kaffee.« Klaras Stimme war ein wenig zu laut.

Ihr Kollege grummelte Unverständliches und zog die Bettdecke höher.

»Sebastian, wir müssen um neun auf dem Revier sein.« Der Satz kam Klara unwirklich vor, es passte einfach nicht, ihn zu einem Mann zu sagen, der bei ihr im Bett lag.

Sebastian öffnete die Augen und sah sie einen Moment lang viel zu zärtlich an. Dann schien er zu begreifen, in seinem Gesicht breitete sich Unsicherheit aus, ein paar Augenblicke später wurde sie von einem Ausdruck abgelöst, der deutlich machen sollte, dass er die Situation absolut unter Kontrolle hatte.

»Oh, Kaffee, das ist nett.« Er lächelte wie der freundliche Nachbarsjunge, griff nach der Tasse und nahm einen Schluck. Dann schien er sich einige Sekunden zu sammeln, rieb sich über die Augen, trank noch einen Schluck Kaffee und meinte mit belegter Stimme: »Ja, äh, klar, Wochenenddienst, der tote Kaltenbacher … Dann werd ich wohl mal los.« Umständlich fuhr er sich mit den Fingern durchs Haar, stieg verlegen aus dem Bett und schlüpfte in Jeans und Shirt.

Klara beeilte sich, die leere Kaffeetasse in die Küche zu bringen, sie wollte am liebsten nie wieder dort herauskommen.

Kurze Zeit später stand Sebastian im Türrahmen. »Ich gehe dann jetzt, tschüss, Klara, bis gleich auf dem Revier.«

Die Bergseen sahen sie an, viel zu tief und viel zu lange. Klara hätte sich ohrfeigen können, jetzt reihte sie sich ein in die Liste der Jessicas und Jacquelines, hoffentlich würde Sebastian wenigstens auf der Wache den Mund halten.

Die Wohnungstür fiel ins Schloss, Klara atmete auf. Sie würden beide so tun, als wäre nie etwas passiert, und nach einer Weile würden sie anfangen, das selbst zu glauben. Ganz einfach. Klara machte sich noch einen Kaffee, dann zog sie ihre Lederjacke über, verließ die Wohnung und ging los in Richtung Revier.

Die kühle Morgenluft tat gut, die Straßen waren um diese Zeit noch menschenleer, die Nebelschwaden in Klaras Kopf verflogen langsam. Irgendwo in dieser friedlichen Stadt lief ein Mörder frei herum, und sie würde ihn finden.

Die Einsatzbesprechung wurde von Kriminaldirektor Conrads Stellvertreter Maybaum geleitet. Die Befragung von Martin Kaltenbachers Nachbarn war weitgehend abgeschlossen, ein Mann aus dem Haus gegenüber wollte am Donnerstagabend eine Frau an der Tür des Hauses gesehen haben, in dem Kaltenbacher wohnte. Ob sie zu ihm oder zu einem anderen Mieter des Hauses wollte, war unklar, zudem konnte der Nachbar die Frau nicht hinreichend beschreiben, da er sie nur von hinten gesehen hatte. »Normale Figur, normal groß, so braunes Haar, vielleicht dunkelblond …«

Die Rechtsmedizin hatte kein fremdes Gewebe unter Kaltenbachers Fingernägeln gefunden, offenbar hatte kein Kampf stattgefunden, das Opfer keine Gegenwehr geleistet. Welche Person aus Kaltenbachers Umfeld hatte Zugriff auf das im Blut gefundene Schlafmittel? Aber es gab genügend Wege, anonym an ein verschreibungspflichtiges Medikament zu gelangen. Keiner der Ermittler rechnete damit, dass beispielsweise Eva Kaltenbacher zu ihrem Hausarzt gegangen war und sich das Medikament hatte verschreiben lassen. Dennoch mussten auch diese allzu offensichtlichen Möglichkeiten überprüft werden.

Die weitere Befragung von Kaltenbachers Geschäftskontakten stand ebenfalls an, die Namen der zentral erscheinenden Personen wurden auf die Ermittlerteams verteilt. Es war ein Abarbeiten von Listen, ein Verfolgen verzweigter Netze. *Kärrnerarbeit.* Und dann Elsa Weißgerber als die aktuelle Freundin des Opfers. Ein bislang schwarzer Fleck auf der Gedankenkarte der Ermittler.

»Klara, Sebastian, ihr fahrt erneut in die Furtwänglerstraße. Wenn Frau Weißgerber wieder nicht anzutreffen ist, benachrichtigt ihr die Kollegen von der Feuerwehr. Wir müssen an diesem Strang weiterkommen. Wir warten außerdem auf die Verbindungsdaten von Kaltenbachers Mobilnummer, dass das alles aber auch immer so lange dauert …« Kriminaloberrat Maybaum war ungehalten. »Dazu brauchen wir die der Handys von Halbbruder, Exfrau, Freundin. Für Montagmorgen ist eine Pressekonferenz anberaumt, wir brauchen erste Ergebnisse.«

Montagmorgen bin ich in meinem nachgeholten Wochenende, dachte Klara, ihr Schädel brummte. Außerdem habe ich auch noch ein Kind zu versorgen … bevor es seine neue Stiefmami lieber hat als mich, weil es die wenigstens ab und zu mal zu Gesicht bekommt. Klara sah aus dem Fenster des Besprechungsraumes, sie hatte einen unbändigen Durst, ihre Zunge fühlte sich wie Sandpapier an. Endlich wurde die Sitzung beendet. Okay, dann an die Arbeit.

Sebastian stand ungelenk auf und ging aus dem Raum, er war blass. Klara folgte ihm. Als sie kurze Zeit später nebeneinander im Wagen saßen, sagte er: »Du, Klara, hör mal … Was da gestern Nacht passiert ist …«

Klara konnte es nicht fassen. Halt doch einfach die Klappe. »Fährst du bitte noch kurz an der Tankstelle vorbei, tut mir leid, ich brauche dringend eine Flasche Wasser.« Klara würde nicht mit ihm über die letzte Nacht reden, unter gar keinen Umständen.

Sebastian lenkte den Wagen zur nahe gelegenen Tankstelle.

»War's bei dir auch spät gestern? Dann bringe ich dir eine Flasche mit.«

Sebastian sah sie kurz an, dann schien er zu begreifen. »Oh ja, das wäre nett.«

Klara stieg aus, kaufte das Wasser und hoffte derweil inständig auf eine ausgeruhte, freundliche Elsa Weißgerber, die ihnen einen Kaffee anbieten würde. Alternativ hoffte sie auf eine leere Wohnung. Bitte bloß keine zwei Tage alte Leiche, das würde ihr Magen heute nicht aushalten.

Sie kam zum Auto zurück, reichte Sebastian eine der Flaschen, setzte die andere an die Lippen und leerte sie zur Hälfte. Ihr Kollege startete den Wagen und fuhr schweigend über die Neckarbrücke.

In Handschuhsheim läuteten die Glocken der Friedenskirche zum Sonntagmorgen-Gottesdienst, behütete Dörflichkeit. Sebastian wollte einparken, er brauchte drei Versuche, um in die Parklücke hineinzukommen. Klara hätte ihn an jedem anderen Tag damit aufgezogen, aber nicht heute.

Die beiden Kommissare stiegen aus und liefen hinüber zur Furtwänglerstraße, Sebastian läutete. Niemand öffnete. Scheiße, dachte Klara. Erneutes Läuten. Nichts. Sebastian zückte sein Handy und benachrichtigte die Kollegen von der Feuerwehr. Dann läutete er bei Frau Weißgerbers Nachbarn, im Gegensatz zu seiner Nachbarin schien der immer zu Hause zu sein und betätigte bereitwillig den Türöffner.

Die Ermittler warteten am Treppenabsatz auf den Wagen der Feuerwehr, der nach ein paar Minuten eintraf. Gemeinsam stiegen sie die Treppe zu Elsa Weißgerbers Wohnung hinauf. Auf weiteres Läuten, Klopfen und Rufen blieb alles still, die Tür blieb verschlossen. Einer der Feuerwehrmänner machte sich an die Arbeit. Klara unterdrückte ein aufkommendes Schwindelgefühl. Zu viel Riesling, zu wenig Schlaf. An den Rest wollte sie nicht denken. Wie viele Hände hatte Sebastian eigentlich? Die waren überall gewesen.

Der Feuerwehrmann hantierte in Höhe des Türschlosses. »… geht vielleicht ohne Brecheisen.« Er versuchte, eine Metallkarte zwischen Tür und Türrahmen zu schieben, zerrte, drückte und setzte das Metall als Hebel an. Plötzlich gab die Tür mit einem unangenehmen Geräusch nach und flog auf.

Klara trat einen Schritt vor. Sie roch es bereits. Es war nur eine Spur, aber ihre Nase war empfindlich. Sebastian stand dicht hinter ihr. Vorsichtig betraten beide die Wohnung.

»Frau Weißgerber?« Klara wusste, dass sie sich ihr Rufen sparen konnte. Tote antworten nicht. Sie ging vor Sebastian durch den schmalen Flur geradeaus in Richtung des Wohnzimmers. Der Geruch wurde stärker, Klara unterdrückte einen Würgereiz. Die Sekunden, in denen man nicht wusste, was einen erwartete, waren manchmal schlimmer als der Anblick selbst. Manchmal aber auch nicht.

Klara spürte Sebastians Arm ganz leicht an ihrem Rücken. Sie betrat das Wohnzimmer und sah im selben Augenblick die Frau auf dem Boden liegen. Merkwürdig gekrümmt, ein Bein nach hinten gedreht, die Arme links und rechts neben dem Torso ausgestreckt, beinahe symmetrisch, das Gesicht aufgedunsen, dunkelviolette, fast schwarze Leichenflecken überall, der Mund geöffnet, mit einer dicken gequollenen Zunge, die die Mundhöhle ausfüllte. Eine Strähne ihres rotblonden Haares klebte quer über ihrem Gesicht wie der Riemen einer Peitsche. Die Augen der Frau starrten ins Leere, wieder die braun verfärbte Bindehaut, die Iris war ungewöhnlich hell, hellblau oder grau, wie fließendes Wasser oder wie Nebel. Der Kontrast zu dem dunklen Hintergrund der *tache noire* war gespenstisch.

Am Hals der Leiche sah Klara violette Streifen. Erwürgt. Klara wurde schlecht. Das passierte ihr gewöhnlich nicht, sie hatte Routine. Aber heute war es anders, ihr Magen rebellierte. Sie trat zurück in den Flur und rief die Kollegen der Spurensicherung an. Sebastian fuhr sich mit der Hand übers Gesicht, er war noch blasser als eben. Klara fing einen kurzen Blick von ihm auf, der alles sagte. Dann räusperte er sich.

»Okay, warten wir auf die Kollegen. Bevor die nicht gesichert haben, können wir ohnehin nicht an die Frau ran.«

Vorsichtig trat Klara zurück in den Flur und ging in das gegenüberliegende Schlafzimmer. Dort war der charakteristisch süßliche Geruch weniger wahrnehmbar, das Fenster war gekippt. Klara atmete in Richtung dieses Fensters und merkte, wie ihre Knie weich wurden. Wie in einem Alptraum hatte sie für einen

Augenblick das entsetzliche Gefühl, schuld zu sein am Tod der Frau. Vielleicht war sie heute Nacht gestorben, während sie selbst sich mit Sebastian vergnügt hatte, betrunken und unvernünftig wie ein unreifer Backfisch. Ihre Aufgabe war es, einen Mörder zu stellen, darauf musste sie ihre ganze Energie richten und nicht auf ein Liebesabenteuer, das ihr die Schamesröte ins Gesicht trieb.

Vielleicht hätte sie den zweiten Mord verhindern können, wenn sie besser, schneller, konzentrierter gewesen wäre, vielleicht hätte sie schon auf eine heiße Spur zum Mörder von Martin Kaltenbacher kommen und damit weiteres Unheil verhindern können. Und nun stand sie hier verkatert an einem Tatort, unprofessionell mit Übelkeit kämpfend, und Sebastian erging es vermutlich nicht anders. Zwei Ermittler, die im Begriff waren, die Kontrolle zu verlieren und sich überfahren zu lassen von den Ereignissen, von einem Täter, der kaltblütig zuschlug und sie regelrecht verhöhnte.

Sebastians Stimme ließ Klara zusammenzucken. »Elsa Weißgerber ist sicher schon länger als vierundzwanzig Stunden tot.«

Was sollte das? Konnte er Gedanken lesen, wollte er sie und sich selbst beruhigen, indem er betonte, dass der Mord nicht in der letzten Nacht passiert war?

»Hm.« Klara nickte beiläufig, ohne sich zu Sebastian umzudrehen, und hörte, wie er wieder leise im Flur verschwand. Sie atmete tief den frischen Lufthauch ein, der durch das gekippte Fenster wehte, und spürte, wie ihr Verstand langsam wieder zu arbeiten begann.

Sie sah sich im Schlafzimmer der Ermordeten um. Hellgrauer Teppich, lachsfarbene Wände, weiße Möbel, ein französisches Bett, ein Kleiderschrank, ein kleiner Tisch, ein Stuhl, über dem Kleidung hing. Die Einrichtung war eher bieder als exklusiv, sie erinnerte Klara an die eines Mädchenzimmers.

Die Kommissarin trat an das Bett heran, auf dem Nachttisch lag ein Foto. Ein Schnappschuss eines attraktiven, dynamisch wirkenden Mannes, der in die Kamera lächelte. Martin Kaltenbacher. Elsa hatte ihn also noch neben ihrem Bett liegen gehabt. Vermutlich auch darin.

Klara verließ den Raum und ging vorsichtig hinüber in das

kleine Arbeitszimmer mit dem Schreibtisch und dem Regal voller Aktenordner. Wieder eine Menge Arbeit für Harald und seine Jungs. Sie trat an den Schreibtisch heran und sah auf die Schnellhefter und Stapel von Kopien, geordnet und mit beschrifteten Deckblättern versehen. »Simultan I«, »Konsekutiv I«, »Professionalisierung und Berufsethik«, offenbar Unterlagen für die Uni. Klara ließ ihren Blick erneut durch den Raum schweifen, sie vermisste einen Computer.

»Sebastian? Hast du irgendwo in der Wohnung einen Rechner oder ein Handy gesehen?«

Sebastian kam aus der kleinen Küche. »Nein. Ein Handy ist vielleicht bei der Leiche, einen Laptop habe ich bisher nicht gesehen …«

Klara beendete den Satz ihres Kollegen: »… wobei sie zweifellos einen gehabt haben muss.«

Sebastian deutete ein Lächeln an. »Tja, Klara, heutzutage müssen die Täter nicht nur Spuren vermeiden, sondern auch noch die modernen Kommunikationsmittel einsammeln.« Er sah in ihre Augen. »Alle Spuren beseitigen.« Klara klebte an seinem Blick fest. »Restlos alle.« Ihr wurde heiß. Wenn das so weiterginge, würde sie sich versetzen lassen. Zur Streife. Oder zur Sitte. Oder auf eine Insel im Atlantik.

Am Ende des Flurs hörten sie feste Schritte, die Kollegen von der Spurensicherung. »Moin. Wohin?«

»Geradeaus ins Wohnzimmer.«

Die weiß beanzugten Männer begannen ihre Arbeit. Weitere Beamte trafen ein, daneben Dr. Klaus Lohmeyer, Rechtsmediziner. Wieder diese Szene, die absolute Ruhe um einen Toten wandelte sich schlagartig in den Betrieb eines mittelgroßen Bahnhofs. Die Leiche wurde akribisch fotografiert, untersucht, der Fundort vermessen, die Kollegen klebten Unmengen von Haftstreifen zur Sicherung von Fingerabdrücken.

»Klaus, kannst du schon etwas zu Todeszeitpunkt und Todesursache sagen?« Klara stand neben der Tür, die Hände hatte sie in den Taschen ihrer Jeans vergraben, sie presste die Kiefer aufeinander, ihr war kalt.

Der Rechtsmediziner erhob sich aus der Hocke. »Die Frau

wurde offenbar erwürgt, in Anbetracht der ausgeprägten Totenflecken liegt die Tat schon etwas zurück, die Flecken sind nicht mehr verschiebbar, seht ihr?« Der Mediziner drückte auf eine der blauvioletten Verfärbungen. »Das heißt, der Tod ist vor mehr als zwanzig Stunden eingetreten. Die Körperkerntemperatur der Leiche entspricht der Raumtemperatur, auch das ein Zeichen für einen länger zurückliegenden Todeszeitpunkt. Gleichzeitig hat sich die Totenstarre aber noch nicht gelöst. Da das ja in der Regel bei Zimmertemperatur zwei bis drei Tage nach dem Tod erfolgt, haben wir ein erstes Fenster für den Todeszeitpunkt – etwa zwanzig bis, ich würde sagen, vierzig Stunden zurückliegend.« Klaus Lohmeyer sah die beiden Ermittler über seine randlose Brille hinweg an und fuhr fort. »Neben den Würgemalen finden sich auf den ersten Blick keine auffallenden Anzeichen eines Kampfes, aber das müssen wir uns im Sektionsraum genauer ansehen.«

Sebastian stand neben Klara und murmelte: »Wenn es keinen Kampf gab, scheint der Täter kräftig und entschlossen gewesen zu sein.« Dann neigte er leicht den Kopf. »Oder das Opfer war sediert und konnte sich nur noch schwer wehren. Das kennen wir ja schon …«

»Die Ergebnisse der Blutuntersuchung bekommt ihr, sobald wir sie vorliegen haben.« Der Rechtsmediziner beugte sich erneut zu der Leiche hinunter und nahm Abstriche von der Haut am Hals des Opfers. Falls der Täter keine Handschuhe getragen hatte, könnte man hier verräterische Zellen sicherstellen und sie einer DNA-Analyse zuführen. Ähnlich verfuhr er anschließend mit der Unterseite der Fingernägel und den Handflächen.

Klara und Sebastian blieben, bis Frau Weißgerbers Leiche in den Zinksarg gelegt und abtransportiert wurde, und fuhren schließlich schweigend zurück aufs Revier. Jeder schien mit seinen Gedanken beschäftigt. Und vermutlich mit den Gedanken des anderen. Zum Glück konnte man in diese »Blackbox« noch nicht hineinsehen. Aber beide wussten, was dieser zweite Mord bedeutete. Die Augen einer erschrockenen und verunsicherten Öffentlichkeit würden sich auf sie richten, ihre Arbeit würde Gegenstand einer gnadenlosen Beurteilung werden, der Erwartungsdruck, den oder die Mörder zu finden, würde extrem sein, es ging nicht um eine mehr oder weniger private Jagd nach einem Schuldigen, es ging um eine Fahndung unter größter Anteilnahme der Medien. Und die Angst vor einem dritten Mord würde das Ganze abgleiten lassen in Unsachlichkeit und – im schlimmsten Falle – Hysterie.

Auf der Wache angelangt, wartete Kriminaldirektor Conrad bereits sichtlich angespannt auf die Ermittler. »Leute, jetzt wird's ernst. Zwei Morde in drei Tagen. Ich habe Verstärkung aus Stuttgart angefordert. Die Soko Kaltenbacher-Weißgerber wird aufgestockt.«

Klara dachte unwillkürlich, dass die beiden Opfer nun einen Doppelnamen bekommen hatten, so als hätten sie posthum geheiratet.

Die Runde trug erste Informationen zum Leichenfund und Frau Weißgerbers Person zusammen. Kriminaldirektor Conrad sah eindringlich von einem zum anderen.

»Suchen wir einen Täter, oder suchen wir zwei? Einen Beziehungstäter? Oder zwei Täter mit unterschiedlichen Motiven? Nachdem wir den Todeszeitpunkt genauer vorliegen haben, geht ihr nochmals alle Personen aus Kaltenbachers näherem Umfeld durch – mögliches Motiv und wasserdichtes Alibi für die Todeszeit, lückenlose Ermittlung. Die beiden Morde hängen irgendwie zusammen, alles andere halte ich für unwahrscheinlich. Klara, Sebastian, ihr geht dieser zweiten Mata Hari nach, wie heißt sie noch?«

»Viola Schanz.«

»Genau, Schanz. Ich möchte außerdem einen DNA-Abgleich der in Kaltenbachers Bett gefundenen Haare mit Eva Kaltenbacher, der Schanz, der Baumgartner, der Weißgerber, der Malik, der Putzfrau …« Conrad stockte kurz angesichts seiner Aufzählung und runzelte einen Moment wie ungläubig die Stirn. »Kurzum mit allen Frauen, die ihr in Kontakt mit Kaltenbacher seht. Außerdem nehmt ihr euch die Exfrau von Thorsten Kaltenbacher vor, wie heißt die?«

»Tanja Michaelis-Kaltenbacher.«

»Die Exfrau des Toten und Thorsten Kaltenbacher selbst ladet ihr aufs Revier, bei der Befragung bin ich anwesend. Harald und sein Team gehen den Freunden und Kollegen von Elsa Weißgerber nach, Nachbarn, Eltern, Familie. Spätestens Montag erwarte ich außerdem die Protokolle zu den Befragungen von Kaltenbachers Mitbewerbern bei dem Projekt ›Villa Dahm‹.« Conrad machte eine Pause. Dann donnerte er lauter als gewöhnlich: »Jetzt mal Butter bei die Fische.«

Klara fuhr sich mit der flachen Hand durchs Gesicht, sie wollte nicht an Fische denken, schon gar nicht an fettige Fische. Die Jägerin war malade.

Etwa eine halbe Stunde später saß sie mit Sebastian in dem mit ausgesuchten Stücken möblierten Wohnzimmer von Viola Schanz und trank merkwürdig dankbar einen Espresso aus weißem Meißner mit Goldrand. Frau Schanz saß den beiden Ermittlern aufgeräumt gegenüber, das dunkle gewellte Haar fiel fast bis zu ihren Hüften, die Wimpern über den veilchenblauen Augen waren lang und geschwungen, der Schneewittchen-Teint wurde von leicht geröteten Wangen veredelt, die dunkelblaue Seidenbluse war lässig in eine amerikanische Zweihundert-Euro-Jeans gesteckt. Klaras Blick fiel auf eine klassisch-schlichte Rolex, einen breiten Goldring, dunkelrote Fingernägel ... Die Frau war stilsicher. Und teuer. Sie hatte Geld, und sie brauchte Geld.

»Frau Schanz, Martin Kaltenbacher wurde am Freitag tot in seiner Wohnung aufgefunden.« Tage wie der heutige verlangten danach, direkt zur Sache zu kommen. Klara war noch immer übel.

»Das ist sehr bedauerlich. Da Sie hier sitzen, wissen Sie vermutlich von unserer ... Geschäftsbeziehung?«

Sebastian versuchte, sich sein Erstaunen nicht anmerken zu lassen, die Dame hatte offenbar auch keine Zeit zu verlieren. »Ja, wir haben Informationen hierzu in der Mailkorrespondenz von Herrn Kaltenbacher gefunden.«

»Nun, dann werde ich mir jetzt wohl einen neuen Job suchen müssen.« Frau Schanz machte eine lapidare Handbewegung, als handelte es sich einfach um eine kleine lästige Pflicht – so wie die, den Müll hinunterbringen zu müssen.

»Gut, Frau Schanz, wir möchten Sie nicht länger als nötig aufhalten. Machen wir es also kurz. Standen Sie auch in einem privaten Kontakt zu Martin Kaltenbacher? Und wo waren Sie am Donnerstagabend?«

»Ja, wir kannten uns auch privat, und am Donnerstagabend war ich im Kino. Allein.«

»Irgendwelche Zeugen für Ihren Kinobesuch?«

»Keine Ahnung, ist das nicht Ihre Aufgabe, mein Alibi zu überprüfen?« Auf dem Gesicht von Frau Schanz lag ein feines Lächeln, hinter dem sich Eiseskälte verbarg.

Sebastian war angeschlagen, ansonsten hätte ihn eine Frau wie die Schanz zur Hochform auflaufen lassen. So fragte er nur sachlich: »Wann haben Sie Herrn Kaltenbacher zuletzt gesehen?«

»Am Montagabend.«

»Hatten Sie eine intime Beziehung zu ihm?«

»Ja.« Viola Schanz antwortete völlig ungerührt, so als hätte man von ihr wissen wollen, ob sie ihr Auto aus der Werkstatt abgeholt habe.

»Wusste irgendjemand von Ihrer Tätigkeit für die Firma Kaltenbacher?«

»Meines Wissens nicht. Außer natürlich Thorsten Kaltenbacher.« Viola Schanz führte mit ihrem feinen Lächeln die weiße Kaffeetasse an die rot geschminkten Lippen, ihre Hand war ruhig.

Klara sah auf ein Gemälde an der gegenüberliegenden Wand, signiert mit dem Titel »Verbotene Frucht«. Ausgerechnet. Sie musste noch einen Schluck Espresso nehmen. Dann fragte sie: »Frau Schanz, welchen Ruf hatte Martin Kaltenbacher in der Branche, hatte er Feinde, haben Sie eine Vermutung, wer die Tat begangen haben könnte?«

Viola Schanz schlug ein Bein über das andere und gab sich freundlich-verbindlich. »Da kann ich Ihnen leider nicht weiterhelfen. Sein Ruf war weder besonders gut noch besonders schlecht, ich kann Ihnen nicht sagen, wer ein Motiv gehabt haben könnte, ihn umzubringen.«

Die Kommissarin setzte nach: »Hatte Herr Kaltenbacher neben Ihnen noch weitere … Geliebte?«

Viola Schanz sah Klara spöttisch an, in ihren blauen Augen

funkelte ein tiefgekühltes Amüsement. »Ich nehme an, Sie würden den Mann, mit dem Sie ins Bett gehen, so etwas fragen.«

Klara schluckte unmerklich und wiederholte ihre Frage. »Wissen Sie von anderen Frauen?«

»Nein.«

»Elsa Weißgerber? Sagt Ihnen der Name etwas?«

»Tut mir leid, nie gehört.«

»Wo waren Sie am Freitagabend?«

»Bis neunzehn Uhr in der Firma, danach bei einer Bekannten.«

»Name, Anschrift?«

Viola Schanz antwortete, ohne zu zögern. Klara lehnte sich ein wenig vor und sah in die veilchenblauen Augen, sie hatte genug von dieser arroganten Schneekönigin.

»Könnte es nicht sein, dass Sie von Martin Kaltenbacher noch mehr Geld erwarteten als das vereinbarte Honorar für Ihre Spitzeldienste? Dass Sie ihm drohten, ansonsten seine unsauberen Geschäftsmethoden öffentlich zu machen?«

Die Befragte zeigte sich weiterhin ungerührt. »Ich habe ihm nie gedroht, und ich habe eine sehr angemessene Summe von ihm erhalten.«

»Wie viel?«

»Zehntausend im Erfolgsfall. Mit der Option, auch weiter für die Firma Kaltenbacher tätig zu sein.« Sie wechselte formvollendet das rechte Bein über das linke und bettete die schönen Hände in ihren Schoß, so als würde sie sich in Positur bringen für das anstehende Porträt des Hoffotografen.

Es hatte nicht viel Sinn, die Frau war mit allen Wassern gewaschen. Sie würden im Revier damit fortfahren, an ihrer Teflon-Oberfläche zu kratzen.

»Frau Schanz, sind Sie damit einverstanden, dass wir eine Haarprobe, die wir am Tatort gefunden haben, mit Ihrem Haar vergleichen?«

»Natürlich. Aber wie ich bereits sagte, ich kannte Herrn Kaltenbacher privat und war auch des Öfteren in seiner Wohnung, es ist also nicht verwunderlich, wenn Sie dort entsprechende Spuren finden.«

»Gut, Frau Schanz, dann kommen Sie bitte mit aufs Revier zur erkennungsdienstlichen Behandlung, wir nehmen dort außerdem Ihre Aussage zu Protokoll. Ach, eine Frage noch: Schlafen Sie eigentlich gut?«

»Was soll die Frage?«

»Schlafen Sie gut?«, wiederholte Klara.

Viola Schanz setzte einen höflich-korrekten Ausdruck auf. »Ja, danke, ich schlafe sehr gut, keinerlei Probleme.«

NEUN

Thorsten Kaltenbacher war nach einem anstrengenden Montag auf dem Nachhauseweg. Es war keine Anstrengung, die seine Arbeit mit sich gebracht hätte – im Geschäft war er zu so gut wie nichts gekommen. Ständig Kondolenzanrufe, Menschen, die glaubten, ihm ihr tiefstes Mitgefühl ausdrücken zu müssen, und offenbar der Ansicht waren, dass hierzu mindestens ein zehn- bis fünfzehnminütiges, salbungsvolles Gespräch notwendig sei. Wie groß die Lücke sei, die durch den Tod des Bruders entstehe, wie tragisch, so mitten aus dem Leben gerissen zu werden, wie grauenhaft, dass dies durch ein Verbrechen geschehe. Geheuchelte Fassungslosigkeit.

Das ging so lange, bis er sich von seiner Sekretärin am Telefon verleugnen ließ. Etwas heikel war allerdings das Gespräch mit dem Bauträger des Projekts »Villa Dahm« gewesen. Aber er hatte hier beruhigen können. Das von der Firma Kaltenbacher erstellte Konzept war ja bereits vollständig ausgearbeitet, und er würde als hundertprozentig zuverlässiger und kompetenter Partner bei allen weiteren Umsetzungsschritten zur Verfügung stehen. Er musste sich – Trauer hin oder her – auch bald nach einem qualifizierten Ersatz für Martin umsehen, er hatte bereits eine Stellenausschreibung formuliert. Aber zunächst musste die Beisetzung über die Bühne gehen, und eine kurze Pietätsfrist wäre auch angebracht, bevor er die Ausschreibung in überregionalen Tageszeitungen platzieren würde. Er konnte sich keine Gefühlsduselei erlauben, er war verantwortlich für seine Mitarbeiter, und er hatte nicht vor, seinen Logenplatz im Heidelberger Immobilien-Business zu räumen – *the show must go on.*

Am unerfreulichsten war am Nachmittag die reichlich unnötige Befragung auf dem Polizeirevier gewesen. Die strenge Brünette und ihr Dressman-Kollege hatten »Guter Bulle, böser Bulle« gespielt, eine alberne psychologische Verhörtaktik. Sein Alibi für Freitagabend war wasserdicht, da hatte er bereits um achtzehn Uhr Konstantin bei seiner Mutter abgeholt, und für den Donnerstagabend hatte er seine Assistentin Angela. Das gemeinsame spätsommerliche Wochenende am Lago Maggiore hatte sie von seinen Qualitäten und seiner Integrität überzeugt.

Überhaupt, was wollte die Polizei von ihm? Es müsste doch selbst diesen Provinzermittlern schon klar geworden sein, dass Martins trauernde Witwe mit der Trennung nie zurechtgekommen war, dass sie seit Jahren zur Psychotherapie rannte und versuchte, damit umzugehen, dass sie wegen eines Weiberhelden auf Kinder verzichtet hatte, dass sie die besten Jahre ihres Lebens einem Schürzenjäger geschenkt hatte, der sie am Ende kalt abservierte, dass sie ihren tiefsten Wunsch und ihre größte Sehnsucht nach einer eigenen Familie Martins Leben und seiner Behinderung untergeordnet hatte und nun allein dastand, allenfalls noch mit dem Soft-Burschi Matthias an ihrer Seite – einer belanglosen Wochenendbeziehung, die sie führte, um jemanden zu haben, dem sie die Ohren vollheulen konnte.

Selbst hinterwäldlerische Dorfpolizisten sollten mittlerweile herausgefunden haben, dass Evas Hass bodenlos war, dass sie nicht normal war, dass sie in einem hysterischen Anfall zu allem fähig war.

Thorsten Kaltenbacher stieg aus seinem schwarzen BMW, überquerte die Straße und öffnete im Vorbeigehen den Briefkasten. Seine rechte Hand griff hinein und umfasste neben zwei Kuverts mit durchsichtigem Adressfenster einen weißen unbeschrifteten Umschlag.

Er räusperte sich und bemerkte ein kurzes Stechen hinter seiner Stirn – Stresskopfschmerzen. Die Tatsache, dass es diesen Brief gab, war äußerst unschön. Beunruhigend. Er ging die Treppe hinauf, schloss die Wohnungstür auf, legte den Autoschlüssel auf der kleinen Kommode links neben der Eingangstür ab und öffnete den Briefumschlag.

Ich weiß, was du getan hast. Hunderttausend. Am Mittwoch, dreiundzwanzig Uhr, auf dem Gelände der Villa Dahm, Erdgeschoss Nebengebäude.

Thorsten Kaltenbacher setzte sich. Um was ging es überhaupt? Um die kleine Trickserei, mit der er den Zuschlag für die Villa Dahm erhalten hatte? Viola oder Nicole, die mehr Geld wollten? Gab es weitere Mitwisser, jemanden, der ihn geschäftlich ruinieren wollte? Hunderttausend waren deutlich mehr, als er vielleicht bereit gewesen wäre, dafür zu zahlen, dass eine kleine Schieberei unter dem Teppich blieb. Überhaupt, Viola und Nicole hatten ganz von sich aus die Informationen weitergegeben, aus Freundschaft und Sympathie. Dafür, dass Geld geflossen war, gab es keinerlei Beweise, in dieser Angelegenheit war er also gar nicht erpressbar. Um eine andere Sache konnte es nicht gehen, denn es gab niemanden mehr, der um sie wusste.

Oder kam Tanja plötzlich hoch wie ein Springteufel mit ihren alten Geschichten und dem vermeintlichen Wissen über ihn? Sie hasste ihn, das wusste er. Sie zog sich hinter eine Fassade aus Korrektheit und Mütterlichkeit zurück, aber in Wahrheit hätte sie ihm am liebsten die Augen ausgekratzt. Sie neidete ihm seine enge Beziehung zu Konstantin, und sie ahnte, dass er den Jungen in ein paar Jahren ganz auf seine Seite ziehen würde – irgendwann könnte Konstantin selbst entscheiden, wo er leben wollte, es dauerte gar nicht mehr so lange. Und dann würde er bei ihm leben. Wollte Tanja ihn fertigmachen, wollte sie ihn ruinieren? Erst ein wenig abkassieren und danach mit den Dingen, die sie angeblich wusste, zur Polizei und ihn als Tatverdächtigen hinstellen?

Kaltenbacher dachte nach. Er würde ein Päckchen mit Zeitungspapier schnüren, und er würde so lange am Übergabeort lauern, bis das Schwein das Paket abholen kam. Und dann würde er wissen, was zu tun war.

ZEHN

Klara und Sebastian saßen erneut in einer Besprechung auf dem Polizeirevier. Der Raum hatte sich merklich gefüllt, vier Kollegen aus Stuttgart hatten die Soko verstärkt, dazu eine junge blonde Assessorin, die, wie sie sich in breitem schwäbischen Dialekt ausdrückte, »oimol bei de Kriminalpolizei hoschpitiere wollt, weil des isch scho spannend, gell«.

»Hübsch, solange sie den Mund nicht aufmacht«, hatte Sebastian Klara zugeflüstert – und die hatte es, obwohl sie es nicht wollte, gefreut.

Kriminaldirektor Conrad stand vor einer überdimensionierten weißen Wandtafel, die bereits voller eingekreister Namen, Stichpunkte, Pfeile, Verbindungslinien – und Fragezeichen – war. In der Mitte stand der Name des ersten Mordopfers in Rot, rechts davon der von Elsa Weißgerber in Grün, von den beiden Toten abzweigend weitere Personen und die zugehörigen Informationen, alles in unterschiedlichen Farben – eine Gedankenkarte, die für Außenstehende kaum lesbar war, in der die Ermittler jedoch lebten.

»Also, was wissen wir? Elsa Weißgerber starb am Freitagabend zwischen neunzehn und einundzwanzig Uhr, hatte keinerlei toxische Substanzen im Blut, zwei bis drei Tage vor ihrem Tod hatte sie Geschlechtsverkehr ohne Gewalteinwirkung, laut DNA-Abgleich mit Martin Kaltenbacher, ihrem offenbar aktuellen Partner. Es wurden bislang keine verwertbaren DNA-Spuren bei der Leiche gefunden, die dem Täter zuzuordnen sind, kein fremdes Zellmaterial an den Würgemalen oder unter den Fingernägeln. Der Täter muss schnell, entschlossen und kräftig gewesen sein, sodass das Opfer keine oder kaum Gegenwehr leisten konnte. Er hatte einen Schlüssel, oder die Wohnungstür wurde ihm geöffnet, es gab keinerlei Einbruchspuren. Mehrere Fingerabdrücke wurden gesichert, bislang sind lediglich die von Martin Kaltenbacher identifiziert. Die Nachbarn und die anderen Hausbewohner konnten in einer ersten Befragung keine signifikanten Hinweise geben. Handy oder Computer des Opfers wurden nicht gefunden, gemäß den Verbindungsdaten, die uns der Mobilfunkanbieter übermittelt hat, erfolgte ein Anruf von Frau Weißgerbers Handy aus bei Martin Kaltenbacher am Freitag um neunzehn Uhr zweiundvierzig. Wenn wir davon ausgehen, dass dieser Anruf von Elsa Weißgerber selbst getätigt wurde, können wir den Todeszeitpunkt weiter eingrenzen. Harald, was habt ihr bislang aus dem Umfeld des Opfers?«

Harald klärte seine Stimme mit einem kräftigen Räuspern. »Ja, also. Frau Weißgerber stammte aus Kassel, ihre Eltern reisten umgehend an, nachdem sie über die Tat von den Kollegen vor Ort informiert worden waren. Keine schöne Sache, sag ich euch. Elsa hat hier in Heidelberg studiert, wurde dann sehr erfolgreich als freiberufliche Dolmetscherin und lehrte nebenbei auf einer halben Stelle am Institut für Übersetzen und Dolmetschen. Den Eltern und dem Bruder war nichts bekannt über Feindseligkeiten oder Konflikte in Elsas Umfeld, allerdings ist bemerkenswert, in welch hochrangigen Kreisen sie dolmetschte, sie wurde gebucht für Magnaten aus Wirtschaft und Politik.« Haralds Stimme hatte den Charme eines Reibeisens. »Also keine kleine Nummer und irgendwie auch Geheimnisträgerin.«

Ein Kollege aus Stuttgart unterbrach ihn: »Was heißt ›irgendwie Geheimnisträgerin‹? Das scheint mir doch etwas abstrakt. Bei welchen Veranstaltungen hatte sie denn zuletzt gedolmetscht, um was ging es da?«

Harald nahm seinen Kuli wie eine Zigarette zwischen Zeige- und Mittelfinger und gab seiner Stimme den Klang einer endlos geduldigen Grundschullehrerin: »Lassen Sie es mich mal so sagen … Meine Kollegen und ich haben jeweils maximal zwei Hände, zwei Augen und einen Kopf. Allein die Mailkorrespondenz von dem Provider zu bekommen, der die Internetseite von Elsas Agentur hostet, war schon ein Akt. Jetzt brauchen wir noch ein kleines bisschen Zeit, um uns da durchzuwühlen. Aber Sie können uns gern dabei behilflich sein.« Mit einem einladenden Grinsen zeigte Harald seine hellbraunen Zähne.

Kriminaldirektor Conrad beeilte sich, ihn zu unterbrechen, bevor er sein charakteristisches »Arsch, Sack« dazuhusten konnte.

»Herr Klinkhammer, wir betrachten erst einmal das Heidelberger Umfeld des Opfers. Harald, was hat die Befragung von Elsas Vorgesetztem und ihren Kollegen am Institut ergeben?«

Harald nestelte kurz in den vor ihm liegenden Unterlagen und fügte in seinem kurpfälzischen Singsang hinzu: »Wusstet ihr, dass das Institut für Übersetzen und Dolmetschen seit den sechziger Jahren als ›erotisches Rückgrat der Universität‹ gilt? Hat mir eine ältere Dozentin erzählt. Fast neunzig Prozent weibliche Studierende, in der Mehrzahl intelligente, gut aussehende, ambitionierte junge Frauen. Ein echter Heiratsmarkt.«

Der Hauptkommissar zog kurz die Mundwinkel nach oben. Dann wurde er wieder ernst, die Falten auf seiner Stirn gruben sich tiefer in die fahle Haut. »Über Elsa habe ich nichts Nachteiliges gehört, sie war eine geschätzte Kollegin, beliebt bei ihren Studenten, zuverlässig, keinerlei Auffälligkeiten. Hatte am Tag ihres Todes spätnachmittags Sprechstunde, wir haben die beiden Studentinnen ausgemacht, die offenbar als Letzte bei ihr waren, das war so gegen neunzehn Uhr. Angeblich hat Frau Weißgerber, als sich die beiden verabschiedeten, zu ihnen gesagt, sie mache sich jetzt auch auf den Weg. Beide Studentinnen meinten, sie habe entspannt und gut gelaunt gewirkt, irgendwie strahlend.« Harald machte eine kurze Pause. »Na ja, lag wohl an der neuen Liebe zu unserem Charmebolzen. Der hatte es ja anscheinend echt drauf …«

Conrad ergriff hastig das Wort. »Danke, Harald, das heißt also, ihr habt bislang im familiären und universitären Umfeld des Opfers keine konkreten Anhaltspunkte gefunden. Bei ihrer freiberuflichen Tätigkeit als Dolmetscherin seid ihr noch dran …«

Harald hustete zustimmend.

»Zunächst scheint also unsere Hypothese weiter aktuell, dass die beiden Morde zusammenhängen und Täter und Motive eher im privaten Bereich um die Beziehung von Kaltenbacher und Weißgerber herum zu suchen sind.« Conrad sah fragend in die Runde. »Bei dem Gespräch mit dem Geschäftsführer der ›SWB‹, dem anderen großen Mitbewerber der Kaltenbachers, hat sich auch nichts ergeben? Ralf, Andreas?« Kriminaldirektor Conrad nickte den beiden jungen Beamten zu.

Ralf Meier, ein blasser rothaariger Kollege, der immer ein wenig nervös wirkte, wenn er vor Publikum sprach, sah von seinen Aufzeichnungen auf. »Scheidet unserer Meinung nach aus. Angestellter Geschäftsführer, scheint den Job zu machen, um sein Geld zu verdienen, keine erkennbaren emotionalen Anwandlungen, unpersönlich, distanziert, flog nachweislich am Donnerstag bereits um neunzehn Uhr nach Sylt in sein langes Wochenende … wird knapp, dann rechtzeitig zur Tatzeit wieder in Heidelberg zu sein.«

Meier lächelte flüchtig angesichts seiner beinahe humorvollen Untertreibung, stellte fest, dass außer ihm niemand lächelte, und fuhr mit verlegen geröteten Wangen fort. »Der Mann ist zudem der Typ, der sich die Finger nicht schmutzig macht. Die Kaltenbachers scheinen nicht besonders beliebt gewesen zu sein in der Branche, aber die Herren Mitbewerber nehmen es offenbar gelassen. Da die Firma Kaltenbacher auch ohne Martin Kaltenbacher weiterläuft, stellt sich auch die Frage nach dem Motiv. Und wie würde der Mord an Elsa Weißgerber dann ins Bild passen?«

Conrad nickte. »Stimmt. Dennoch, wir sollten die geschäftliche Konkurrenz nicht aus dem Blick verlieren. Vielleicht hatte Kaltenbacher Informationen, die er an Elsa weitergegeben hat, und daher mussten beide sterben. Oder andersherum, Elsa hatte Informationen aus ihrem beruflichen Umfeld, die sie mit Kaltenbacher teilte? Harald, vielleicht kann euch Herr Klinkhammer ja tatsächlich behilflich sein bei der Durchsicht von Frau Weißgerbers Mails?«

Harald machte ein Gesicht, als hätte er in eine Zitrone gebissen. »Ah nee, oder?«, murmelte er leise.

Souverän überhörte Kriminaldirektor Conrad die Bemerkung und wandte sich an Sebastian und Klara. »Was hat die DNA-Analyse der in Kaltenbachers Wohnung gefundenen Haare ergeben?« Er stand auf und ging vor zur Wandtafel.

»Die beiden Haarspuren sind mit neunundneunzigprozentiger Sicherheit Viola Schanz und Elsa Weißgerber zuzuordnen«, sagte Klara. »Wie Frau Schanz uns ja bereits bestätigt hat, hatte sie ein Verhältnis mit Martin Kaltenbacher. Sie gibt an, nichts von

Elsa Weißgerber gewusst zu haben, ob Elsa von Viola wusste, ist fraglich. Die trauernde Exfrau von Kaltenbacher will von beiden Frauen nichts gewusst haben. Wir waren zwischenzeitlich auch noch einmal bei der Putzfrau, die den Toten gefunden hat. Sie wohnt in einem Ein-Zimmer-Apartment in einem Studentenwohnheim und zeigte uns, wo sie den Schlüssel zu Kaltenbachers Wohnung aufbewahrt hat. Es scheint uns nach einer weiteren eingehenden Befragung unwahrscheinlich, dass der Schlüssel in fremde Hände geraten ist oder dass sie ihn jemandem gegeben hat, und bei Marika selbst sehen wir nach wie vor kein Motiv. Am Donnerstagabend war sie außerdem mit einer anderen georgischen Studentin zusammen, zumindest hat uns Frau …«, Klara sah auf ihre Notizen, »… Shanna Geleischwili das bestätigt.«

»Okay.« Conrad markierte Marikas Namen auf der weißen Wandtafel mit einem grünen Punkt. Das war sein System, Mitspieler der Gedankenkarte einstweilen in die dritte Reihe der Tatverdächtigen zu schieben. Die Namen der zweiten Reihe erhielten einen gelben Punkt, interessant war die erste Reihe, deren Namen mit einem roten Kreuz markiert waren.

Ein Kollege aus Stuttgart meldete sich. »Oi, könne ma noch mol de Alibis zusammefasse?«

Klara hätte gern in dem ihr vertrauten moselfränkischen Dialekt pariert, »Wat saahn Se?«, aber sie überließ ihrem Chef das Wort.

»Ja, guter Beitrag, Herr Mausbach. Also gehen wir die Garde der roten Kreuze durch: Für den Donnerstagabend, die Tatzeit Kaltenbacher, haben die Affäre Viola Schanz und die Exfrau des Opfers kein bestätigtes Alibi, Thorsten Kaltenbacher hat ein Gummi-Alibi von seiner Assistentin. Zu Elsa Weißgerber wissen wir nichts. Vielleicht hat sie Kaltenbacher in flagranti mit Viola ertappt und ihn umgebracht?« Conrad sah aufmunternd in die Runde, hüstelte kurz ob seiner neuen Theorie und fuhr dann fort. »Freitagabend, Tatzeit Weißgerber, hat Viola Schanz ein überprüftes Alibi, und Thorsten Kaltenbacher hatte bereits seinen Sohn bei sich, wobei man den auch irgendwo zwischenparken könnte. Eva Kaltenbacher wurde eng angrenzend an die Tatzeit von Klara zu Hause befragt, für die Zeit zwischen neunzehn Uhr zweiundvierzig, dem Zeitpunkt, zu dem Elsa vermutlich noch lebte, und einundzwanzig Uhr hat sie aber kein Alibi. Auch bei unserer gestrigen Befragung auf dem Revier gab sie weiterhin die trauernde Witwe.« Conrad machte eine Pause und sah seine Ermittler an. »Drei Figuren auf einem Schachbrett.«

Klara dachte an die Vernehmung von Eva Kaltenbacher, der Ton des Chefs war irgendwann scharf geworden, und Eva hatte angefangen zu weinen. Klaras Eindruck war der gleiche wie der, den sie gewonnen hatte, als sie bei Eva zu Hause gewesen war: Die Frau konnte Täterin und Opfer zugleich sein. Sie hatte mit ihrem Martin einen Pakt geschlossen, einen Pakt fürs Leben, aber dann wurde Martin vertragsbrüchig, einfach so. Und niemanden kümmerte es, niemand bestrafte ihn dafür, es gab kein Gericht der Welt, das Eva als Schadensersatz ein zweites Leben zugesprochen hätte oder zumindest die Zeit um zehn Jahre zurückdrehte.

Conrad hatte sie nochmals gefragt, ob sie den Namen Elsa Weißgerber kenne, und Eva hatte verneint. Klara fiel wieder Thorstens Assistentin Angela ein, von der Eva doch offenbar Informationen bezogen hatte. Sie hatte den Vernehmungsraum verlassen und bei Angela Helmer in der Firma angerufen.

»Ach, entschuldigen Sie, Frau Helmer, ich habe nur eine ganz kurze Frage an Sie. Wusste Eva Kaltenbacher eigentlich, dass Martin mit Elsa Weißgerber zusammen war?«

»Ja, natürlich wusste sie das. Sie hat mich doch mehrfach gefragt, ob das mit den beiden noch aktuell ist. Ich habe ihr gesagt: ›Eva, dieses Mal ist es was Ernstes.‹«

Klara war zurück zu der Befragung gekommen und hatte dem Chef einen Zettel hingelegt. Der hatte Eva angeschrien und sie mit ihrer Lüge konfrontiert. Und Eva hatte geschluchzt: »Sie wissen genau, dass ich für Donnerstag- und Freitagabend kein Alibi habe. Sie warten doch nur darauf, mir etwas anhängen zu können. Wenn ich Ihnen nun noch bestätigt hätte, dass ich von Elsa weiß, hätten Sie doch sofort die Schlinge um meinen Hals gelegt.« Eva hatte sich die Tränen abgewischt und mit bitterer Stimme gemurmelt: »Mord aus Eifersucht. Wie absurd. Sie wissen gar nicht, was ich für Martin empfand.«

»So? Was empfanden Sie denn?« Der Chef hatte sich ganz nah zu Eva Kaltenbacher hinübergebeugt und sie mit seinem stechenden Blick fixiert.

»Etwas, das Sie nie empfinden werden.«

Klara konnte nicht recht einschätzen, mit welchem Realitätsbegriff Eva lebte, möglicherweise war er mehr als dehnbar. Sie hatte Täter erlebt, die immer wieder beteuerten: »Ich habe ihn nicht umgebracht«, und die dabei blieben, gebetsmühlenartig. Es war eine Herausforderung, sie zurück in die Realität zu führen, aber irgendwann wurde aus »Ich habe ihn nicht umgebracht« ein »Ich wollte ihn nicht umbringen«. Und manchmal ging es noch weiter bis zu »Das Schwein hat es doch verdient«. Es war ein Prozess, eine Entwicklung, ein zähes Ringen.

Conrad hatte weiter gefragt, ob Eva jemals an Schlafstörungen gelitten habe.

»Wenn Sie das durchgemacht hätten, was ich durchgemacht habe, hätten Sie auch nicht mehr gut schlafen können.« Eva klang fast trotzig. Sie habe vor etwa anderthalb Jahren ihren Hausarzt deswegen aufgesucht, der habe ihr jedoch nur ein pflanzliches Medikament verordnet. Aber sie wolle jetzt ohne ihren Anwalt nichts mehr sagen, sie habe das Gefühl, man versuche, sie in eine Falle zu locken.

Eva, das arme Opfer.

Klara kehrte aus ihren Gedanken zurück und sah in die Runde ihrer Kollegen. Im Raum lag Schweigen, vermutlich bewegten alle im Geiste Eva, Thorsten und Viola Schanz in ihren Beziehungen zu den beiden Mordopfern.

Dann hob der Kollege Mausbach erneut die Hand und wies auf die weiße Wandtafel. »Und was isch mit der Gelbe-Punkt-Fraktion?« Die Tatverdächtigen in zweiter Reihe.

Mit einem angedeuteten Nicken griff Conrad die Bemerkung auf. »Ja, sehr gut, ich würde vorschlagen, dass Sie sich zusammen mit Ihrem Kollegen Klatt darum kümmern. Nehmen Sie sich Matthias Lamprecht, den Partner von Eva Kaltenbacher, und Nicole Baumgartner, die andere Mata Hari, vor … und fühlen Sie auch bitte noch einmal dem Ehepaar Malik auf den Zahn.«

Kollege Mausbach schaute leicht pikiert auf seinen Stenoblock – die zweite Garde war nicht ganz das, wofür er extra aus Stuttgart gekommen war.

»Klara, Sebastian, ihr macht weiter im Umfeld von Thorsten Kaltenbacher«, sagte der Chef. »Geht noch einmal die aktuellen und ehemaligen Mitarbeiter der Firma Kaltenbacher durch – gibt es welche, die den Chef hassen? Nehmt Kaltenbachers Assistentin in die Mangel, und die Befragung von Thorsten Kaltenbachers Ex steht auch noch aus, die Exen haben ja oft was zu erzählen.« Conrad rümpfte leicht die Nase.

Klara hatte ein Déjà-vu … ihre Worte an dem Abend in der ›Maxbar‹ … der Abend, der so unerwartet und leider so unerwartet schön geendet hatte.

Conrad knöpfte sein Jackett zu, ein Zeichen, dass die Besprechung beendet war. Klara knöpfte in Gedanken Sebastians Hemd auf. Sie erschrak, das musste aufhören. Schluss damit. Gedanken-Yoga.

ELF

Eva Kaltenbacher kam zurück in ihre leere Drei-Zimmer-Wohnung. Niemand wartete auf sie, keiner war da. Das war ihr Leben, und vermutlich würde es so bleiben. Kein Kinderlachen, kein Ehemann, den sie verwöhnen konnte, keine Familie, in der man sich geborgen fühlte, die einem die Angst nahm. Und Matthias war weit weg.

Sie zog ihre hochhackigen Stiefel aus und ließ sich auf einen der Sessel fallen. Sicher, sie war attraktiv, wohlhabend, gesund. Sie durfte nicht klagen. Mit der linken Hand massierte sie ihren verspannten Nacken, doch unwillkürlich ballte sich eine Faust. Sie durfte klagen, sie musste klagen. Sie war betrogen worden. Betrogen um ihr Leben, betrogen um dieses eine Leben, diese eine Chance, dieses eine Spiel.

Sie hatte schon als Kind gewusst, wie ihr Leben aussehen sollte, und so wie jetzt sollte es sicherlich nicht sein. Sie hatte eine Familie gewollt, mindestens zwei Kinder, ein Haus mit einem Garten, in dem eine Schaukel und ein Apfelbaum standen. Sie wollte, dass in ihrem Haus immer etwas los war, dass es ein lebendiges, fröhliches Haus war, die Kinder Freunde mitbrachten, sie frisch gebackenen Apfelkuchen und Kakao auf den Tisch stellte, Geschichten erzählte, den Kindern zuhörte, Spiele spielte, harmlosen Kinderstreit schlichtete, abends mit ihrem Mann auf der Veranda saß und lachte, eine wundervolle Mutter und Ehefrau war.

Eva hätte sich einen Arm abgehackt, wenn sie nur die Zeit hätte zurückdrehen können. Wie hatte sie sich so täuschen können, wie hatte sie so blind sein können, so unglaublich dumm? Wie konnte sie so vorgeführt, so hintergangen werden? Sie hatte zu Martin gehalten nach seinem furchtbaren Unfall vor neun Jahren, hatte tage- und nächtelang an seinem Krankenbett gesessen bis zur völligen Erschöpfung. Hatte ihm immer wieder gesagt: »Wir schaffen das, gib nicht auf. Wir schaffen das gemeinsam. Ich bin für dich da.«

Sie hatte ihm Kraft gegeben, all die Kraft, die sie in sich trug. Hatte ihn in die Reha begleitet, stand ihm zur Seite als Frau und als ehemalige Krankenschwester. Hatte mit ihm geweint und irgendwann, nach Wochen, zum ersten Mal wieder gelacht, spornte ihn unermüdlich an, sich nicht aufzugeben, zog ihn mit einer fast übermenschlichen Energie und Beharrlichkeit zurück ins Leben.

Sie ertrug seinen Jähzorn, wenn er nicht schnell genug Fortschritte machte, hörte sich scheinbar gleichmütig unberechtigte Vorwürfe an. Sie hatte dafür keinen Dank erwartet, sie hatte es gern getan, Martin war der Mann, den sie liebte. Weiß Gott, sie wollte keine pflichtschuldige Dankbarkeit dafür, dass sie monatelang überhaupt nicht mehr an sich gedacht hatte, kein eigenes Leben mehr hatte, jeden Atemzug Martin widmete, jeden Gedanken, all ihr Tun. Wie sie mit den Ärzten diskutierte, all ihr Wissen einsetzte, kämpfte wie eine Löwin. Wie sie ihren weinenden Mann im Arm hielt, wenn er vor Anstrengung kraftlos zusammenbrach, und ihn tröstete wie ein kleines Kind. Sie wollte keinen Dank dafür. Sie war eine Ehefrau, und sie hielt zu ihrem Mann, sie konnte und sie wollte nicht anders.

Aber sie hätte es niemals für möglich gehalten, niemals, dass sie schon an Martins Krankenbett als gehörnte Ehefrau gesessen hatte. Und die Abgründe, die sich vor ihr auftaten, waren noch unermesslich viel größer. Sie saß dort nicht nur als eine Betrogene, sie saß dort als eine Stiefmutter. Martin hatte ein Kind. Als er noch Kinder machen konnte, hatte er einer anderen ein Kind gemacht.

Eva hatte es vor etwa drei Monaten erfahren. Sie konnte sich noch genau an den Tag erinnern. Sie war mit Martin zum Mittagessen verabredet gewesen, er kam eine halbe Stunde zu spät, aber sie hatte auf ihn gewartet. Und dann hatte er es ihr in einem fast ekstatischen Ton erzählt, das war das Schlimmste gewesen. Seine Freude über die Neuigkeit, über die Nachricht, die Evas Leben zerstörte. Die ihr Leben rückblickend ad absurdum führte, einen Witz daraus machte, eine Farce. Wie eine Clownsfratze war ihr Martins Gesicht vorgekommen in seiner Freude und seiner Aufregung, sein Mund öffnete sich, seine Lippen dehnten und verzogen sich und spuckten unendlich höhnische Worte aus wie glühende Pfeile, und jeder traf sie ins Herz.

Es war vor elf Jahren gewesen. Sie waren zu viert über Weihnachten und Silvester auf Fuerteventura in einem teuren Ferienclub, Thorsten, Tanja, Martin und sie. Eva sah noch ihren kleinen Bungalow vor sich, weiß mit runden Fensterbögen, Terrakottafliesen, darüber der strahlend blaue Himmel, Palmen, rote und rosafarbene Blüten überall. Daneben der Bungalow von Thorsten und Tanja. Wie sie sich abends vor der Tür getroffen hatten, um gemeinsam zum Essen zu gehen, Tanja in ihren schulterfreien Sommerkleidern, mit ihrem pudrigen Parfum, ihren roten Lippen, ihrem Witz und Charme, der koketten Handbewegung, mit der sie sich die Haarsträhnen zurückstrich, die die Meeresbrise ihr ins Gesicht wehte. Tanjas unbeschwerte Art, ihre Hand immer in Thorstens Hand.

Im Nachhinein kam es Eva so vor, als hätte Thorsten versucht, sie festzuhalten. Ihre Gespräche beim Essen, zwei jungverheiratete Paare, die Schwägerinnen plaudernd über Belanglosigkeiten, die Männer mit ihren teils derben Witzen, die Karaffe mit Rotwein, die sich schnell leerte und von dem dienstbeflissenen Personal eilig ersetzt wurde.

Später das Tanzen in der clubeigenen Disco, Tanja, die ihre silberfarbenen Sandalen auszog und in ihrem weißen Kleid tanzte wie ein beschwipster Hippie, Thorsten, der sie begehrlich ansah. Martin, der sie begehrlich ansah.

Eva erinnerte sich, wie sie ihren Mann fester an sich gezogen hatte, wie sie versucht hatte, seinen Blick an sich zu binden, die grünen Augen am Abschweifen zu hindern.

Dann um ein Uhr nachts die beschwingte Verabschiedung vor den Bungalows, eine halbe Stunde später Tanjas Stöhnen und Seufzen, das bis zu ihnen herüberdrang, ihr Lachen, ihr Gurren, Thorstens kräftige Stimme, »Oh ja, Baby, ja, ja«, stakkatoartig durch die Nachtluft geschleudert.

Martin, der neben ihr auf das Treiben im Nachbar-Bungalow lauschte, sich dann zu ihr hinüberdrehte, seine Hand unter ihre dünne Bettdecke schob, sie küsste. Sie spürte sein Gewicht auf ihr, erinnerte sich, wie er einige Male unwillkürlich den Kopf hob, wie um die Geräusche der Nacht einzufangen, das Stöhnen der anderen Frau.

Am nächsten Morgen das Frühstück mit Thorsten und Tanja, die Blicke von Martin zu seiner Schwägerin, der Tag am Strand, an der Poolbar, beim Sport. Und abends wieder das gemeinsame Essen, der Wein, Tanjas unbeschwertes Lachen, als wüsste sie nicht, wie sexy sie war.

Und wieder die Nacht, das nicht enden wollende Fordern und Seufzen. Die Grillen, die in Evas Ohren klangen wie eine Armee von Claqueuren, das Liebesspiel begleitend und anfeuernd, ihr Zirpen viel zu laut und doch nicht laut genug, um die leisen Schreie der Lust zu übertönen.

Dann Thorsten, wie er sich beim Katamaranfahren den Fuß verknackste und die beiden folgenden Tage missmutig am Pool lag, Tanja, die die geplante Mountainbike-Tour ins Landesinnere mit Martin allein machte, Eva, die keine Lust hatte, mitzukommen. Wie blind war sie gewesen, wie vertrauensselig und naiv.

In Evas Kopf hatten sich die Puzzleteile aus der Vergangenheit zusammengefügt, während sie mit Martin in diesem Lokal in Heidelberg saß und er mit fast kindlichen roten Wangen von seinem Sohn erzählte. Konstantin war sein Sohn.

Eva hatte entgeistert die Clownsfratze angesehen und mit einer Stimme, die in ihren Ohren schrill, spitz und unendlich fremd klang, gefragt: »Und wieso willst du der Vater sein, wenn es Tanja jede Nacht mit Thorsten getrieben hat?«

Martins altkluge Antwort »Ich weiß es eben« hatte sie einem hysterischen Anfall nahe gebracht.

»Nein, du weißt es nicht, du kannst es nicht wissen«, hatte sie ihn angeschrien. »Du hättest es vielleicht gern, du wirst älter und älter, und außer deinen Affären hast du nichts, du bist zeugungsunfähig, und jetzt glaubst du, ein einziger Fick irgendwo in der Pampa hat dich zum Vater gemacht?«

Martin hatte sie verständnislos angesehen. »Ich dachte, du freust dich mit mir.« Dieser Satz hatte Eva endgültig das Genick gebrochen. Nicht nur, dass er sie betrogen hatte, er nahm sie überhaupt nicht mehr als einen eigenen Menschen wahr, nur noch als sein erweitertes Ich, ein Anhängsel, das all sein Denken und Fühlen auf ihn ausgerichtet hatte, das seine Emotionen teilte, als hätte es keine eigenen. Er nahm sie wahr als jemand, den es eigentlich gar nicht gab, den es nur in Verbindung mit ihm gab.

Eva war aus dem Lokal gestürzt und zu ihrem Wagen gerannt. Sie wusste nicht mehr, wie sie nach Hause gekommen war, sie wusste gar nichts mehr. Offenbar hatte sie in ihrer Wohnung so laut geschrien, dass ihre Nachbarin geklingelt und später einen Krankenwagen gerufen hatte. Eva hatte einen Nervenzusammenbruch erlitten. Der Arzt hatte ihr eine Beruhigungsspritze gegeben und sie für zwei Tage zur Beobachtung in die Klinik mitgenommen. Danach war sie wie leer und ausgehöhlt gewesen, »Chez Eva« blieb zehn Tage lang geschlossen, sie konnte einfach nicht mehr, sie war am Ende.

Sie brauchte Wochen, bis sich ihre Gedanken wieder sortierten, bis sie überhaupt begriff. Und im Rückblick auf die letzten zwölf, dreizehn Jahre fügte sich ein Puzzleteil an das andere, dazwischen die kleine dumme Eva, die lachend umhersprang, machte und tat und dachte, sie hätte ein schönes Leben.

Es gibt Dinge, die dürfen nicht ungestraft bleiben, das würde der kosmischen Ordnung widersprechen, das hatte sie in ihrem letzten spirituellen Workshop gelernt. Nun musste sich Martin vor dem obersten Richter verantworten, es war keine irdische Sache mehr.

ZWÖLF

Thorsten Kaltenbacher stand am Rande des Fußballplatzes und feuerte seinen Sohn an. Sport war wichtig für die Persönlichkeitsbildung, und dass er Konstantin zum Training begleitete, war wichtig für die Vater-Sohn-Beziehung. Konstantin war das Wertvollste, was er im Leben hatte.

Als Tanja ihm damals eröffnet hatte, dass sie schwanger war, war er überglücklich gewesen, als sie wussten, dass es ein Junge würde, war er der glücklichste Mensch der Welt. Er hatte Konstantin gewickelt, gefüttert, sein erstes Lachen gehört, ihn getragen und gehalten, Nächte durchwacht, wenn er Fieber hatte, ihn von der Krippe abgeholt, wenn Tanja mal wieder keine Zeit hatte. Er hatte seinem Sohn Fahrrad fahren und Schwimmen beigebracht, war mit ihm zelten und angeln gegangen, hatte seine kleine Hand in der seinen gespürt und seine leuchtenden Kinderaugen gesehen. Die Liebe dieses Kindes ließ ihn einen Sinn im Leben sehen.

Eine intakte Familie hatte Thorsten gewollt, nicht das Chaos seiner eigenen Kindheit, das ihn zu einem Außenseiter gemacht hatte. Die Mutter mit den zwei Kindern von zwei Männern, und beide Väter hatten es nicht mit ihr ausgehalten. Ein Vater war reich, der andere ein Habenichts, und beide wollten von ihren Söhnen nicht viel wissen.

Immer noch spürte Thorsten die ewige Konkurrenz mit seinem Halbbruder in sich, Konkurrenz um das bisschen Liebe der Mutter, um das wenige an Anerkennung und Lob, was die Mutter übrig hatte, Konkurrenz um den besseren Vater, einen, der sich wenigstens an Geburtstagen und an Weihnachten meldete.

Thorsten erinnerte sich an seinen Neid auf die Geschenke, die Martins Vater seinem Sohn ab und zu geschickt hatte, an das silberfarbene Fahrrad, das Martin nicht mit seinem Halbbruder teilen wollte. Dieser Neid brannte heute noch manchmal in ihm. Er erinnerte sich an ihre Gespräche abends im Bett, wenn das Licht aus war und sie schlafen sollten, Martin, der mit seinem reichen Vater angab, behauptete, er würde ihn irgendwann abholen und mit ihm auf Weltreise gehen, nach Amerika, in die teuersten Hotels. Thorsten hatte sich unendlich hilflos gefühlt, sein Vater würde ihm das nie bieten können, er selbst würde bei der Mutter bleiben müssen, dieser harten, egoistischen Frau.

Ein frischer Herbstwind fuhr durch Thorstens Haar, er sah auf das Fußballfeld und wischte die unangenehmen Gedanken an seine Kindheit weg. »Konstantin, Außenflügel … Tempo!«, rief er.

Bei seinem Sohn hatte er alles anders gemacht, er war ein wirklicher Vater, einer, der da war und sich kümmerte, der seinem Jungen alles bot. Er wollte, dass er in einer normalen Familie aufwuchs, und er hatte alles dafür getan. Er hatte auch Tanja alles geboten, seiner Ehefrau, die den ganzen Wohlstand mit einer nahezu dreisten Selbstverständlichkeit hingenommen hatte. Aber er hatte auch das Recht, hin und wieder an sich zu denken, er war ein Mann, und er ließ sich nicht einsperren. Ab und zu war er auch mal an der Reihe gewesen. Er arbeitete hart, und dafür hatte er sich auch ein wenig amüsieren dürfen.

Als Tanja dahintergekommen war, wollte sie die Scheidung ohne Wenn und Aber, sie machte eine Staatsaffäre daraus, führte sich auf, als hätte er sie geschlagen und misshandelt, ließ nicht mehr mit sich reden. Er würde ihr nie verzeihen, dass sie Konstantin zu einem Scheidungskind gemacht hatte. Niemals.

Konstantin schoss ein Tor, Thorsten jubelte, sah, dass sein Sohn stolz zu ihm herübersah und die Arme in die Luft reckte. Nur noch drei Minuten. Konstantins Mannschaft würde gewinnen, Konstantin hatte die Partie entschieden.

Nach dem Training fuhren sie gemeinsam zu Thorsten nach Hause, Konstantin hatte sich gewünscht, bei seinem Vater zu übernachten, er würde ihn morgen zur Schule bringen. Sie kochten gemeinsam, plauderten und lachten. Thorsten war immer wieder erstaunt, wie erwachsen sein Sohn schon war, wie viel er wusste über Computer, Fußball, Hockey. Wie konkret die Vorstellungen des Kindes über seine Zukunft waren, was er werden wollte und was er sein wollte.

Nach dem Essen spielten sie noch ein Computerspiel, und dann brachte Thorsten seinen Sohn zu Bett. Innerhalb weniger Minuten schlief Konstantin ein, Thorsten betrachtete ihn, wie er dort lag, ein unschuldiges Kind, die Stupsnase mit den Sommersprossen, die geschlossenen Augen mit den langen Wimpern, die entspannten, kindlichen Gesichtszüge. Sein Sohn, sein Goldstück, sein Ein und Alles.

DREIZEHN

Klara saß neben Sebastian im Dienstwagen, das Auto war zu klein, Sebastian ihr zu nah. Sie fuhren zu Tanja Michaelis-Kaltenbacher, der Fall würde in Klaras Erinnerung eingehen als »ein Mord und tausend Frauen«.

»Wie geht's Josi?«, fragte Sebastian. Ein unverfängliches Thema, eines, über das Klara gern sprach, und während man über das eine sprach, konnte man nicht über das andere sprechen, man konnte noch nicht einmal daran denken.

»Gut, aber sie diskutiert laufend mit mir, über ihre Kleider, über ihr Essen, über ihre Zu-Bett-geh-Zeiten, über das, was sie machen will und nicht machen will, und sie hat natürlich immer gute Gründe und Argumente ... Es ist schrecklich.« Klara rollte ihre blauen Augen Richtung Himmel. »Und am schlimmsten ist, dass sie ziemlich oft recht hat.«

Sebastian schmunzelte. Sie standen an einer roten Ampel, er blickte zu Klara hinüber, die einen Ellbogen an der Beifahrertür abgestützt hatte.

»Josi hat jetzt auch eine neue schicke Frisur. Und weißt du was? Jans Neue hat Josi am Wochenende die Haare geschnitten. Meinem Kind. Sie trägt jetzt einen Pony, ich meine, macht man das so? ›Hallo, ich bin Papas neue Freundin, und jetzt schneide ich dir direkt mal die Haare.‹?«

Die Ampel schaltete auf Grün, Sebastian legte den Gang ein und fuhr weiter.

»Aber wenn ich mich jetzt darüber aufrege und Jan anrufe, sieht es so aus, als hätte ich was gegen Billie, womöglich sieht es so aus, als wäre ich eifersüchtig.«

»Und? Bist du es?« Sebastians Stimme klang tiefer als sonst, älter, er sah sie an.

»Nein, bin ich nicht«, antwortete sie leise. Nicht bei Jan, dachte sie.

Sebastians privates Handy hatte die letzten Tage im Dienst nicht mehr geklingelt. Vermutlich hatte er es einfach ausgeschaltet. Oder auf stumm gestellt. Klara wollte das Thema wechseln. »Wie war das mit der Überprüfung der Funkzellen?«

Im Zeitalter der modernen Kommunikationsmittel, in dem jeder sein Mobiltelefon stets mit sich trug und immer erreichbar war, war Handyortung eine weitere Routine der Ermittlungsarbeit.

Sebastian fasste zusammen: »Thorsten Kaltenbachers Handy war am Donnerstagabend ausgeschaltet, und am Freitagabend befand es sich in der Funkzelle, in der auch sein Büro liegt. Was aber bedeutet, dass er es offenbar nicht bei sich hatte, denn er hat ja am Freitag um achtzehn Uhr seinen Sohn abgeholt, und sowohl Vater als auch Sohn wohnen in einer anderen Funkzelle.«

»Nicht gerade entlastend, aber natürlich auch weit entfernt von einem Beweis.«

»Tja.« Sebastian fuhr an der Bergbahnstation vorbei, die von der Altstadt aus zur sogenannten Molkenkur und zum Heidelberger Schloss führte – für alle, denen die dreihundertdreißig Treppenstufen hinauf zu viel waren. Er bog nach links in die schmalen Gassen der Altstadt ab.

»Unsere trauernde Witwe Eva Kaltenbacher war am Donnerstag- und Freitagabend über die Funkzelle zu orten, in der auch ihre Wohnung liegt. Könnte also sein, dass sie tatsächlich zu Hause war, kann aber auch sein, dass nur ihr Handy zu Hause war. Elsa Weißgerbers Telefon befand sich zur Tatzeit Kaltenbacher nicht in der Funkzelle seiner Wohnung, sondern war in der Altstadt unterwegs. Da Handys in der Regel ja nicht allein ausgehen, könnte das ein Indiz dafür sein, dass Elsa am Donnerstag tatsächlich nicht am Tatort war.«

Sebastian parkte den Wagen in einer knapp bemessenen Parklücke, dieses Mal brauchte er nur einen Anlauf. »Also kein Eifersuchtsdrama der Art ›Elsa ertappt Kaltenbacher und Viola in flagranti und ersticht Kaltenbacher‹.«

Klara löste ihren Sicherheitsgurt. »Das erscheint mir ohnehin unwahrscheinlich, da sie ihm ja vorher auch noch das Schlafmittel hätte verabreichen müssen.«

Sebastian sah seine Kollegin mit arglosem Blick an. »Na ja, Versöhnungsschlückchen?«

Ungläubig hob Klara die Augenbrauen, es war nicht zu fassen. »Versöhnungsschlückchen? Ist das dein Ernst?«

Sebastian grinste schief. Sie stiegen aus. »Die Daten zu Violas Handy fehlen noch, die bekommen wir heute Nachmittag.«

Sie gingen ein paar Meter durch das alte Heidelberg, eine schmale Straße unterhalb des historischen Amtsgefängnisses namens »Fauler Pelz« entlang. Das massive Sandsteingemäuer lag mitten in der Altstadt, eine Immobilie in einer außerordentlich guten Lage, und die rund achtzig Bewohner und Bewohnerinnen hatten absolut nichts davon. Vermutlich liebäugelten die Kaltenbachers dieser Stadt schon damit, dass die Insassen irgendwann in die JVA Mannheim umzogen und der »Faule Pelz« zu exklusiven Eigentumswohnungen mit dem gewissen Etwas umgebaut werden konnte.

Tanja Michaelis-Kaltenbacher und ihr Sohn wohnten in der Apothekergasse in einem kernsanierten Altbau, die Maisonettewohnung lag im dritten Stock. Die letzte Treppe, die hinaufführte, war lang und steil, Klara ging hinter Sebastian her und verbot es sich, auf das obere Drittel seiner Jeans zu starren.

An der weißen Wohnungstür aus massivem Holz stand Tanja Kaltenbacher in einer engen hellen Hose und geblümter Bluse, die ihr an einer Seite über die Schulter gerutscht war, sie trug starkes Augen-Make-up, Mittelscheitel und eine Menge klirrender Armreifen um ihr rechtes Handgelenk. Brigitte Bardots jüngere Schwester.

Sebastian und Klara traten ein, im Flur standen unzählige Schuhe, hauptsächlich Pumps und Stiefel, dazwischen die Turnschuhe eines Teenagers.

»Bitte, kommen Sie mit hinauf.« Tanja Michaelis-Kaltenbacher machte eine Handbewegung zu der in den oberen Stock führenden Holztreppe. Hier lagen der großzügige Wohnbereich und die offene Küche. Die Möbel waren geschmackvoll, es dominierten Weiß, Beige und Altrosa, ein leicht verspielter, aber stilsicherer Mix aus alten und modernen Stücken.

Auf einer antiken Anrichte waren zahlreiche silberne Bilderrahmen mit Familienfotos aufgestellt, ein Säugling mit seiner strahlenden Mutter, ein kleiner Junge mit blonden Locken, ein

Einschulungsfoto, Urlaubsbilder, ein paar aktuelle Fotos von Konstantin …

Klaras Blick blieb an einem Foto haften, auf dem zwei verliebt aussehende Paare am Strand abgebildet waren, hinter ihnen das blaue Meer, alle lachten in die Kamera, die Frauen trugen Strandkleider, ihr Haar flatterte im Wind. Es waren Thorsten, Tanja, Martin und Eva – die Kaltenbachers gemeinsam im Urlaub.

»Nettes Foto. Wann ist das entstanden?« Klara gab sich leutselig.

»Vor etwa elf Jahren bei einem gemeinsamen Urlaub auf Fuerteventura. Möchten Sie einen Kaffee, ein Glas Wasser?«

»Nein danke, wir haben nur ein paar Fragen. Wie Sie wissen, wurde Ihr Schwager ermordet, und wir ermitteln darüber hinaus in einem weiteren Mordfall. Können Sie uns bitte sagen, wo Sie am vergangenen Donnerstag- und Freitagabend waren?«

»Donnerstag war ich mit Konstantin zu Hause, am Freitag wurde mein Sohn gegen achtzehn Uhr von seinem Vater abgeholt, danach war ich allein hier in der Wohnung.«

»Ist Konstantin da, können wir ihn kurz sprechen?«

Frau Kaltenbacher zögerte. »Ja, er ist unten in seinem Zimmer, dienstags muss er immer viel für die Schule machen. Aber ich wüsste nicht, warum man das Kind in die Sache mit hineinziehen sollte.«

Sebastian zeigte Verständnis. »Natürlich können Sie mit dabei sein, wenn wir mit ihm sprechen. Vielleicht könnten Sie ihn kurz rufen?«

Frau Kaltenbacher rief ihren Sohn nicht, sie ging hinunter in sein Zimmer. Nach ein paar Minuten kamen beide zusammen nach oben.

»Grüß dich, Konstantin.« Klara hielt dem Jungen ihre Hand hin, er nahm sie schüchtern und blickte auf den Parkettboden. »Deine Mutter hat dir bestimmt schon erklärt, wer wir sind und warum wir ein paar Fragen an dich haben.« Konstantin nickte. »Leider ist ja dein Onkel gestorben, das ist sicher ziemlich traurig für dich.« Der Junge nickte erneut. »Kannst du dich noch erinnern, was du letzten Donnerstagabend gemacht hast?«

»Da war ich mit Mama zu Hause«, antwortete Konstantin, ohne nachzudenken.

»Ah so. Und am Freitagabend? Da hat dich ja dein Papa abgeholt. Weißt du noch, wie viel Uhr es war und was ihr dann gemacht habt?«

Konstantin schien nachzudenken, sein hübsches Bubengesicht hatte einen angestrengten Ausdruck. »Hm … Papa kam so um sechs Uhr wie immer. Und ich glaube, wir sind direkt zu ihm nach Hause.«

»Warst du die ganze Zeit bei deinem Vater?« Klara sah den Jungen aufmerksam an.

»Ja, eigentlich schon.«

»Eigentlich?«

Konstantin schielte zu seiner Mutter hinüber, dann sagte er: »Ja, ich war die ganze Zeit in Papas Wohnung.«

»Und dein Papa war auch die ganze Zeit da?«

Konstantin schwieg, dann nuschelte er: »Schon, ja.«

»Was habt ihr denn gemacht?« Klara ließ noch nicht locker.

»Hm, also ich habe gelesen, und Papa, glaube ich, auch.«

»Gelesen?« Die Stimme der Kommissarin klang überrascht.

»Ja, schon.«

»Konstantin, darf ich mir einmal dein Zimmer ansehen?«

Der Junge zuckte mit den Schultern.

»Kann ich kurz mit ihm nach unten?« Klaras Blick ging zu seiner Mutter.

»Ja, natürlich, auch wenn ich nicht weiß, wozu das gut sein soll. Warten Sie, ich komme mit.«

Gemeinsam gingen sie die Treppe hinunter. Das Muttertier ließ sich nicht abschütteln.

Konstantins Zimmer war das eines typischen Teenagers, unaufgeräumt, am Fenster stand ein Schreibtisch mit Schulsachen, rechts davon ein Bücherregal, an den Wänden hingen Poster von Autos und Motorrädern, und im Bett lagen Kuscheltiere. Ein Junge, der zwischen Kindlichkeit und Männlichkeit steckte. Auf dem Nachttisch stand ein Foto von ihm und seinem Vater beim Angeln, beide lachend, gemeinsam eine Angel auswerfend.

»Du liebst deinen Vater bestimmt sehr«, sagte Klara.

Konstantin nickte.

»Haben sich dein Papa und sein Bruder auch gut verstanden?«

»Also bitte, was soll denn diese Frage?« Frau Kaltenbachers Stimme war ungehalten. Konstantin blickte nach unten.

Klara fuhr freundlich, aber unbeirrt fort. »Hast du deinen Onkel oft gesehen, ist dein Papa manchmal mit dir zu ihm gefahren, oder kam er euch besuchen?« Während Klara den letzten Teil des Satzes aussprach, fielen ihr die steilen Treppen hinauf bis zur Maisonettewohnung wieder ein – Fußgängern waren die Hindernisse in der Welt von Rollstuhlfahrern häufig nicht bewusst.

»Eher nicht so oft«, murmelte der Junge. »Manchmal haben Mama und ich uns mit ihm getroffen, zum Eisessen oder so.« Klara hob kaum sichtbar die linke Augenbraue. Sie ließ ihren Blick noch einmal durch Konstantins Zimmer schweifen, hoffte auf irgendein Detail, das ihr weiterhelfen würde. Sie glaubte ihm nicht, dass er am Freitag von seinem Vater abgeholt worden war und dann in dessen Wohnung gesessen und gelesen hatte. Die innige Vater-Sohn-Beziehung, bei der beide, wenn sie sich wiedersehen, still dasitzen und lesen?

»Hast du eigentlich einen Computer?«

Konstantin schüttelte kaum sichtbar den Kopf. »Mama mag das nicht so.«

»Ich bin der Ansicht, man sollte den Medienkonsum von Kindern kritisch betrachten.« Frau Kaltenbachers Stimme erinnerte an Beton mit einem rosa Plüschbezug darüber.

»Oh ja, da haben Sie sicher recht.« Klara beeilte sich, ihr beizupflichten. »Gerade Jungs gelten ja als ziemlich anfällig für eine übertriebene Computer-Begeisterung.«

Frau Kaltenbacher nickte.

»Darfst du denn bei deinem Papa manchmal an den Computer?« Klara wandte sich wieder an Konstantin, der sah zu Boden.

»Nur ganz selten mal.« Der arme Junge, was sollte er auch sagen, seine Zerrissenheit war greifbar.

»Okay, Konstantin, dann danke ich dir sehr für deine Mitarbeit. Wir gehen mit deiner Mutter noch einmal kurz nach oben.« Sie traten aus dem Kinderzimmer und gingen erneut die schmale Holztreppe hinauf.

»Frau Kaltenbacher, wie war Ihr Verhältnis zu Ihrem Schwager?«

»Exschwager, ich bin geschieden. Er ist Konstantins Onkel, und ich halte es für wichtig, dass Konstantin neben seinem Vater eine weitere männliche Bezugsperson in der Familie hat. Die Tatsache, dass Thorsten und ich getrennt sind, bedeutet ja nicht, dass es keinen Kontakt mehr zu Thorstens Familie gibt.«

»Ja, sicher, es ist schön, wenn das so funktioniert und nicht alles in einem Rosenkrieg kaputtgeht.« Klara nickte arglos. »Aber ich hatte Sie ja nach Ihrem Verhältnis zu Ihrem Schwager gefragt.«

Tanja Kaltenbacher gab sich unbeteiligt. »Wir kannten uns seit dreizehn Jahren, er war eben Thorstens Bruder.« Sie zog die Schultern in die Höhe. »Was wollen Sie jetzt von mir hören?«

»Verstanden Sie sich gut mit ihm?«, setzte Klara nach.

»Wie man sich halt so versteht … Martin war in Ordnung.« Der gleiche teilnahmslose Gesichtsausdruck, vielleicht mit einem Anflug von Trotz oder aufgesetzter Langeweile. Die Kommissarin musste noch ein wenig weiterbohren, manchmal hatte sie das Bild einer Zahnärztin im Kopf, die mit Mundschutz, weißen Latexhandschuhen und himmelblauen Augen einen Diamantbohrer führte … Hier gab es doch eindeutig eine kariöse Stelle.

»Wusste Ihr Exmann von Konstantins Treffen mit seinem Onkel?«

Frau Kaltenbacher machte eine lapidare Handbewegung, bei der ihre Armreifen aneinanderklirrten. Die Winkel ihres Schmollmundes bogen sich nach unten, ihrem Gesichtsausdruck zufolge stahl man ihr gerade eindeutig wertvolle Lebenszeit. »Ich nehme an, Konstantin hat es seinem Vater erzählt.«

»Wie ist Ihr Verhältnis zu Ihrem Exmann?«

Die Befragte sah die Kommissarin an und schien zunehmend gelangweilt, sie saß betont lässig auf ihrem Stuhl wie ein leicht bekifftes Fotomodel. Oder Exmodel.

»Wir haben einen gemeinsamen Sohn, das heißt, wir müssen vernünftig miteinander umgehen. Es gibt immer wieder Dinge zu besprechen und zu entscheiden, in der Regel funktioniert das auch.«

Sebastian, der seinen Blick die ganze Zeit über ruhig beobachtend auf die Befragte gerichtet hatte, räusperte sich und übernahm mit einem verbindlichen Lächeln. »Sagt Ihnen der Name Elsa Weißgerber etwas?«

Tanja Kaltenbacher zuckte mit den Schultern. »Nein, nicht dass ich wüsste.«

»Viola Schanz?«

»Nein, keine Ahnung.«

»Verstehen Sie sich gut mit der Exfrau von Martin, mit Eva Kaltenbacher?«

»Eva? … Ach ja. Eva …« Tanja Kaltenbachers Betonung der Worte schaukelte zwischen Überheblichkeit und Mitleid. Sieh an, noch ein kleines Löchlein im Zahnschmelz, Klara wurde hellhörig. »Na ja, wir sind oder waren Schwägerinnen. Wie man sich eben so versteht als angeheiratete Familienmitglieder.«

Sebastian hatte ebenfalls Lunte gerochen, Klara merkte es daran, dass er in einen harmlosen Plauderton verfiel. »Wissen Sie, wir hatten bei der Befragung von Eva Kaltenbacher irgendwie den Eindruck, dass sie immer noch an ihrem Exmann hing und mit der Trennung nicht besonders gut zurechtgekommen ist.« Zwei Bergseeaugen blickten grundgut hinüber zu der Befragten.

»Nun, da mögen Sie schon recht haben.« Tanja Kaltenbacher lehnte sich in ihrem Stuhl zurück. »Aber das ist ja vielleicht auch verständlich, wenn man sein ganzes Leben auf einen Mann ausgerichtet hat, der einen dann abserviert.«

»Ich nehme an, das könnte Ihnen nicht passieren.« Sebastian lächelte charmant.

Frau Kaltenbacher sah ihn für einen Moment erstaunt an, dann atmete sie hörbar ein und verschränkte die Arme vor der Brust. »Meine Eltern haben sich scheiden lassen, als ich fünf war. Ich weiß, wie schnell alles vorbei sein kann.« Die Verletztheit eines kleinen Mädchens lag in ihrer Stimme, oder war auch das nur aufgesetzt? Sie warf einen vorwurfsvollen Blick hinüber zu Sebastian, der sie an diese Wunde erinnert hatte.

Klara ahnte, dass sie Theater spielte.

Wenige Augenblicke später landete Tanja Kaltenbacher wieder punktgenau bei der Abgeklärtheit einer geschiedenen Frau Anfang vierzig. »Eva war einfach unglaublich von sich selbst überzeugt, dabei dumm und naiv, und irgendwann flog ihr alles um die Ohren.«

Sebastian entschied sich für die direkte Frage. »Würden Sie Eva Kaltenbacher einen Mord zutrauen?«

Beide Ermittler sahen Tanja Kaltenbacher aufmerksam an. Die zögerte.

»Ich weiß, dass Eva psychische Probleme hatte. Meine Hand für sie ins Feuer legen würde ich nicht.«

»Und für Ihren Exmann?«

»Thorsten?«

»Haben Sie noch einen?«, fragte Sebastian unbedarft. Tanja Kaltenbacher schien für einen Moment aus dem Konzept gebracht. Dann fing sie sich.

»Thorsten ist Konstantins Vater. Mehr möchte ich dazu nicht sagen.«

»Tja, Frau Kaltenbacher, dann danken wir Ihnen, dass Sie sich die Zeit genommen haben.« Sebastian stand auf.

Klaras Blick fiel noch einmal auf das Foto von dem gemeinsamen Urlaub der Kaltenbachers. »Ach, Frau Kaltenbacher, das ist wirklich ein netter Schnappschuss. Waren Sie häufiger zusammen im Urlaub?«

»Nein, danach nicht mehr, Martin hatte später ja seinen schlimmen Unfall, und wir hatten ein kleines Kind, das passte nicht mehr.«

Als die Ermittler kurze Zeit darauf in ihren Dienstwagen stiegen, hingen Klaras Gedanken den Wörtern »Urlaub« und »Kind« nach, zwei Hauptwörter hatten ein kleines Seil gespannt, über das Klaras Unterbewusstsein spazierte. Aber was das bedeutete, war ihr noch nicht klar.

»Tja«, sagte Sebastian lapidar, während er den Wagen ausparkte. Dann legte er los. »Was war das denn? Der Junge hat doch nicht die Wahrheit gesagt, er ist einerseits beeinflusst von seiner Mutter, andererseits hat er Geheimnisse mit dem Vater. Der spielt garantiert stundenlang mit ihm Computerspiele, und die pädagogisch wertvolle Frau Mama darf davon nichts wissen. Ob Konstantin den Freitagabend tatsächlich mit seinem Vater in dessen Wohnung verbracht hat, scheint mir mehr als fraglich.

Hast du gemerkt, wie unsicher der Junge war?« Sebastian sah zu seiner Kollegin hinüber. »Und dann dieses Foto. Kannst du mir mal sagen, wieso Tanja Kaltenbacher ein Foto aufstellt, auf dem neben ihrem Exmann der allenfalls akzeptable Schwager und die unsympathische, hysterische Schwägerin abgebildet sind, also nur Gestalten, die man nicht in seinem Wohnzimmer braucht?«

Klara runzelte die Stirn. »Das frage ich mich auch, aber das Foto scheint ihr irgendetwas zu bedeuten … die Erinnerung an eine Zeit, in der noch alles gut war, in der sich alle verstanden, in der man jung war und noch alles vor sich hatte?« Sie wusste selbst, dass diese Erklärung nicht stimmig war, nicht ausreichte.

Sebastians Diensthandy klingelte, Klara zuckte unmerklich zusammen. Ihr Kollege nahm das Gespräch an. »Ja, Harald, was gibt's? … Ach, sieh an … das Fräulein Viola … hm, ja … tja, wer hätte das gedacht … Ja, ist okay, bis gleich dann.« Sebastian klopfte sich mit der flachen Hand auf den Oberschenkel. »Wir haben die Funkdaten zum Handy von Viola Schanz bekommen. Rate mal …« Er sah Klara an wie der kleine König aus dem Kinderbuch, das sie ihrer Tochter immer vorgelesen hatte.

»Wie, ›rate mal‹? Los, erzähl schon.« Klara mochte nicht auf die Folter gespannt werden, schon gar nicht von Sebastian.

Der pfiff leise durch die Zähne. »Stell dir vor, Violas Handy befand sich am letzten Donnerstagabend zwischen neunzehn Uhr fünfundzwanzig und zweiundzwanzig Uhr fünf in der Funkzelle, in der Martin Kaltenbachers Wohnung liegt. Bingo. Sagte sie nicht, sie war im Kino? Damit ist sie dringend tatverdächtig. Sie ist bereits auf dem Revier und wird verhört, Conrad persönlich ist dran. Lass uns rüberfahren.«

Im Polizeirevier in der Römerstraße gingen die beiden Ermittler hinauf in den ersten Stock und betraten den Raum, der an das Vernehmungszimmer angrenzte. Von hier aus konnte man durch einen sogenannten venezianischen Spiegel und über eine Lautsprecherinstallation unbemerkt die Vernehmung verfolgen. An der linken Wand des abgedunkelten Raumes lehnte Harald Bender, daneben standen zwei Kollegen aus seinem Team und an der rechten Wand zwei Beamte aus Stuttgart.

Harald hustete Klara und Sebastian eine leise Begrüßung entgegen und flüsterte ihnen mit nikotinschwangerem Atem zu: »Leck mich, die ist ein biestiges Gerät. An der beißt sich selbst Conrad die Zähne aus.«

Klara sah durch den venezianischen Spiegel. In dem schmucklosen Vernehmungszimmer saßen Kriminaldirektor Conrad, sein Stellvertreter Maybaum und eine wie aus dem Ei gepellte Viola Schanz, die anscheinend nicht aus der Ruhe zu bringen war. Harald kam etwas näher an Klara heran, die sich fragte, ob man das Einatmen seiner Ausdünstungen bereits als Passivrauchen bezeichnen konnte. Vermutlich schon.

»Also, aktueller Stand ist, Viola Schanz will am Donnerstagabend gegen neunzehn Uhr fünfundzwanzig zu Martin Kaltenbacher gefahren sein, um den Rest des vereinbarten Honorars für ihre Spitzeldienste abzuholen. Kurz darauf habe sie die Wohnung wieder verlassen, allerdings ihr Handy vergessen. Das habe sie aber erst gemerkt, als sie im Kino saß, und im Anschluss an den Film sei sie noch einmal bei Kaltenbacher vorbeigefahren, um ihr Handy abzuholen. Da habe er noch gelebt. Sie habe ihr Telefon eingesteckt und sei direkt darauf wieder gegangen. Das Blöde ist, dass wir die Tatzeit auf einundzwanzig Uhr dreißig bis dreiundzwanzig Uhr eingegrenzt haben, im Moment kann also niemand beweisen, dass ihre Version nicht stimmt.«

Klara stand mit verschränkten Armen zwischen Harald und Sebastian und hörte über den Lautsprecher Conrads Stimme, dann die von Kriminaloberrat Maybaum. Es war ein wenig wie bei einem Stierkampf, im Raum trafen zwei Toreros und ein Stier aufeinander. Der Chef bot für die Zuschauer hinter dem Einwegspiegel bei jeder dieser Vernehmungen eine Art Vorstellung. Sein Geschick, seine Taktik, seine Performance wurden durchaus kritisch beäugt, der Stier war erst dann erledigt, wenn er gestand.

Viola Schanz war weit davon entfernt. Sie antwortete ungerührt. »Ich kann mich nur wiederholen. Mein Handy lag in der Wohnung, aber ich war nicht dort. Und als ich es um zweiundzwanzig Uhr wieder abholte, hat Martin noch gelebt.«

»Und wieso haben Sie den Ermittlern nicht schon früher

gesagt, dass Sie am Donnerstagabend in Kaltenbachers Wohnung waren?«

»Man hat mich nicht danach gefragt.«

»Doch, Frau Schanz, Sie wurden gefragt, wann Sie Martin Kaltenbacher zuletzt gesehen haben, und Sie haben hierzu falsche Angaben gemacht.«

»Ich dachte, es sei gemeint gewesen, wann ich das letzte Mal mit ihm … zusammen war.« Viola Schanz zuckte mit den Schultern.

Harald neigte sich erneut zu Klara hinüber. »Guck hier, unser Edelstahl-Veilchen, so geht das schon die ganze Zeit. Der reinste Eiertanz.«

Oberrat Maybaum sprach weiter: »Frau Schanz, noch einmal. Das in Ihrem Besitz befindliche Mobiltelefon lag zur Tatzeit in der Wohnung des Opfers. Das macht es äußerst wahrscheinlich, dass Sie auch dort waren.«

»Wahrscheinlich, aber nicht sicher.«

»Wir werden eine Gegenüberstellung mit der Person anordnen, die am Donnerstagabend Dienst an der Kasse des Kinos hatte. Sie sind doch eine recht auffällige Erscheinung, man würde sich bestimmt an Sie erinnern. Saß dort eigentlich ein Mann oder eine Frau?«

Viola Schanz dachte einen Moment nach. »Eine Frau, glaube ich. Aber Sie wissen ebenso gut wie ich, dass es keinerlei Beweiskraft hat, falls sich die Dame nicht an mich erinnert.«

»Wie voll war das Kino?«

»Relativ gut besucht, würde ich sagen, aber genau erinnere ich mich nicht.«

Maybaum räusperte sich. »Wir werden das natürlich überprüfen. Wo hatten Sie Ihren Wagen geparkt, als Sie von der Wohnung des Opfers in die Stadt zum Kino gefahren sind?«

»In einer Seitenstraße etwa zweihundert Meter vom Kino entfernt.«

»Nicht zufällig in einer Tiefgarage, da könnte man Ihren Wagen ja vielleicht auf einer Videoaufzeichnung identifizieren?«

»Leider nein.«

»Frau Schanz, Sie müssen uns schon etwas anbieten, das Sie

entlasten kann. Ein Ticket, eine Quittung, jemand, der Sie gesehen hat und wiedererkennen würde …«

Viola Schanz blieb kühl. »Herr … äh … Maybaum, ich glaube, es ist umgekehrt. Es gilt die Unschuldsvermutung, Sie müssten mir den Mord an Martin Kaltenbacher nachweisen, und das *kann* Ihnen nicht gelingen, da ich nicht die Täterin bin.«

Conrad stand auf und begann, vor Viola Schanz auf und ab zu gehen, er hatte den obersten Knopf seines hellblauen Hemdes geöffnet, die Ärmel waren nach oben geschlagen.

»Was ist mit dem Geld, das Sie an dem Donnerstagabend angeblich von Kaltenbacher erhalten haben?«

Frau Schanz zuckte wieder mit den Schultern. »Ausgegeben.«

»Wie viel war es?«

»Fünfhundert.« Die Befragte formulierte die Zahl, als handelte es sich um das Taschengeld eines Viertklässlers.

Conrad griff das Stöckchen auf. »Und für diese Peanuts fahren Sie extra nach Ziegelhausen?«

Viola Schanz sah den Kriminaldirektor ungerührt an. »Knapp sechs Kilometer Fahrt für fünfhundert Euro – dafür bin ich mir nicht zu schade. Sie vielleicht?«

Das Stöckchen zerbrach. Die Ermittler im Nachbarraum hinter dem venezianischen Spiegel sahen, wie in diesem Moment die Tür zum Vernehmungszimmer geöffnet wurde. Ein älterer untersetzter Mann mit Halbglatze und Boxernase trat ein, ein bekannter Anwalt für Strafrecht aus Mannheim, ein Kläffer, ein Wadenbeißer.

»Ach nein, der auch noch …« Harald stöhnte auf.

Klara verstand, was er meinte, sie hatte schon einmal mit Dr. Weichsel zu tun gehabt, als es um eine Körperverletzung gegangen war, der Mann war ihr als Verteidiger des Beschuldigten in sehr unangenehmer Erinnerung geblieben.

Dr. Weichsel begrüßte die Anwesenden knapp und verließ dann mit Frau Schanz den Raum. Die Befragte hatte das Recht, mit ihrem Anwalt unter vier Augen zu sprechen. Conrad und Maybaum gingen ebenfalls aus dem Vernehmungszimmer. Die Show war unterbrochen, und es war zu erwarten, dass Dr. Weichsel den zweiten Teil erheblich abkürzen würde.

Die Anspannung bei den Ermittlern hinter dem Spiegel löste sich, Sebastian fuhr sich mit der Hand über die Stoppeln seines Dreitagebarts. »Tja. Weichsel wird jetzt klarstellen, dass seine Mandantin bereits alles gesagt habe, was es zu sagen gebe, ihre Ausführungen natürlich der Wahrheit entsprechen, dass die Tatsache an sich, dass sie zur Aussage bereit gewesen sei, ein Indiz dafür sei, dass sie nichts zu verbergen habe. Dass sie aber im Weiteren natürlich von ihrem umfassenden Aussageverweigerungsrecht Gebrauch mache, auf das man sie hoffentlich vor der Befragung hingewiesen habe. Dass man um ein schriftliches Protokoll der Vernehmung bitte und dieses äußerst sorgfältig prüfen werde und so weiter und so weiter. Und dann lassen wir Frau Schanz wieder ziehen.«

Herr Mausbach aus Stuttgart seufzte. »Hoi, des isch scho manchmal bissle frustisch, gell?« Er brachte es auf den Punkt.

Klara sah ihn an. Dann sah sie zu Sebastian, der ihren Blick mit einem Schmunzeln auffing. Gemeinsam verließen sie den Raum und gingen ein paar Schritte den Korridor entlang hinüber zum Kaffeeautomaten.

»Die Schanz weiß was, aber sie war's nicht.« Klara zog sich einen schlechten Kaffee. »Außerdem scheidet sie für den Mord an Elsa Weißgerber fast hundertprozentig aus, sie hat ein Alibi für die Tatzeit, und außerdem fehlt das Motiv.«

Sebastian lehnte sich mit dem Rücken an die weiße Wand neben dem Automaten und legte die Stirn in Falten. »Viola könnte am Tatabend Kaltenbacher etwas gesehen haben. Aber sie behält es lieber für sich. Warum?«

»Entweder weil sie jemanden decken will oder weil sie etwas von demjenigen haben will, den sie gesehen hat.«

Sebastian verzog die Mundwinkel. »Das Einzige, was diese Frau haben will, ist Geld.«

Noch bevor sie es verhindern konnte, sagte Klara: »Gut, dass nicht alle Frauen so sind.« Sie hätte sich ohrfeigen können.

Sebastian grinste, seine dunkelgrünen Augen mit den blauen Inselchen darin funkelten. »Das ist schon alles bissle frustisch, gell?«

Leider wurde Klara rot. Sie trank einen Schluck von ihrem

Kaffee und sagte: »Okay, dann heften wir uns mal an Violas Fersen.«

Wie erwartet wurde die Befragung von Viola Schanz nicht fortgesetzt, Conrad rief nach einer halben Stunde die Beamten der Soko Kaltenbacher-Weißgerber zur Besprechung, er war ungehalten. »Ihr dreht jeden Halm um in der Umgebung von Viola Schanz, ich möchte eine erdrückende Indizienlage, die sie dazu bringen muss, zu gestehen. Die Sache ist doch völlig klar: Die Schanz hat Kaltenbacher umgebracht, Elsa Weißgerber als die aktuelle Freundin des Opfers hat etwas beobachtet und musste dann auch sterben. Ich will, dass ihr das Alibi der Schanz für den Freitagabend auseinandernehmt. Was ist das für eine Freundin, mit der sie aus gewesen sein will? Ich brauche eine Liste der Anrufe, die sie in den letzten Wochen getätigt oder entgegengenommen hat, die von ihr aufgerufenen Internetseiten über ihren Privatanschluss oder ihren Computer in der Firma. Hat sie eine Arztpraxis angerufen, um sich das Schlafmittel zu besorgen, hat sie mit dieser Freundin telefoniert, um sie zu instruieren, ihr ein Alibi zu verschaffen … irgendeine Spur.« Auf Conrads Stirn funkelten ein paar Schweißperlen.

Harald murmelte: »Weiß der, wie viel Arbeit das ist? Wir sitzen immer noch an den E-Mails von der Weißgerber …«

Sebastian wagte einen Einwand. »Wie erklären wir uns, dass der Mörder von Elsa Weißgerber offenbar so kräftig war, dass kaum Gegenwehr stattgefunden hat?«

Conrad atmete hörbar ein und aus. »Ihr wisst selbst, welche Kräfte Menschen in Ausnahmesituationen entwickeln. Die Schanz war entschlossen bis aufs Blut, sie hat die Weißgerber einfach überwältigt. Prüft nach, wie fit die Schanz ist – regelmäßiges Krafttraining, Kampfsport, Fitnessstudio? Die Frauen von heute machen doch so was …« Conrad sah Klara an, die legte ein Fragezeichen in ihren Blick. »Außerdem werden die gesamten in Elsa Weißgerbers Wohnung gesicherten Spuren mit Fingerabdrücken und DNA von Viola Schanz abgeglichen. Irgendetwas wird sie dort hinterlassen haben.«

Klara runzelte die Stirn, sie hatte erhebliche Zweifel. »Entschuldigung, aber angenommen, Elsa Weißgerber hätte tatsächlich Viola Schanz als die Mörderin von Martin Kaltenbacher identifizieren können, warum hat sie dann nicht sofort nach der Tat die Polizei benachrichtigt, warum hat sie Freitagabend der Mörderin die Tür zu ihrer Wohnung geöffnet, und warum hat die Weißgerber am Freitag um neunzehn Uhr zweiundvierzig noch einmal versucht, bei ihrem geliebten Martin Kaltenbacher anzurufen, wenn sie schon wusste, dass er tot ist? Das macht doch wenig Sinn.«

Conrad stutzte und sah kurz Richtung Zimmerdecke. Klara hatte seine Theorie angebohrt, und der in greifbarer Nähe erscheinende Ermittlungserfolg drohte zu entschweben wie ein mit Gas gefüllter Luftballon.

Der Chef dachte nach, so leicht wollte er sich von seiner Vermutung nicht verabschieden. »Hm. Vielleicht wollte die Weißgerber als Zeugin der Tat die Schanz erpressen? Irgendetwas bekommen für ihr Schweigen?«

»Und das wollten die beiden Damen dann am Freitagabend in der Wohnung der Weißgerber beim Kaffeeklatsch besprechen?« Harald klang ungeduldig, er brauchte dringend eine Zigarettenpause. Der Tag, an dem das Rauchen in öffentlichen Gebäuden verboten worden war, war einer der schwärzesten in seinem Leben.

Conrad sah erneut drein, als hätte er gerade feststellen müssen, dass dem frisch gelieferten Sportwagen der Motor fehlte. Kleiner Montagefehler. Der Flitzer sah so gut aus, und jetzt das. »Okay. Und was schlagt ihr vor?« Seine Stimme war fest, aber der Anflug von Enttäuschung war kaum zu überhören. Conrad brauchte Ermittlungserfolge, die beiden Morde waren Thema weit über die Regionalpresse hinaus.

Sebastian nahm den Ball auf. »Viola Schanz ist auf keinen Fall so ahnungslos, wie sie sich gibt. Ich schlage vor, dass Klara und ich sie weiter beobachten.«

»Observieren? Wie soll das gehen? Ich kann beim aktuellen Stand nicht noch zwei Leute abziehen. Ihr wisst selbst, was alles noch überprüft und abgearbeitet werden muss, wir brauchen hier jede Hand.« Conrad schüttelte den Kopf.

Klara wusste nicht genau, ob sie erfreut oder enttäuscht

darüber sein sollte, nicht stundenlang mit Sebastian im Auto vor der Wohnung von Viola Schanz zu sitzen.

»Dann ordnen Sie doch zwei Kollegen von der Streife ab, und wir kommen dazu, wenn es interessant wird.« Sebastian gab noch nicht auf.

Skeptisch kniff Conrad die Augenbrauen zusammen und schien nachzudenken. Schließlich meinte er: »Ihr wisst selbst, dass ich zur Personenüberwachung in dem Fall einen richterlichen Beschluss brauche. Ihr arbeitet wie besprochen mögliche Indizien ab, ich kümmere mich um den Durchsuchungsbeschluss für die Wohnung der Schanz. Den brauchen wir. Wenn wir hier auf Gefahr im Verzug gehen, ohne richterliche Genehmigung, nimmt der Weichsel uns auseinander, das ist klar. Und am Ende haben wir ein Beweisverwertungsverbot, selbst wenn wir etwas bei der Schanz gefunden haben.«

Der Chef sah in die Runde. Er war derjenige, der die Verantwortung trug und im Zweifel den Kopf hinhielt. Sein Blick ging hinüber zu Klara und Sebastian. »Mit dem Observieren warten wir ab, und auch wenn wir überwachen, setze ich bestimmt nicht zwei meiner besten Leute stundenlang ins Auto.« War das reiner Pragmatismus oder etwa ein Kompliment? Bei Conrad wusste man das nicht so genau. Er schloss die Besprechung mit einer Portion Zweckoptimismus. »Also los, jeder Täter hinterlässt irgendwo Spuren. Nach der Wohnungsdurchsuchung sind wir weiter …«

Klara fragte sich, was genau Conrad erwartete, bei Viola Schanz zu finden. Blutbefleckte Designerkleidung, eine angebrochene Packung Schlafmittel und ein Paar benutzte Latexhandschuhe? Aber man wusste ja nie.

VIERZEHN

Es war Mittwoch, Thorsten Kaltenbacher kam aus dem Büro und trug alte Zeitungen unter dem Arm. Er öffnete die Wohnungstür und legte den Stapel auf dem Esstisch ab. Dann zog er die Handschuhe über, die er aus dem Verbandskasten seines Wagens mitgebracht hatte, und machte sich an die Arbeit. Mit einem scharfen Messer schnitt er breite Streifen aus dem Zeitungspapier und band sie mit einfachen Gummiringen zu kleinen Bündeln.

In gewisser Weise kam er sich kindisch vor bei dieser Bastelei, aber es stand zu viel auf dem Spiel. Er ließ sich nicht erpressen, ein Kaltenbacher war nicht erpressbar. Er hatte schon ganz andere Dinge gemeistert in seinem Leben, das hier würde er auf seine Art lösen.

Das Messer schnitt tief in das Papier und durchtrennte es mühelos. Thorsten Kaltenbachers Gedanken schweiften ab.

Es war ein dummer Zufall gewesen. Er hatte irgendwann vor anderthalb Jahren nach einem anstrengenden Tag am Abend durch die Fernsehsender geschaltet. In der Hand hielt er ein Glas Rotwein, er wollte die Nachrichten sehen, blieb aber bei einem Wissenschaftsmagazin hängen. Das berichtete von einer norwegischen Studie, wonach blauäugige Männer bei der Partnerwahl blauäugige Frauen bevorzugen. Der Grund wurde entwicklungspsychologisch darin gesehen, dass die Augenfarbe des Kindes in diesem Falle ein Indiz für die Vaterschaft ist. Wenn beide Eltern blauäugig sind, so bekommen sie grundsätzlich blauäugige Kinder.

Kaltenbacher hatte diesen Sachverhalt interessant gefunden und leicht amüsiert gedacht, wie viele Väter schlicht aufgrund mangelnder Informationen ahnungslos mit einem Kuckuckskind lebten, obwohl es sie jeden Tag aus zwei eindeutigen braunen Indizien ansah.

Erst kurze Zeit später hatte er an Konstantins grüne Augen gedacht. Es war das Grün von Margit Kaltenbacher, Konstantins verstorbener Großmutter. Aber Tanja und er hatten blaue Augen.

Er hatte die aufkommenden absurden Gedanken verdrängt, Konstantin war sein Sohn, das sah man einfach, und es bestand kein Zweifel: Konstantin war ein Kaltenbacher, er war sein Fleisch und Blut. Außerdem hatte das Kind grüne Augen, nicht braune. Grün und Blau lagen nah beieinander.

Thorsten Kaltenbacher war an jenem Abend früh zu Bett gegangen, aber er hatte schlecht geschlafen. In seinem Traum rief Konstantin nach seinem Papa. Er lag in einem Krankenbett, und von seinem Körper führten zahllose Schläuche weg. Er brauchte Blut, Blut von seinem Vater, er war schwer krank, und nur eine Transfusion konnte ihn retten. Thorsten stach sich eine dicke Nadel in die Vene, und dunkelrotes Blut lief hinüber zu Konstantin, doch plötzlich wurde das Kind leichenblass und bekam keine Luft mehr, es röchelte und verdrehte die Augen. Thorsten war schweißgebadet aufgewacht und erst im Morgengrauen noch einmal in einen unruhigen Schlaf gefallen.

Die Tage darauf hatte er versucht, nicht mehr an die Sache mit der Augenfarbe zu denken, aber der Zweifel hatte angefangen, an ihm zu nagen. Manchmal gelang es ihm für eine Weile, die Gedanken zu verdrängen, aber immer wieder ertappte er sich, wie er Konstantin prüfend ansah, unter den liebevollen Blick des Vaters hatte sich eine Spur Misstrauen gemischt, ein Hauch nur, aber es reichte aus. Wochenlang rang er mit sich. Dann bestellte er ein Test-Set bei einem der zahlreichen Labore, die er im Internet gefunden hatte. Es versprach »Sicherheit in nur drei Tagen«, dazu gab es noch ein Beratungsangebot über eine Hotline. Als das großformatige, neutrale Kuvert bei ihm eintraf, ließ Thorsten Kaltenbacher die Teströhrchen in der Schublade verschwinden, verbannte sie aus seinem Blickfeld, wollte, dass alles so bliebe, wie es war.

Aber der Zweifel hatte ihn nicht losgelassen, und schließlich nahm er die Proben von sich und seinem Sohn, scheinbar versehentlich riss er Konstantin an einem Abend im Bad ein paar Haare mit Haarwurzel aus. Er schickte alles an das Labor. Das Ergebnis kam prompt. Er war nicht Konstantins leiblicher Vater. Als er den Brief in seinen zitternden Händen gehalten hatte, war eine Welt für ihn zusammengebrochen.

Am nächsten Tag war er nicht zur Arbeit gegangen, hatte Tanja für das kommende Umgangswochenende abgesagt, war in die Berge gefahren, wo er sich in einer einfachen Pension eingemietet hatte und früh am Morgen in Richtung Gipfel losgewandert war. Er versuchte vergeblich, einen klaren Kopf zu bekommen, seine Gedanken kreisten wirr. Ob Tanja überhaupt wusste, dass er nicht Konstantins leiblicher Vater war? Aber wer war es dann? Mit wem hatte sie ihn betrogen? Und wusste es dieser Mann? Wollte Thorsten das alles überhaupt erfahren, wollte er den Mann kennen, dessen Gene Konstantin in sich trug, der der Erzeuger seines Sohnes war? Wie sollte es nun mit Konstantin und ihm weitergehen? Sollte diese wunderbare Vater-Sohn-Beziehung jetzt einfach enden, wollte er die Seele des Kindes zerstören, indem er ihm mitteilte, dass er gar nicht sein Vater war und sie sich ab jetzt höchstens ab und zu noch sähen und bald vielleicht überhaupt nicht mehr?

Er haderte mit sich und der Welt, tagelang, rannte bis zur Erschöpfung schmale Wanderpfade hinauf, saß im Regen unter knorrigen Nadelbäumen und schrie seine Verzweiflung hinab ins Tal. Wieso hatte er überhaupt diesen Vaterschaftstest gemacht, wieso hatte er die Büchse der Pandora geöffnet, wieso ließ sich Wissen nicht mehr umkehren in Nichtwissen? Wieso konnte man das Vergessen nicht willentlich steuern? Ein absolutes Versagen der Evolution, Menschen nicht mit dieser Eigenschaft auszustatten.

Irgendwann war er wieder zurück nach Heidelberg gefahren, hinter Ulm hatte er um ein Haar einen schweren Unfall verursacht, er fuhr deutlich zu schnell, aber was sollte es? Dann würde ihn sein Sohn wenigstens als seinen Vater in Erinnerung behalten. Thorsten Kaltenbacher litt wie ein Hund, und am meisten litt er unter der Sehnsucht, die er bereits nach Konstantin verspürte. Er hatte versucht, sich diese Gefühle zu verbieten, aber wie sollte das gehen? Vaterliebe ließ sich nicht einfach abschalten wie das Licht in einem Kellerraum. Er trug Verantwortung – was war sein gekränkter Stolz schon verglichen mit der Liebe eines Kindes? Sein eigener Vater hatte sich auf Nimmerwiedersehen aus dem Staub gemacht, er war anders.

Zu Hause angekommen, ging er ins Kinderzimmer und

weinte. Und nachdem er Konstantin durch das ausgefallene Umgangswochenende fast zwei Wochen lang nicht gesehen hatte, hielt er es nicht mehr aus. Der Junge war sein Sohn, und daran würde sich nichts ändern. Der leibliche Vater spielte keine Rolle, Konstantin wusste nichts von ihm, niemand wusste von ihm, also existierte er praktisch nicht. Es gab ihn gar nicht. Und es sollte alles so bleiben, wie es war.

Schon damals war ihm klar gewesen, dass an seiner Beziehung zu Konstantin niemand rütteln durfte. Die Tage in den Bergen, an denen er mit sich gehadert hatte, waren die Hölle gewesen. Als er sich dann entschieden hatte, entschieden für Konstantin, war dies unumstößlich und für jeden, der sich zwischen ihn und seinen Sohn stellte, brandgefährlich.

Kaltenbacher hatte das Päckchen geschnürt, das er heute Nacht an der vorgegebenen Stelle auf dem Gelände der Villa Dahm deponieren würde. Er kannte das Areal natürlich gut. Mitten in einem beliebten Wohnviertel gelegen, war das Grundstück der Villa Dahm umgeben von einer alten, etwa zwei Meter hohen Mauer, die aufgrund eines Vorsprungs in sechzig oder siebzig Zentimeter Höhe gut zu überklettern war. Das ehemalige Nebengebäude wurde gerade zu den beiden exklusiven Stadthäusern umgebaut, der Rohbau war noch offen, die Grundfläche des Erdgeschosses war überschaubar, hier sollte also der Geldsegen deponiert werden.

Die Tatsache, dass der Erpresser die Villa Dahm als Übergabeort gewählt hatte, bestärkte Kaltenbacher in der Vermutung, dass es um Schweigegeld für die Geheimhaltung seiner Geschäftspraktiken ging.

Thorsten Kaltenbacher wartete bis kurz nach zweiundzwanzig Uhr in seiner Wohnung. Er hatte eine Klassik-CD eingelegt, Beethoven, etwas Großes, er brauchte jetzt etwas Großes. Er war in einem merkwürdigen Zustand zwischen Nervosität und kühler Ruhe, sah immer wieder auf seine Armbanduhr, ein Geschenk von Tanja, das er immer noch trug. Er wusste selbst nicht, warum, wohl nicht aus Sentimentalität, sondern eher als Erinnerung an die Vergänglichkeit.

Kurz nach zehn brach er auf. Er zog seine dicke gesteppte Jacke und ein paar schwarze Lederhandschuhe über – die Abende und Nächte waren bereits kühl, und er richtete sich auf eine längere Wartezeit im Freien ein.

Leise zog Kaltenbacher die Wohnungstür hinter sich zu, lief die Treppe hinunter und stieg in seinen Wagen. Es war nur eine kurze Fahrt von der Südstadt bis zum Gelände der Villa Dahm, aber er brauchte eine Weile, um in der Nähe einen Parkplatz zu finden. In der Weststadt waren abends absolut alle verfügbaren Parkplätze dicht. Die Familienväter waren von der Arbeit zurückgekehrt, und die Mütter hatten die Zweitwagen abgestellt, mit denen sie den Tag über eine Schar von Kindern hin und her transportiert hatten.

Thorsten Kaltenbacher fand schließlich einen Platz in einer Seitenstraße und lief etwa hundert Meter bis zum Gelände der Villa. Er erreichte die Mauer an der Seite des Areals, an der das Nebengebäude stand, sah sich in alle Richtungen um und überkletterte sie rasch. Das Viertel war nach zweiundzwanzig Uhr ruhig, aber dennoch konnten die umliegenden Wohngebäude Augen haben, ein Mann, der zum Rauchen auf den Balkon gehen musste, eine Mutter, die mit einem weinenden Säugling am Fenster stand. Oder ein Paar, das Arm in Arm aus einem der Lokale kam, zwei Freundinnen, die schnatternd nach Hause liefen.

Schnell und lautlos wie ein Schatten sprang Kaltenbacher auf der anderen Seite der Mauer hinunter. Der Boden war feucht und lehmig und zerwühlt, der Rohbau der beiden zukünftigen Stadthäuser stand schwach beleuchtet von den umliegenden Straßenlaternen und einem abnehmenden Mond in der Stille des Abends. Kaltenbachers billige Turnschuhe, die er sich extra gekauft hatte und von denen er sich ganz schnell wieder trennen würde, hinterließen Fußspuren in zwei Schuhgrößen zu viel.

In der Dunkelheit wirkte die Baustelle seltsam verlassen, und es schien schwer zu sagen, ob es sich um einen Neubau oder um eine Ruine handelte. Die Punkte auf der Zeitachse verschwammen, irgendwann würde das, was hier gerade gebaut wurde, auch wieder abgerissen. Menschen, die dort gelebt hatten, wären gestorben, genauso wie die, die vor hundert Jahren hier gelebt hatten. Am Ende lief alles auf das Gleiche hinaus.

Kaltenbacher nahm den Geruch der lehmigen Erde wahr und ging vorsichtig horchend in den Rohbau hinein. Feuchte Kälte umfing ihn, auf der frisch gegossenen Bodenplatte standen kleine Pfützen, die Maurer hatten einen Teil ihres Geräts stehen lassen, morgen früh würde es weitergehen. Ein paar Schritte ging er weiter, sah sich im schwachen Licht um und legte schließlich das Päckchen mit dem Zeitungspapier rechts an der bereits gemauerten Trennwand der beiden zukünftigen Stadthäuser in einer trockenen Ecke ab.

Er sah auf seine Uhr, es war zwanzig vor elf. Nun musste er warten. Aber wo? Er hatte sich im Vorfeld den strategisch besten Platz überlegt. Wenn er vor dem Rohbau auf dem Außengelände wartete, könnte es sein, dass er den Erpresser nicht sah, wenn der durch eine der offenen Fenstermauerungen an der gegenüberliegenden Seite einstieg. Er musste im Rohbau selbst warten, verborgen in einer Ecke, aber mit einem offenen Fluchtweg zur Frontseite des Gebäudes.

Kaltenbacher sah sich weiter um und kauerte sich schließlich in die vordere linke Ecke des Baus. Die Bodenplatte war eiskalt, die frisch gemauerten Wände strahlten eine Kälte ab, die durch Mark und Bein ging. Er hatte einmal gelesen, dass im England des 19. Jahrhunderts Proletarier die Rohbauten der Oberschicht trockenwohnten, Villen, die Eisblöcken glichen, und die armen Arbeiterfamilien starben an Tuberkulose und Lungenentzündung wie die Fliegen. In die herrschaftlichen Gebäude zogen danach die Fabrikbesitzer ein, deren in feines Tuch gehüllte Kinder vor einem behaglichen Kaminfeuer den Geschichten ihrer Ammen lauschten.

Mit der flachen Hand rieb sich Kaltenbacher die laufende Nase. Zum Glück hatte er es zu etwas gebracht in seinem Leben, er musste kein Gebäude trockenwohnen, er zog in die Beletage ein. Auch seinem Sohn mangelte es an nichts, und das würde auch in Zukunft so bleiben. Sein Sohn. Vielleicht wollte er auch deshalb keine weiteren Kinder mehr, weil er Angst davor hatte, dass ein leibliches Kind Konstantin von seinem Platz verdrängen könnte. Nicht dass er es als Vater gewollt hätte, sondern einfach nur, weil die Evolution es so vorgesehen hatte, dass die eigenen Gene bevorzugt behandelt wurden. Nein, Konstantin war die unangefochtene Nummer eins in seinem Leben, für ihn lebte und arbeitete er.

Kaltenbachers Gedanken schweiften ab zu Konstantins Mutter, wie hoffnungsvoll alles begonnen hatte, wie verliebt er gewesen war, wie verrückt nach dieser Frau mit dem unschuldigen Blick und dem Schmollmund. Tanja hatte auf ihn gewirkt wie eine strahlende Sonne, um die er kreisen musste. Wie selbstsicher sie war, wie selbstverständlich seine Liebe zu ihr, wie unbeschwert ihr Lachen, wie ekstatisch der Sex.

Aber Tanja hatte sich verändert im Laufe der Jahre. Nachdem Konstantin auf die Welt gekommen war, hatte sie sich auf eine ganz leise Art von ihm zurückgezogen, und gleichzeitig wurde sie immer anspruchsvoller. Sie fing an, Vergleiche aufzustellen, wollte teure Reisen, die ihre Freundinnen gemacht hatten, eine größere Wohnung, ein kostspieliges Auto. Sie wollte immer mehr, und er hatte den Eindruck, dass sie nur noch mit ihm ins Bett ging, um im Gegenzug etwas zu bekommen. Sie hatte Ansprüche, und sie wollte tausend Dinge, nur ein zweites Kind wollte sie nicht. Er hatte sie einmal darauf angesprochen, er erinnerte sich genau, damals, als er noch nicht wusste, was er heute wusste. Tanja lag schon im Bett, er kam aus dem Bad und legte sich neben sie. Dann löschte er das Licht, drehte sich zu ihr hinüber und flüsterte ihr ins Ohr: »Du, wäre es nicht schön, wenn Konstantin ein Geschwisterchen hätte?« Und Tanja sagte seltsam tonlos: »Als Einzelkind kann man auch glücklich werden.« Danach war dieses Thema nie wieder aufgekommen.

Im Nachhinein war Thorsten darüber umso gekränkter, als Tanja offenbar gar kein Kind von ihm haben wollte, kein Produkt ihrer gemeinsamen Liebe. War es zu diesem Zeitpunkt überhaupt noch Liebe gewesen, was sie verband? Hatte Tanja eigentlich von Anfang an gewusst, dass er nicht der Vater von Konstantin war? Er dachte daran, wie stolz und glücklich sie gestrahlt hatte, wie liebevoll sie ihn angesehen hatte direkt nach Konstantins Geburt. Hätte sie ihm so entgegenstrahlen können mit einem Kuckuckskind im Arm? Vermutlich ja. Auch er war dem Irrtum vieler Männer aufgesessen, das Äußere einer Frau mit ihrem Charakter zu verbinden. Tanja war auffallend hübsch auf eine kindliche und unschuldige Art, ihr Sexappeal war der einer Kindfrau, die vollen Lippen, die großen blauen Augen, ihre zierliche und doch weibliche Figur. Aber sie war alles andere als unschuldig, sie war auf ihren Vorteil bedacht, auf Status, Wohlstand, Prestige, sie wollte Spaß, und sie wusste, wie sie das alles bekam. Sie war egoistisch und berechnend, eine Lolita mit einem Masterplan.

Kaltenbachers Kiefer pressten sich aufeinander, er kauerte in der Ecke des Rohbaus, und die Kälte der gemauerten Wände kroch tiefer in seinen Körper. Er sah erneut auf seine Uhr, es war kurz nach elf. Der Erpresser konnte sich bis zum Morgengrauen Zeit lassen, er musste kommen, bevor die Bauarbeiter kamen, aber das konnte noch acht Stunden dauern.

Frierend richtete sich Kaltenbacher aus der Hocke auf und streckte die klammen Beine durch. Er horchte. Draußen fuhr ein Auto vorbei, das Motorengeräusch kam näher und entfernte sich wieder. Dann blieb es still. Er ging erneut in die Hocke, wartete, sah wieder auf seine Uhr. Wie sich die Minuten dehnten, wie langsam die Zeit verstrich, wenn man nichts tat, gar nichts, nur wartete. Wie selten dies im Leben vorkam, warten in einem dunklen Raum, durch nichts abgelenkt. Ob er sich gegen die Kälte eine Decke aus dem Auto holen sollte? Aber was, wenn er gerade dann das Erpresserschwein verpasste?

Seine Augen starrten in das Dunkel des Raums. Sein Bruder hatte ihn einmal im Keller eingesperrt, er hatte gedroht, die Tür erst dann wieder zu öffnen, wenn Thorsten versprach, dass er der Mutter sage, er habe die Scheibe im Kinderzimmer zerbrochen. Martin hatte voller Zorn ein Schulbuch dagegengeworfen. Thorsten hatte sich geweigert, für Martin zu lügen, und mehrere Stunden im Keller verbracht. Aber es war damals wärmer gewesen, und es hatte nach Äpfeln gerochen, die die Mutter auf einem Rost aus Holz ausgelegt hatte. Er hatte einfach gewartet, so wie jetzt. Er erinnerte sich noch, wie endlos ihm die Zeit vorgekommen war und dass er irgendwann Angst bekommen hatte. Im Keller stand die Waschmaschine, und einmal hatte die

Mutter die Maschine angestellt, ohne zu merken, dass sich eine junge Katze in der Trommel versteckt hatte. Thorsten erinnerte sich an die groben Flüche der Mutter, als sie Fleischreste und Knochen aus der blutigen Wäsche sortierte. Damals, als Thorsten im Keller eingesperrt war, hatte er auf das runde Glasfenster der Maschine gestarrt und Angst bekommen, dass die Katze mit scharfen Krallen, spitzen Zähnen und rot glühenden Augen in ihrem kleinen zertrümmerten Gesicht zurückkäme. Er hatte angefangen zu weinen und zu rufen, aber niemand hatte ihn gehört. Irgendwann war die Mutter gekommen, hatte ihn ausgeschimpft, weil er sich im Keller versteckt hatte, und ihm eine Ohrfeige verpasst. Sein Bruder Martin hatte gelacht. Sein halber Bruder.

Kaltenbacher zog den dunklen Parka fester um seinen Brustkorb, seine Hände waren klamm. Aber er würde hier ausharren, koste es, was es wolle. Er würde das Schwein stellen. Er lehnte sich in der Hocke an die Wand aus rohen Steinen und sah auf die Uhr. Die Zeit verging nicht. Er hörte seinen eigenen Atem, sonst nichts. In seiner Jackentasche fühlte er den Griff seines Klappmessers, mit dem Daumen fuhr er diesen Griff hinauf und hinab und hinauf und hinab, er atmete tiefer, aber es war so kalt hier in diesem Eisloch, und er spürte, wie die Müdigkeit ihn zu überwältigen drohte.

Er versuchte, sich durchlässig zu machen, einen Teil von sich abzuschalten, den Zeitbegriff aufzugeben, was waren schon ein paar Stunden in einem langen, erfolgreichen Leben? Er war ein Mönch in einem buddhistischen Kloster, für den Zeit keine Rolle mehr spielte, oder er lag irgendwo am Strand, ohne Termine, ohne Stress, und ließ die Zeit wie Sand durch seine Finger rinnen. Sein Wille war stark, das war er immer schon gewesen. Das ständige Messen mit seinem älteren Halbbruder und die kargen Verhältnisse, aus denen er kam, hatten ihn stark gemacht. Sein Daumen fuhr über den Messergriff.

Irgendwo in einem der benachbarten Häuser hörte er ein Baby schreien, die Nachtluft trug sein Weinen zu ihm herüber. Nach ein paar Minuten verstummte es wieder, eine Mutter hatte den kleinen Schatz getröstet und beruhigt, eine warme, sanfte Mutter, wie er sie nie gehabt hatte. Seine Mutter war streng und kalt gewesen, und die Mutter seines eigenen Sohnes war ein Flittchen. Aber es verschaffte ihm ein wenig Genugtuung, dass auch Martin sich mit seiner Frau vergriffen hatte, er hatte sich eine hysterische Ziege ausgesucht, die zwischen extrovertierten Höhenflügen und einem jämmerlichen Klammern jeden Mann in die Flucht schlagen konnte. Aber jetzt war Martin sie endgültig los. Ruhe in Frieden.

Thorsten war kalt, er zitterte. Es war mittlerweile nach Mitternacht, und er war so müde, es musste an der Kälte liegen, die Kälte machte so müde. Plötzlich wurde ihm klar, dass er nicht die ganze Nacht in diesem Rohbau ausharren und warten konnte, er würde es nicht durchhalten. Der Erpresser hatte den Ort gut gewählt, vielleicht wusste er um die Kälte, die frisch gemauerte Wände ausstrahlten, und er wusste, dass er in belebten Wohnvierteln weniger in einen Hinterhalt geraten konnte als auf einer verlassenen Lichtung im Wald. Ein cleveres Schwein. Ließ ihn hier in der Kälte sitzen. Kaltenbacher ballte die Faust um das Messer in seiner Tasche.

Plötzlich hörte er ein Rascheln, es kam aus der gegenüberliegenden Ecke, er starrte in die Dunkelheit, ein feines Geräusch nah am Boden. Er strengte seine Augen an und erkannte die Umrisse einer Ratte. Es schauderte ihn, er nahm eine schmale, abgebrochene Holzlatte, die neben ihm lag, und schleuderte sie in Richtung des Tieres. Die Ratte huschte aus dem offenen Rohbau und verschwand. Kaltenbacher atmete tief, um ihn herum war alles wieder still.

Ein paar Minuten später spürte er erneut diese überwältigende Müdigkeit, er unterdrückte ein Gähnen, vielleicht könnte er nur fünf Minuten ein wenig dösen, er würde ja sofort aufwachen, wenn sich etwas im Raum bewegte. Der Schlaf schien ihm so lockend und reizvoll, eine warme Wolke, in die er sich einhüllen könnte, nur ganz kurz.

Er schloss die Augen, öffnete sie wieder, schloss sie erneut, dieses Mal etwas länger. Gleich würde er sie wieder öffnen, aber sehen würde er ja ohnehin nichts in dieser Dunkelheit, wieso sie also nicht noch ein bisschen geschlossen halten. Die Kälte wurde weniger, er zog sich ganz in sich selbst, in seinen innersten Kern zurück, dahin, wo er warm und sicher war. Er kehrte sich von außen nach innen, sein Körper war eine Hülle, an der die Kälte abprallte, und sein eigentliches Ich wohnte tief innen in der Mitte und ruhte sich aus, nur ein kleines bisschen. Kaltenbachers Körper zuckte, die reflexartige Einschlafzuckung, er saß auf der kalten Bodenplatte, den Oberkörper leicht zur Seite geneigt. Noch einmal wurde er kurz wach, sein Bewusstsein krabbelte mühsam aus der verlockenden, warmen Schlafwolke, aber es war so kalt da draußen, nur ein klein wenig schlafen, nur kurz zurückziehen ins Innere, gleich würde er ja wieder aufwachen.

Als Thorsten Kaltenbacher mit einem tiefen Schrecken, der ihm in die steif gefrorenen Glieder fuhr, erwachte, wusste er einen Moment lang nicht, wo er sich befand. Sein erster Gedanke war, dass er lebendig begraben worden sei, tief unten in feuchter, kalter Erde. Er schnappte nach Luft, sein Herz raste. Langsam kam die Erinnerung wieder, er saß im Rohbau der Villa Dahm und wartete auf einen feigen Erpresser.

Er wischte sich die laufende Nase mit dem Handrücken, presste seine Fingerkuppen gegen die geschwollenen Augen und sah in die Ecke, in die er das Päckchen mit dem Zeitungspapier gelegt hatte. Es war weg. Ungläubig starrte er auf die Wand, an der nichts mehr lag. Er hatte das Schwein verpasst.

Kaltenbacher sprang auf und knickte sofort wieder zusammen, seine steif gefrorenen Beine trugen ihn nicht, sie waren ohne Gefühl. Er kniete sich hin und versuchte, seine Oberschenkel warm zu reiben. Das Adrenalin in seinem Blut war dabei, seinen Kreislauf wieder in Gang zu bringen. Er hatte geschlafen, er hatte versagt.

Langsam stand er auf und ging ein paar Schritte Richtung Ausgang. Dann sah er es. Die feuchte, lehmige Erde vor dem Rohbau war bedeckt mit kleinen Rechtecken aus Zeitungspapier. Wenn es nicht die Ratten gewesen waren, die das Papier verteilt hatten, dann gab es jetzt vermutlich einen sehr zornigen Menschen dort draußen. Kaltenbacher sah sich um, so als hoffte er, eine Spur zu finden, etwas, das der Erpresser vergessen oder verloren hatte, aber außer den feuchten Zeitungsschnipseln gab es nichts, was den nächtlichen Besucher der Baustelle verriet. In dem zertretenen Lehmboden konnte er keine frischen Spuren ausmachen, weder die größeren eines Mannes noch die kleineren einer Frau.

Schließlich ging er vorsichtig zur Mauer zurück, die das Gelände umsäumte, und kletterte darüber. Er zitterte noch immer vor Kälte und lief mit schnellen Schritten zu seinem Wagen. Es war Viertel nach drei, mitten in der Nacht. Er drehte den Regler der Heizlüftung nach oben, parkte aus und gab Gas.

FÜNFZEHN

Klara und Sebastian saßen in ihrem Büro auf dem Polizeirevier, seit acht Uhr am Morgen war die Wohnungsdurchsuchung bei Viola Schanz in Gang. Klara rechnete nicht mit großartigen Ergebnissen, dazu war die Frau zu clever, außerdem hatte sie nach der Befragung auf dem Revier Zeit gehabt, eventuell belastendes Material zu beseitigen.

Am Rahmen der offenen Bürotür klopfte es. »Moin, ihr beiden.« Harald stand mit einer Kaffeetasse in der Hand da.

»Morgen, Harald, komm rein.«

Der Ermittler trat heran und knallte erst die lokale Tageszeitung und dann die aus dem benachbarten Mannheim auf Klaras Schreibtisch. In fetten schwarzen Lettern prangte ihr der Aufmacher entgegen: »Mordserie weiterhin ungeklärt«. Sie fischte die darunterliegende Zeitung aus Heidelberg hervor, der Titel war nicht besser: »Polizei tappt weiterhin im Dunkeln«.

Harald schnaubte. »Hier. Mordserie. Als Nächstes kommt der Serienkiller oder besser noch eine Reihe von Serienkillern. Und dazwischen tappt die ahnungslose Polizei. Wir ›tappen‹, habt ihr das gewusst? Bei mir klingelt mindestens dreimal am Tag das Telefon, und jemand von der Presse fragt nach dem aktuellen Ermittlungsstand. Weiß der Geier, woher die meine Durchwahl haben.« Der Hauptkommissar setzte sich missmutig auf einen Stuhl vor Klaras Schreibtisch.

Sebastian nickte, auch sie bekamen diese Anrufe, dennoch versuchte er zu beschwichtigen. »Mit den Journalisten müssen in erster Linie der Chef und unsere Pressestelle fertigwerden. Aber um die Bevölkerung zur Mithilfe aufzurufen, brauchen wir die Medien.«

»Sicher, aber herausgekommen ist dabei bislang auch noch nichts, lauter diffuse Hinweise, es ist kaum zu glauben, an wie vielen Orten Martin Kaltenbacher gleichzeitig gesehen wurde und wie viele unterschiedliche Personen ihn begleitet haben.«

Da hatte Harald allerdings recht. Klaras Blick ruhte für einen

Moment auf dem älteren Kollegen. Man sah ihm die Anstrengung der letzten Tage an, sein Gesicht war noch fahler als sonst.

»Ich sage euch, ich will in den nächsten zehn Jahren auf keinen Computerbildschirm mehr starren.« Er und zwei seiner Kollegen hatten unter anderem die E-Mails von Elsa Weißgerber ausgewertet. Harald berichtete, dass sie zuletzt den Wechsel des Vorstandsvorsitzenden eines großen deutschen Konzerns gedolmetscht hatte. »Man könnte auch sagen, das Absägen des Alten und Inthronisieren des Neuen. Der König ist tot, es lebe der König.« Davor hatte Elsa Weißgerber ihrer Geschäftskorrespondenz zufolge bei der Bilanzpressekonferenz eines Automobilherstellers und einige Zeit zuvor bei der Vorstandssitzung einer Biotechnologiefirma in Hamburg gearbeitet. »Natürlich bekam Frau Weißgerber eine Menge Interna und Insiderwissen mit, aber wo ist die Information, die ein Motiv für einen Mord wäre?« Harald sah zwischen Klara und Sebastian hin und her. »Wir haben bisher nichts gefunden.«

Klara drehte einen Stift zwischen ihren Fingern und begann, laut zu denken. »Na ja, Bilanzpressekonferenzen sind öffentlich, ob sie dort streng vertrauliche Informationen erlangt hat, ist eher fraglich. Und die Ablösung des Vorstandsvorsitzenden ist ja nun über die Bühne, und der alte wird eine derart komfortable Abfindung erhalten haben, dass er den Verlust des Postens verschmerzen kann. Was ist mit der Biotechnologiefirma?«

Harald nahm einen Schluck Kaffee und nickte. »Ja, in die Materie habe ich mich dann mal reingeschafft. Die Firma ist spezialisiert auf transgene Technologien, also auf Forschung zur Züchtung gentechnisch veränderter Organismen. Ein ziemlich brisantes Thema. Man kann, vereinfacht ausgedrückt, gezielt Gene abschalten oder fremde Gene in einen Organismus einbringen. Schöne neue Welt, sag ich nur.« Harald verzog das Gesicht. »Das geht vom Züchten BSE-resistenter Rinder über die Eindämmung der Geflügelpest bis hin zur Stechmückenbekämpfung durch das Aussetzen genetisch steriler Männchen. Fast wie die Pille für den Mann.« Der Ermittler entblößte seine hellbraunen Zähne in einem kurzen Grinsen. Dann fuhr er fort. »Die Firma, bei der Elsa dolmetschte, ist spezialisiert auf transgene Tiere zur Medikamentenproduktion.«

Sebastian hob fragend die Augenbrauen. »Ein Äffchen, das Aspirin produziert?«

»So ähnlich. Man kann zum Beispiel Kühe so manipulieren, dass sie im Euter einen bestimmten Eiweißstoff erzeugen, der für Menschen lebenswichtig ist, aber bei einigen Menschen nicht produziert wird. Die Kuh erledigt das dann für die Leute, und die bekommen ihr Medikament. Die Insulinproduktion ist auch so ein Thema.«

»Verstehe.« Sebastian nickte. »Eigentlich eine gute Sache, aber wo sind die Grenzen?«

»Genau. Muss man zum Beispiel transgene Lachse essen, die gezüchtet werden, einfach weil sie schneller wachsen? Die Risiken scheinen noch nicht geklärt, und das Ganze ist eine ziemlich komplizierte Angelegenheit. Aber natürlich auch eine Zukunftstechnologie, die extrem lukrativ sein kann.«

»Habt ihr bei Elsa Weißgerbers Unterlagen irgendetwas hierzu gefunden, Notizen, Aufzeichnungen?«, fragte Klara.

»Na ja, wenn wir den Computer der Dame finden würden, wäre das vermutlich hilfreich.« Harald zog erneut die Mundwinkel nach unten. »Wir haben bislang als Printunterlagen nur die Auftragsbestätigung für den Dolmetscheinsatz, die Rechnung und den entsprechenden Zahlungseingang. Aber wie mir ein Kollege der Weißgerber erzählte, arbeiten Dolmetscher im Technologiezeitalter auch nicht mehr mit Zettelkästen und gespitztem Bleistift. Terminologie-Listen, Glossare, Vorbereitungen, Notizen und so weiter werden in der Regel elektronisch geführt. Wir müssten also Elsas PC finden … Aber wenn der Täter ihn auf Nimmerwiedersehen verschwinden lassen wollte, ist ihm das vermutlich auch gelungen.«

Sebastian nickte zustimmend. »Einen Laptop loszuwerden ist wirklich keine große Kunst.«

»Elsas Kollege sagte mir außerdem, dass er seit zwanzig Jahren im Job sei und sich bislang noch nie als Geheimnisträger in Gefahr fühlte«, führte Harald weiter aus. »Aber ausschließen kann man es natürlich auch nicht. Vielleicht hat Elsa tatsächlich etwas ausgeplaudert, vielleicht hat sie ihrem Martin was erzählt, und der witterte das große Geld? Wir haben überlegt, ob zum Beispiel jemand durch Insiderwissen ein Patent anmelden könnte, bevor es die entsprechende Firma tut. Aber die ganze Materie ist so komplex, da reicht ein Dolmetscheinsatz sicher nicht aus, um dahinterzusteigen.«

Harald machte eine kurze Pause und sah auf seine Kaffeetasse unbekannter Herkunft, über das weiße Porzellan rankte sich in roten Lettern der Name »Daniela«. Anscheinend mochte er diese Tasse, er trug sie immer wieder mit sich herum. Vielleicht schenkte ihm Klara zum nächsten Geburtstag eine mit »Rosi«.

Der Hauptkommissar nahm noch einen Schluck von seinem schwarzen Kaffee, den er wenig appetitlich durch die Zähne schlürfte, ehe er weitersprach. »Es könnte vielleicht sein, dass Elsa mit Insiderwissen an einen der Mitbewerber im Bereich Biotechnologie herangetreten ist und Geld wollte. Ich habe mit dem Chef der Firma in Hamburg telefoniert. Der gab sich offen und auskunftsbereit, sein Unternehmen hielte sich an die strengen Auflagen, man betreibe wichtige Forschung zum Wohle der Menschheit, natürlich gebe es Wettbewerb auf dem Markt, aber jeder arbeite auf seinem speziellen Gebiet, es sei ein Nebeneinander, bei dem man die Erfolge der Mitbewerber respektiere, und so weiter. Nach dem Telefonat war ich so weit wie vorher.«

Klara zog die Augenbrauen zusammen und dachte nach. »Es wäre natürlich möglich, dass es um Geld oder sogar Erpressung ging. Aber wenn der Täter von außen kam, von irgendeinem Unternehmen, wieso hat Kaltenbacher dann vorher noch mit ihm den Rotwein getrunken, der sich in seinem Magen fand und in dem vermutlich das Schlafmittel war?«

»Verhandlungen über die Geldsumme oder Beteiligungen?«

»Hm.« Klara legte erneut die Stirn in Falten. »Hätte Elsa dann an diesem Abend nicht auch anwesend sein können? Offenbar war sie zur Tatzeit ja in der Altstadt, es sei denn, ihr Handy war allein dort unterwegs.«

»Vielleicht ging Elsa mit der Frau des Firmenchefs essen, während die Männer das Geschäftliche geregelt haben. Damenprogramm sozusagen.« Sebastian blickte in die Runde.

Klara sah ihren Kollegen mit gekräuselten Lippen an. »Och, Sebastian, bitte.«

Harald Bender klärte seine Stimme mit einem kräftigen Räuspern und schlug ein Bein über das andere, nachdenkliche Falten verliefen schräg über seine Nasenwurzel. »Ja, ihr habt schon recht, das ganze Szenario sieht eher nach Affekt und einem Motiv im privaten Bereich aus. Aber wir müssen in jedem Fall noch die E-Mails und Telefonate von Martin Kaltenbacher durchgehen und prüfen, ob es irgendwelche Kontakte oder Verbindungen zu einem von Elsas Auftraggebern oder zu deren Mitbewerbern gab.« Der Ermittler verdrehte angesichts dieser gesuchten Stecknadel im Heuhaufen die Augen. »Wenn wir irgendwie nachweisen könnten, dass hier ein Treffen vereinbart wurde, hätten wir eine ganz andere Spur.« Er holte Luft, ein beunruhigendes Pfeifgeräusch füllte für einen Moment den Raum. »Meiner Meinung nach hat sich der Chef ohnehin zu sehr auf Viola Schanz als Täterin versteift. Was ist mit unserer trauernden Witwe Eva Kaltenbacher? Die hat kein gescheites Alibi, aber genug enttäuschte Liebe in sich.«

Klara stimmte zu. »Das sehe ich ähnlich. Und unser zweiter Kandidat ist Thorsten Kaltenbacher. Hast du schon gehört, dass sich seine Assistentin angeblich mit ihm verlobt hat? Damit hat sie ein Zeugnisverweigerungsrecht.« Klara deutete ein ironisches Lächeln an.

Harald machte große Augen. »Leck mich, das war natürlich ein Fehler, weil wir jetzt davon ausgehen können, dass sie etwas zu verbergen hat. Soll heißen, das Alibi von Thorsten Kaltenbacher für den Donnerstagabend ist vielleicht keines?«

Sebastian lehnte sich in seinem Bürostuhl zurück, sein rechter Zeigefinger fuhr in einer Art Eigenleben über die Schreibtischkante. »Könnte sein. Aber wieso bringt Kaltenbacher seinen Halbbruder um und danach dessen Freundin, die wiederum mutmaßlich gar keine Zeugin der Tat war? Unsere trauernde Witwe hingegen könnte in einem emotionalen Ausnahmezustand den Ex und seine Neue getötet haben, einfach weil der Ex der Ex war und die Neue die Neue. Vielleicht wollte Martin Elsa heiraten, und das war einfach zu viel für Eva.«

Die Theorie zum Mord aus Eifersucht schien immer noch Sebastians Favorit zu sein. Wer wusste, wie viele Eifersuchtsdramen er schon mitbekommen hatte. Klara wollte gar nicht darüber nachdenken.

Ihr Kollege sah zu Harald hinüber. »Ich habe versucht, mit Evas Psychologin zu sprechen, den Namen hat Conrad in der Befragung ja aus ihr herausgebracht, aber die beruft sich auf ihre Schweigepflicht. Natürlich habe ich sie belehrt, dass sie mit uns sprechen muss, sofern sie von einer Gefährdung anderer Personen durch ihre Patientin weiß, aber das hat sie verneint und dann weiter geschwiegen.«

»Wirklich schade.« Klara malte mit dem Bleistift, den sie die ganze Zeit zwischen den Fingern gehalten hatte, ein kleines Strichmännchen auf das weiße Blatt Papier vor ihr. »Ob Eva und Martin zusammengeblieben wären, wenn sie Kinder gehabt hätten? Ob Martin seinen Bruder um dessen Sohn beneidet hat?« Die Kommissarin dachte laut, sie schien vertieft in ihre kindliche Zeichnung, ihr Blick klebte an dem krummen Männchen vor ihr. Sie malte ihm ein Gesicht … Mund, Nase, Augen. Sie hätte gern zu einem Farbstift gegriffen und wunderschöne dunkelgrüne Bergsee-Augen hineingemalt. Es gab einen deutlichen Unterschied zwischen Bergseen und versumpften olivgrünen Gewässern, zwischen lebendigen und toten Augen, und selbst wenn die toten Augen wieder lebendig wurden, blieb es immer noch das gleiche olivfarbene Grün, ohne kleine Inselchen im klaren Wasser, eher mit dunklen Schlingpflanzen unterhalb der Oberfläche und irgendwie ein wenig gelbstichig.

Klara stutzte.

Sie hatte diese Farbe zweimal gesehen.

Beim toten Kaltenbacher und … bei Konstantin. Aber das war ja nicht unbedingt verwunderlich, die Augenfarbe konnte die von Konstantins Großmutter sein, der Kleine hatte sie als Enkelsohn geerbt und Martin Kaltenbacher als Sohn. Klaras Biologieunterricht war schon eine Weile her, sie erinnerte sich dunkel an dominante und rezessive Gene, auf denen die Augenfarbe vererbt wurde, sicherlich ging das auch bis hinüber in die Enkelgeneration. Aber ihre Gedanken spannen sich weiter. Es war nur so eine Idee, doch die hatte eben ihren kleinen Schnabel durch die Eierschale gestoßen und reckte sich nun dem Licht entgegen, die feuchten Flügelchen drängten den Rest der Schale zur Seite.

Klara kritzelte Kreise um das Männchen auf dem vor ihr liegenden Papier. Dann sah sie Sebastian an. »Wie alt ist Konstantin eigentlich jetzt?«

»Zehn, soweit ich weiß.«

»Und dieser Pärchenurlaub der Kaltenbachers auf Fuerteventura war vor etwa elf Jahren?« Klara sprach mehr mit sich selbst als mit ihren Kollegen.

Sebastian sah zu ihr hinüber. »Du meinst den offenbar legendären Urlaub, von dem Tanja Kaltenbacher noch immer ein Foto in ihrem Wohnzimmer stehen hat?«

Klara nickte beiläufig. »Hm, ja.« Sie wusste, dass Sebastian ihr bereits folgte.

»War anscheinend etwas Bedeutungsvolles, dieser Urlaub«, sagte er mit sonorer Stimme.

Klara nickte erneut. »Scheint so.«

Auf Sebastians Gesicht deutete sich ein feines Lächeln an. »Tanja Kaltenbacher hat das Foto nicht aufgestellt, um täglich ihren Ex zu sehen – und schon gar nicht ihre hysterische Schwägerin. Und um sich selbst zu betrachten, kann sie in den Spiegel schauen.«

Scheinbar gedankenverloren malte Klara ihre Bleistiftkreise weiter. »Da bleibt nur noch einer übrig.«

»Martin Kaltenbacher.«

»So ist es. Der Mann mit den wunderbar grünen Augen.«

»Der Junge mit den strahlend grünen Augen …« ergänzte Sebastian. »Das wäre natürlich ein Hammer.«

Harald schaute voller Unverständnis von Klara zu Sebastian und stellte seine Tasse energisch auf Klaras Schreibtisch ab. »Könnt ihr mich bitte mal aufklären?«, schnarrte er mit belegter Stimme.

Sebastians Mund umspielte ein Lächeln. »Unser Klärchen hier ist möglicherweise der Ansicht, dass Thorsten Kaltenbacher nicht der Vater seines Sohnes sein könnte.«

Harald schaute verwundert. »Sondern wer?«

»Martin Kaltenbacher.«

»Leck mich am Arsch.« Der Kollege nestelte eine seiner

filterlosen Zigaretten aus der Schachtel und klemmte sie sich hinters Ohr. Vermutlich vor Aufregung und in Vorfreude aufs beruhigende Nikotin. »Das würde natürlich noch einmal ein ganz anderes Licht auf die Sache werfen. Wir müssen wissen, ob es tatsächlich so ist, und vor allem, wer wann davon erfahren hat. Stellt euch mal vor, die Bombe wäre erst vor Kurzem geplatzt, damit ergäben sich ganz andere Motive. Vielleicht hat das Bekanntwerden der Neuigkeit auch etwas mit Elsas Job bei der Biotechnologie-Firma zu tun? Irgendeine Information zur Vererbung oder Abstammung, irgendetwas, das sie erzählt und das Martin Kaltenbacher stutzig gemacht hat?«

Klara und Sebastian lehnten sich fast zeitgleich in ihren Bürostühlen zurück und nickten.

»Und nachdem der Ball ins Rollen gekommen war, musste Thorsten Kaltenbacher den Erzeuger seines Sohnes aus dem Weg schaffen, um weiterhin Vater bleiben zu können. Oder die ungewollt kinderlose Eva Kaltenbacher hat völlig die Fassung verloren, als sie davon erfuhr, und zum Messer gegriffen.« Klara sah in die Runde. »Jetzt brauchen wir also erst einmal einen Vaterschaftstest.«

Sebastians Gesicht bekam einen nachdenklichen Ausdruck, er fuhr sich mit der Hand über sein unrasiertes Kinn, die Bergseen blickten skeptisch. »Klara, wie willst du das denn machen? Ein DNA-Abgleich eines Zehnjährigen mit einer Leiche zur Feststellung der Vaterschaft? Der Chef wird sich freuen. Durch welche Paragrafen soll das denn ermittlungstechnisch gedeckt sein? Dafür musst du ja eine Ethikkommission beschäftigen. Wir werden nie im Leben die Zustimmung von Tanja oder Thorsten Kaltenbacher hierzu bekommen.«

Harald kratzte sich am Kopf, zog die filterlose Zigarette hinter dem Ohr hervor und drehte sie zwischen den Fingern. »Na ja, das Gericht kann schon ein Abstammungsgutachten in Auftrag geben …«

»Sicher, Harald. Aber auf welcher Grundlage? Grüne Augen und ein Urlaubsfoto? Du weißt selbst, dass äußerliche Merkmale wie zum Beispiel Ähnlichkeiten dafür grundsätzlich nicht als Gründe in Betracht kommen«, gab Sebastian zu bedenken.

»Hm, stimmt auch wieder.« Harald kniff sich in die fahle Haut seiner Nase und dachte nach. Er sah Klara an, die arglos die herzförmigen Lippen spitzte und seinen Blick unschuldig erwiderte. Harald kannte seine Pappenheimer, er kannte diesen Unschuldsblick, für ihn sprach er Bände. Es war ihr Ich-denke-an-nichts-Gesicht, aber dieses Nichts hatte es faustdick hinter den Ohren.

Der alte Kriminaler holte tief Luft. »Nein, Klara«, lautes Ausatmen, »Klara, nein. Du würdest das Ergebnis niemals verwerten können, und wenn die Sache rauskommt, gibt es einen Riesenärger.«

»Na ja.« Klara legte ihre Mädchenstimme auf. »Wie sollen wir denn anders weiterkommen?«

Harald sah seine Kollegin eindringlich an. »Klara, denk gar nicht weiter darüber nach. Willst du jetzt Konstantin ein paar Haare ausreißen und dann zu Monika Gruber in die Pathologie gehen und sagen: ›Kannst du das mal bitte für uns abgleichen?‹«

Die Kommissarin löste ihren Blick aus Haralds strengen braunen Augen, deren Bindehäute eher gelb als weiß waren, und sah zu Sebastian hinüber. »Nein. So natürlich nicht.«

In Sebastians Ausdruck lag ein Anflug von Abenteuerlust, Bonnie und Clyde, die vor einem Auto stehen und überlegen, ob sie es klauen sollen. Er richtete sich etwas auf und räusperte sich. »Von Martin Kaltenbacher würden wir ja genug Material in seiner Wohnung finden, und Testlabore gibt es zuhauf im Internet …«

»Sebastian, jetzt fang du nicht auch noch an.« Haralds Stimme war die eines entrüsteten Gymnasiallehrers, dessen Oberprimaner sich gerade zu Revoluzzern mauserten.

Klara sah noch einmal zu Sebastian. Wenn du willst, drehen wir das Ding gemeinsam, schienen seine Augen ihr jetzt zu sagen. Klara grinste.

»Wir könnten doch vielleicht noch einmal bei Tanja Kaltenbacher zu Hause vorbeischauen, wir haben ja ohnehin noch ein paar Fragen an sie«, meinte Sebastian.

Harald stöhnte gequält auf. »Wisst ihr was? Ich gehe jetzt raus eine rauchen, und danach werd ich mich an nichts mehr erinnern können. Und ihr schlagt euch die Flausen aus dem Kopf.« Harald verließ kopfschüttelnd das Büro.

Klara und Sebastian saßen sich gegenüber und nahmen beide das merkwürdig prickelnde Gefühl von Komplizenschaft wahr. Sebastian stand schließlich auf und ließ ein munteres »Dann mal los« verlauten, so als ginge es auf einen Pfadfinderausflug.

Sie brachen auf, es galt, in Ziegelhausen eine Haarbürste mit genetischem Material von Martin Kaltenbacher zu sichern. Danach kam der offizielle Teil – die Anwesenheit der Ermittler bei der bereits fortgeschrittenen Durchsuchung der Wohnung von Viola Schanz, einer Verdächtigen, die für Klara immer mehr in den Hintergrund trat.

Einige Zeit später trafen die Kommissare in Neuenheim bei Frau Schanz ein, die Kollegen waren noch bei der Arbeit. Ein Beamter informierte Klara und Sebastian darüber, dass Viola Schanz in der ersten Stunde vor Ort gewesen, dann aber einkaufen gefahren sei, da ihr das Warten bis zum Ende der Durchsuchung als zu fade erschienen war. Die Frau hatte Nerven. Der Beamte zitierte sie mit nachgeahmter Stimme: »Wenn irgendetwas beschädigt wird, zahlen Sie mir das. Und lassen Sie die Finger von meinen Dessous.«

Ein echter Besen. Sebastian konnte sich ein Schmunzeln nicht verkneifen und wandte sich dann an den Kollegen aus Stuttgart. »Habt ihr schon etwas gefunden?«

Herr Mausbach verneinte und fasste in schwäbischem Dialekt die bisherige Suchaktion zusammen: Es gab ein paar Briefe, Fotoalben, persönliche Unterlagen, keine Tagebücher oder ähnliche Aufzeichnungen, keinen Terminkalender. Die Medikamente beschränkten sich auf die Antibabypille und Kopfschmerztabletten, es fanden sich keine Latexhandschuhe, natürlich keine braunrot befleckten Kleidungsstücke, keine Hinweise darauf, dass Frau Schanz Elsa Weißgerber kannte oder Kontakt zu ihr hatte.

»Mir hen auch die zuletscht eingegebene Adresse in ihrem Navi überprüft«, sagte Herr Mausbach, als handelte es sich um das High-End-Segment der Ermittlungsarbeit. »Nix g'funne.«

Klara ging vom Wohnzimmer, in dem sie vor einigen Tagen mit

Sebastian während der ersten Befragung gesessen hatte, hinüber ins Schlafzimmer. Ihr gefiel Frau Schanz' Einrichtungsstil: wenige, aber stilvolle Möbel, kaum Dinge, die herumlagen, kein Nippes, einige moderne Gemälde, die Wohnung strahlte Klarheit und Aufgeräumtheit aus, die Bewohnerin hatte Struktur und Geschmack.

Vom Schlafzimmer aus ging die Ermittlerin ins Bad und prüfte mit routiniertem Blick die Utensilien, teure Kosmetik, angeordnet, als hätte jeder Lippenstift einen festen, ihm zugewiesenen Platz. Sie öffnete den Spiegelschrank, auch hier fand sich nichts, was einem Mann gehörte. Viola Schanz lebte offensichtlich allein und hatte wohl derzeit auch keinen festen Partner. Oder sie hatte ihm vor kurzer Zeit ein Päckchen geschnürt mit all seinen Utensilien darin.

Klara ging zurück ins Schlafzimmer und öffnete den Kleiderschrank. Sie hatte bereits bei ihrem ersten Treffen mit der Verdächtigen deren kostspielige Kleidung wahrgenommen. Die Garderobe, die sich sauber gefaltet oder auf Bügeln in dem rund zwei Meter fünfzig breiten Schrank befand, bestätigte diesen Eindruck. Designermarken, bekannte und weniger bekannte Namen, hochwertige Materialien, Seide, Kaschmir. Konnte man sich das vom Gehalt einer Assistenz der Geschäftsführung leisten? Oder hatte Frau Schanz schon seit längerer Zeit andere Einnahmequellen? Gab es immer wohlhabende Männer, die mit ihr einkaufen gingen?

Klara hatte sich schon häufiger Gedanken gemacht über Frauen, die sich von Männern einfach nahmen, was sie wollten und brauchten, und dabei erfolgreich der Abhängigkeits- und Gefühlsfalle entgingen. Sie hatte diese Art auch bei Müttern wahrgenommen, der Mann war einfach da, um für die Familie zu sorgen, einen Lebensstandard zu sichern, sich am Abend und am Wochenende um die Kinder zu kümmern, ein wenig Aufmerksamkeit und Zärtlichkeit aufzubringen und Teil eines weitgehend harmonischen, eingespielten Zusammenlebens zu sein – und der ganze Rest interessierte die Frau herzlich wenig. Klara fragte sich, ob das ein neuer Feminismus war, eine besondere Form davon, keine schmerzhaften Beziehungskämpfe mehr, kein Liebesleid, statt Eifersucht und Besitzdenken gepflegtes Desinteresse, ein wohlwollendes Nicht-so-genau-Hinsehen – nimm dir das von einem Mann, was du bekommen kannst, und gestalte ansonsten dein eigenes Leben.

Die Ermittlerin schloss die Türen des Kleiderschranks und ging zurück in den Flur. Sebastian kam ihr aus der Küche entgegen. »Kann man eigentlich die Weinsorte aus dem Mageninhalt eines Toten bestimmen?«

Klara sah ihren Kollegen belustigt an. »Du meinst, 2009er Riesling Kabinett, halbtrocken?«

Sebastian schmunzelte für einen Augenblick. »So ungefähr, die Dame hat hier ein paar richtig teure Bordeauxweine stehen.«

»Na ja, frag Monika aus der Pathologie. Rot und weiß kann man sicher bestimmen, Tanningehalt oder so etwas vielleicht auch, aber ob du es mit einem bestimmten Wein abgleichen kannst, wage ich zu bezweifeln. Und selbst wenn, Viola Schanz hätte Martin Kaltenbacher ja irgendwann eine Flasche mitbringen können, die er erst am Abend seines Todes geöffnet hat, vielleicht mit irgendeinem anderen Gast.«

»Du hast recht.« Sebastian nickte. »Lassen wir die Kollegen weitermachen. Wir haben ja noch eine kleine Internetrecherche vor uns.« Den letzten Satz hatte er geflüstert wie ein Lausbub, der einen Streich ausheckte.

Klara kamen für einen Augenblick Zweifel. Sollten sie sich wirklich darauf einlassen? Man konnte es vermutlich schon nicht mehr als Grauzone der Ermittlungsarbeit bezeichnen. Eher als Schwarzzone. Und eine Abmahnung konnte und wollte sie sich nicht leisten, sie war eine arbeitende Mutter, sie musste Geld verdienen. Aber wie sollten sie sonst Gewissheit bekommen?

Die Ermittler verließen die Wohnung, gingen ein paar Schritte und stiegen in ihren Wagen.

»Wir können den Test aber nicht von den Computern im Büro aus bestellen, wer weiß, wer da die aufgerufenen Internetseiten einsehen kann.« Klara wollte kein zusätzliches Risiko eingehen.

Sebastian sah kurz zu ihr hinüber und sagte beiläufig: »Dann lass uns schnell bei dir zu Hause vorbeifahren.«

»Was?« Klara erschrak, ihre Stimme klang ungewollt spitz. Sie wiederholte zwei Oktaven tiefer: »Was?«

»Ja, wie denn sonst?«

»Zum Beispiel von deinem Privathandy aus?«

»Liegt zu Hause.«

Klaras Hände krampften sich um das Lenkrad, sie war versucht, in einem peinlich berührten Hausfrauenton zu erwidern: Nein, das geht nicht, bei mir ist es überhaupt nicht aufgeräumt, da kann jetzt wirklich niemand rein … Aber sie wäre sich zu dumm vorgekommen, und Sebastians Blick hätte sie wahrscheinlich in der Erde versinken lassen.

Sie beschleunigte, schaltete in den dritten Gang.

»Okay, wenn's sein muss«, sagte sie so unbeteiligt wie möglich.

Im Seitenfach der Fahrertür befand sich ein Plastikbeutel mit etlichen Haaren aus Kaltenbachers Bürste, dazu der Aufsatz seiner elektrischen Zahnbürste. Der erste Teil des Testmaterials, der einfachere Teil.

Klara sah zu Sebastian hinüber. »Mir fiel eben wieder dieser stahlblaue Trenchcoat ein, der in Kaltenbachers Schlafzimmer hing. Wissen wir eigentlich, wem der gehört?«

»Du meinst, dieses teure Teil? Eigentlich kommen ja nur Viola oder Elsa in Frage …«

»Hat das denn noch keiner überprüft?« Klara war erstaunt.

»Keine Ahnung, da müssten wir im Revier in den Unterlagen nachsehen.«

Die Kommissarin dachte nach. »Wenn der Mantel Viola gehören würde, hätte sie ihn vermutlich schon zurückhaben wollen, auf ein solches Stück verzichtet man nicht.«

»Tja, dann wird er wohl Elsa gehören. Oder vielleicht Eva Kaltenbacher?«

Klara sah auf die Straße, Sebastians letzter Satz rief ein merkwürdig unangenehmes Gefühl in ihr hervor. »Dann wäre Eva in der Wohnung gewesen. Am Ende sogar am Tatabend, sie hätte nach dem Mord aus Versehen ihren Mantel vergessen, wir übersehen das Detail und ermitteln uns den Wolf in alle Richtungen?«

Sebastian grinste wieder sein Lausbubengrinsen. »Unser armer Chef.« Er kratzte sich am Kinn und setzte sein Samstagsgesicht auf. Zumindest war es für Klara das Samstagsgesicht, das Gesicht eines frisch gebadeten Neunjährigen, der mit Papa die Sportschau gucken durfte, die Nase glänzte ein wenig, die Augen strahlten, die Mundwinkel waren leicht nach oben gebogen.

Behaglich lehnte sich Sebastian in seinem Beifahrersitz zurück, scheinbar unbeeindruckt von möglicherweise übersehenen Indizien. »Jetzt bestellen wir erst einmal ein kleines Test-Set, und dann sehen wir, was mit dem Mantel los ist.«

Klara bog nach rechts in die Weststadt ab, ein kleiner Mann in ihrem Ohr flüsterte: Jetzt bestellen wir erst einmal einen kleinen Schwangerschaftstest, und dann sehen wir, wie wir das Kind geschaukelt kriegen. Sie erschrak über sich und ihre grauenhaft primitiven Gedanken, die gemeinsame Nacht war sicherlich nicht der Beginn eines trauten Familienlebens. Sie verbot dem dreisten Wicht in ihrem Ohr den Mund, Ruhe jetzt.

Ein paar Minuten später parkte sie den Wagen unweit ihrer Wohnung, die Ermittler gingen mit eiligen Schritten die wenigen Meter bis zu dem weißen Gründerzeithaus und dann hinauf in den ersten Stock. Es war ein merkwürdiges Gefühl, erneut mit Sebastian die Treppe hinaufzusteigen, aber dies hier war nun das richtige Leben, sie arbeitete mit ihm zusammen. Tagsüber. Nüchtern. Sie hatten eine heiße Spur im Mordfall Kaltenbacher, und allein darum ging es.

Klara schloss die Wohnungstür auf, holte geschäftig ihren Laptop aus dem Schlafzimmer, stellte ihn auf den Esstisch und klappte ihn auf. »Also los, dann lass mal sehen …«

Sie setzten sich und sahen auf den Bildschirm. Das Angebot war vielfältig, die Suchmaschine zeigte unzählige Internetseiten, verschiedene Labore, Preise und Bearbeitungszeiten, aber immer waren Seriosität und Diskretion das oberste Gebot.

Sebastian beugte sich zu Klara hinüber. »Am besten schnell und billig.«

Klaras kleiner Mann im Ohr wollte erneut den Mund aufmachen, aber sie zog ihm in Gedanken eins mit der Keule über. »Okay. Bekommen wir das Geld eigentlich wieder, wenn wir den Täter haben?«

»Aus Kaltenbachers Erbe vielleicht? Oh, sieh mal hier, Express-Service über Nacht, nehmen wir den. Und was geben wir in das Bestellformular ein?« Sebastians Gesicht war nah an Klaras, sie konnte den Geruch seiner Haut und den leichten Duft seines frisch gewaschenen Hemds wahrnehmen. Vor ihrem geistigen Auge sah sie eine Wäscheleine, die an einem Sommertag zwischen zwei Kirschbäumen auf einer Wiese gespannt war, karierte Hemden flatterten daran in einer warmen Brise. Gegen einen der Kirschbäume gelehnt saß Sebastian mit nacktem Oberkörper und kaute lässig an einem Grashalm. Das Männchen in Klaras Ohr schickte sich mit großer Beule am Kopf an, einen Kommentar abzugeben. Muss die Jeans nicht auch noch in die Wäsche?

»Wie wäre es mit Jans Nachnamen, der klebt ja immer noch am Briefkasten«, sagte Klara hastig. Sie gab bei Lieferanschrift »Kathrin Ehrlich« ein. »So, jetzt müssen wir noch die Einverständniserklärung ausfüllen, die mit den Proben an das Labor geschickt wird. Moment, ich drucke das Formular schnell aus.« Klara verschwand mit dem Laptop im Schlafzimmer und kam kurz darauf mit einem Blatt Papier zurück.

Sebastian sah sie an wie James Dean. »Jetzt kommt also der Teil mit der Urkundenfälschung. Lass mal sehen. Wie nennen wir den möglichen Vater?«

Klara warf ihrem Kollegen einen leicht belustigten Blick zu. »Das ist dein Part, überleg dir was.«

Sebastian dachte kurz nach, trug »Stefan Messerschmidt« in das Formular ein, machte sich beim Geburtsdatum ein paar Jahre älter und unterschrieb mit einem kunstvollen Namenszug.

Klara alias Kathrin Ehrlich füllte ihr Feld aus und führte den Kugelschreiber anschließend hinunter in den dritten Bereich des Formulars. »So, und jetzt müssen wir noch wissen, wie unser Kind heißt.« Im selben Moment schoss ihr das Blut in die Wangen. Sebastians Blick lag auf ihr, in den wenigen Zentimetern zwischen ihr und ihm schien keine Luft mehr zu liegen, sondern etwas Flirrendes, Warmes, eine fremde Materie, die eine merkwürdige Strahlung aussandte. Sebastian schien es auch zu fühlen, diese seltsame Wärme musste verdrängt werden, sein Gesicht kam immer näher.

»Sebastian, bitte, wir sind im Dienst«, murmelte Klara und dachte gleichzeitig, dass dies das Dämlichste war, was sie in den letzten zehn Jahren gesagt hatte.

Sebastians helle Zähne leuchteten kurz in einem Lächeln auf, dann presste sich ein warmes Lippenpaar auf ihren Mund.

Als sie in Klaras Bett sanken, flüsterte Sebastian: »Ich glaube, unser Kind heißt Maximilian. Maximilian Ehrlich, das ist ein schöner Name.«

Klara sah in das grünblaue Wasser der Bergseen, sie gab den letzten Rest an innerem Widerstand auf, strich die Segel und ließ sich hinaus aufs Meer treiben.

Als sie aus einem kurzen Schlaf erwachte, war es halb eins am Mittag, sie erschrak. »Sebastian, aufstehen, wir müssen zurück aufs Revier.«

Sebastian gab ein schmatzendes Geräusch von sich, sie rüttelte ihn am Arm.

»Los, komm.«

Wie zwei säumige Internatsschüler, wie Diebe in der Nacht, zogen sie sich an und eilten verlegen aus Klaras Wohnung hinunter zu ihrem Wagen.

»Wir müssen das mit dem Mantel aus Kaltenbachers Wohnung klären, und wir müssen die Proben von Konstantin besorgen. Am Wochenende ist Josi bei mir, da bin ich nicht im Dienst.« Klaras Sätze klangen bestimmt, sie brauchte zwei freie Tage, sie brauchte die Zeit mit ihrer Tochter. Und sie brauchte Abstand, um ihre verwirrten Gefühle zu ordnen.

Im Revier angekommen, durchsuchten die Ermittler die elektronisch geführten Ordner der Fälle Kaltenbacher/Weißgerber. Es gab bislang keine Informationen zu einem am Tatort Kaltenbacher sichergestellten blauen Damenmantel.

Klara ging hinüber in Haralds Büro und brachte ihn auf den neuesten Stand. »Könntet ihr euch bitte darum kümmern?«, fragte sie. »Im Zweifel brauchen wir einen genetischen Abgleich von Haar- oder Faserspuren auf dem Mantel mit denen von Eva Kaltenbacher, Viola Schanz und der toten Elsa Weißgerber.« Die Kommissarin strich sich eine Strähne ihres leicht unordentlichen Haares aus der Stirn, ihre Wangen waren gerötet, das Blau ihrer Augen leuchtete wie das von Delfter Kacheln, ein eigenartiges Strahlen ging von ihnen aus.

Harald sah seine Kollegin an, er war ein Kriminaler durch und durch, man konnte nur schwerlich etwas vor ihm verheimlichen. Sein Blick, der auf Klara ruhte, hatte Röntgenqualität, er neigte nachdenklich den Kopf zur Seite. »Das mit dem Mantel übernehmen wir. Aber Klara … in der anderen Sache … Ich sag mal so …«, die raue Stimme war von einem fast väterlichen Klang umhüllt, »… manche Dummheiten kann man machen, andere lässt man lieber.«

Klara mied den Blickkontakt, sie dachte an das letzte Gespräch mit Harald in ihrem Büro. »Dummheiten? Wir müssen einen Mörder dingfest machen, vielleicht sogar zwei. Da muss man manchmal auch Wege jenseits der Dienstvorschriften gehen.«

Harald berührte sie leicht am Arm. »Davon red ich nicht.«

Die Kommissarin fühlte sich ertappt, sie wagte kaum zu atmen und murmelte: »Muss jetzt weiter.« Dann verließ sie eilig und verlegen den Raum.

Sebastian wartete nebenan.

»Komm, lass uns los.« Klara fühlte sich unwohl. Nicht weil sie gerade dabei war, mit ihrem Kollegen Ermittlungswege zu beschreiten, die abseits ihres geleisteten Amtseides lagen, sondern weil sie sich vorkam wie ein verunsicherter Teenager. Oder schlimmer noch, wie eine erwachsene Frau, die einen Fehler nicht nur einmal gemacht hatte, sondern ihn direkt wiederholte und sich mit zunehmender Nervosität selbst dabei zusah.

Sie fühlte sich wie in einer Achterbahn, sie hatte den unverzeihlichen Fehler begangen, einzusteigen, in einer Sektlaune, mit benebelten Sinnen, und als sie glaubte, das Ende der Fahrt sei erreicht und sie könne endlich aussteigen, tat sie es nicht, sondern hob unerklärlicherweise den Arm und rief: »Noch eine Fahrt.« Eine ihr unbekannte Klara rief das, eine, die Achterbahnfahrten liebte, die echte Klara tat das nicht, der echten Klara wurde schlecht davon, die echte Klara wäre niemals eingestiegen. Mist.

Die Kommissarin reichte Sebastian den Wagenschlüssel. »Fährst du?« Sie war betreten und schlechter Laune und hätte gern auf die bewährte weibliche Strategie zurückgegriffen, Streit anzufangen mit dem Mann, in den man sich verliebt hatte, damit der einem nicht zu nahe kam. Es ging schließlich um die Bewahrung eines letzten Restes an Stolz und Unabhängigkeit.

Sebastian nahm den Schlüssel, vielleicht ahnte er, was in Klara vorging, vielleicht ging Ähnliches in ihm vor. Aber er wirkte ruhig und gelassen.

Sie gingen zu ihrem Wagen. Klara öffnete die Beifahrertür und stieg ein. … Maximilian Ehrlich … Josephine und Maximilian. Sie stöhnte innerlich auf, sie musste das sehr, sehr schnell wieder aus ihrem Kopf bekommen.

Die Ermittler fuhren in die Altstadt zu Tanja Michaelis-Kaltenbacher. Sie waren unangemeldet, doch Klara vertraute darauf, dass die engagierte Mutter zu Hause sein würde, um mit ihrem Sohn gemeinsam Mittag zu essen. Tatsächlich summte auf ihr Läuten hin der Türöffner des Hauses in der Apothekergasse, und die Ermittler stiegen erneut die steilen Treppen hinauf bis zur Wohnung im obersten Stockwerk.

Tanja Kaltenbacher war nicht sonderlich erfreut. »Was gibt es denn noch? Ich hatte schon alles gesagt, was ich in der Angelegenheit zu sagen habe. Und ich möchte auch nicht, dass Sie meinen Sohn weiter belästigen.«

Sebastians Weichspültalent war gefragt, die Frau musste die Krallen einfahren und die Kommissare zumindest in ihre Wohnung bitten. Der Ermittler griff instinktiv zu dem Aufhänger, den Menschen bieten, die gern über andere Menschen reden, die sie nicht mögen. Im aktuellen Fall war es die Stutenbissigkeit gegenüber der ungeliebten Exschwägerin. Er färbte seine Moderatorenstimme mit einem vertraulichen Unterton.

»Entschuldigen Sie bitte die Störung, aber wir sind in unseren Ermittlungen an einem Punkt angelangt, an dem wir noch ein paar Informationen zu Eva Kaltenbacher benötigen.«

Tanja Kaltenbachers Ausdruck war noch immer abweisend. »Auch hierzu hatte ich bereits alles gesagt.«

Klara wusste, dass Widerstand Sebastian erst richtig motivierte. Sie spielten das alte Spiel.

»Frau Michaelis-Kaltenbacher, wir hatten den Eindruck, dass Sie besondere Einblicke in die Befindlichkeit und das Wesen Ihrer Exschwägerin haben und dass Ihre Hinweise und auch Ihre

Intuition uns bei unserer Arbeit unterstützen könnten … Sehen Sie, Sie scheinen uns eine wirklich zuverlässige Quelle zu sein, was die Einschätzung von Eva Kaltenbacher anbelangt.«

Tanja Kaltenbachers Gesichtsausdruck löste sich, die senkrechte Falte über ihrer Nasenwurzel verschwand, sie zögerte ein paar Sekunden. »Na gut«, sagte sie dann, »kommen Sie kurz herein.«

Die beiden Kommissare traten in den Flur und stiegen die Treppe hinauf in den Wohnbereich. Konstantin saß noch am Mittagstisch, aber das Geschirr war bereits abgeräumt.

Klara begrüßte den Jungen. »Na, wie geht's dir?«

Konstantin murmelte artig: »Gut.« Dann wurde er von seiner Mutter hinunter in sein Zimmer geschickt. »Konstantin, fängst du bitte mit deinen Hausaufgaben an?«

Klara und Sebastian nahmen an dem Esstisch aus Glas und Stahl Platz. Klara wusste, was jetzt folgte. Ihr Kollege würde in einer fast erschreckenden Weise Frau Kaltenbacher Gelegenheit bieten, sich abwertend über ihre ehemalige Schwägerin auszulassen, er würde ihr ein Lästerbett bereiten, in dem die Kissen aufgeschüttelt waren und den Boshaftigkeiten bequem den Rücken stützten.

Ach nein, wirklich? Können Sie uns das einmal genauer erzählen? Tatsächlich? Ist ja nicht zu fassen. Seine Augen würden gebannt die Befragte anschauen, er würde nicken und hin und wieder mit einem Nebensatz Öl ins Feuer gießen, lächeln, wenn sie lächelte, ihr beipflichten und sie loben für ihre außergewöhnliche Beobachtungsgabe. Klara musste ein paar Minuten abwarten und dann höflich fragen, ob sie vielleicht einmal das Bad benutzen dürfe, es sei ihr unangenehm, aber sie habe wohl einfach zu viel schwarzen Tee getrunken. Harmlosigkeit pur, ein Frauenversteher und eine Beamtin mit schwacher Blase.

Nach etwa zehn Minuten stand Klara in einem weiß gekachelten Bad im unteren Stock der Wohnung. Sie sah sich um, auf einem kleinen Regal aus geflochtenem Rattan lagen Gästehandtücher, ein paar Haarbänder und mehrere Bürsten. Da die Haarlängen von Mutter und Sohn deutlich unterschiedlich waren, durfte es ja nicht so schwer sein, eine mit Konstantins Haaren zu finden. Klara nahm mit spitzen Fingern die einfachste

Bürste aus dunklem Kunststoff auf. Aus der Tasche ihrer Jeans zog sie einen kleinen Plastikbeutel, ihr Blick fiel beiläufig auf den runden Spiegel über dem Waschbecken – sie sah eine hübsche dunkelhaarige Frau, deren volle Lippen ein Lächeln umspielte. Klara war verwundert, sie lächelte, ohne dass sie es merkte. Sie sah zurück auf die Bürste, einige kurze dunkelblonde Haare hatten sich zwischen den Stacheln aus Kunststoff verfangen. Klara fischte sie heraus und betrachtete sie genau. Es war wichtig, dass die Haarwurzeln erhalten waren. Sie steckte die Beute in die kleine Tüte, faltete sie zusammen und stopfte sie in ihre Hosentasche zurück. Dann nestelte sie einen zweiten Plastikbeutel aus ihrer Jeans und gab ein paar der langen blonden Haare hinein, die sie von einer der anderen Bürsten abpflückte. Das Testergebnis wäre wesentlich genauer, wenn auch Proben von der Mutter mit eingeschickt würden. Klara verknotete den Beutel und steckte ihn in die andere Hosentasche, Mutter links, Sohn rechts. Dann betätigte sie die Spülung der Toilette, wusch sich kurz die Hände und verließ das Bad.

Fast wäre sie in Konstantin hineingelaufen, der vor seiner geöffneten Zimmertür stand.

»Hallo.« Klara lächelte den Jungen an. »Keine Lust auf Hausaufgaben?«

Konstantin lächelte zurück, seine Stupsnase mit den Sommersprossen kräuselte sich ein wenig. »Nee, nicht so richtig.«

Forschend sah Klara in die Augen des Jungen, sie hätte so gern mit ihm gesprochen. »Möchtest du mir was erzählen, ist dir noch etwas eingefallen, was wir vielleicht wissen sollten?«

Konstantin sah zu Boden, sein Gesicht war wieder ernst. »Nein, nichts.«

»Konstantin, arbeitest du bitte weiter.« Tanja Kaltenbachers Stimme schallte aus dem oberen Stockwerk herunter, der Junge verzog sich zurück in sein Zimmer.

Klara wartete einen Moment, dann ging sie nach oben. Ihr Kollege und sie verständigten sich mit einem kurzen Blick. Sebastian räusperte sich, und Klara konnte förmlich sehen, wie eine füllige, resolute Haushälterin das Lästerbett lüftete und mit lauter Stimme die sich herumlümmelnde Stutenbissigkeit heraustrieb. Sebastian änderte seinen Gesprächsstil schlagartig. Kaum hatte Frau Kaltenbacher ihren letzten Satz beendet, fragte er sie mit förmlicher Ermittlerstimme zuerst nach einem stahlblauen Trenchcoat.

»Nein, einen solchen Mantel besitze ich nicht.«

Dann setzte er nach und fragte, ob sie eigentlich eine Affäre mit ihrem Schwager Martin gehabt habe.

Tanja Kaltenbachers Gesichtszüge entglitten ihr, es war vermutlich die Kombination aus der Frage selbst und dem abrupten Wechsel der Gesprächsatmosphäre.

Sie atmete hörbar ein und rettete sich dann in Erbostheit. »Was fällt Ihnen ein, mir etwas Derartiges zu unterstellen, die Frage ist eine Unverschämtheit, ich werde mich über Sie beschweren.«

Fast hätte Klara laut losgelacht. Sie musste die Belustigung in ihrer Stimme unterdrücken. »Sehen Sie, Frau Kaltenbacher, ganz so abwegig ist die Vermutung ja nicht …«

Tanja Kaltenbacher zögerte, sie schien zu überlegen, was die Ermittler wissen konnten. »Wie kommen Sie darauf?«

»Nun ja, wir haben da so unsere Informationsquellen.«

Tanja Kaltenbacher explodierte. »Dieses elende Miststück, die lügt, wenn sie den Mund aufmacht. Sie hat es nie verwunden, dass sie Martin nicht halten konnte, und jetzt setzt sie solche Verleumdungen in die Welt.« Sie schlug mit der flachen Hand auf die Glasplatte des Tisches.

Sebastian hatte genug gehört, er stand auf. Klara wusste, dass er einfach keine Lust mehr hatte.

»Tja, Frau Kaltenbacher, dann verabschieden wir uns, vielen Dank für das Gespräch. Ach, und richten Sie doch bitte Ihrem Exmann von uns herzliche Glückwünsche zu seiner Verlobung aus.« Das musste jetzt sein. Klara kannte Sebastian, diesen Brocken musste er Tanja Kaltenbacher noch hinwerfen. Die sah aus, als würde sie gleich daran ersticken.

Die Ermittler verließen ohne weiteren Kommentar die Wohnung. Klara hätte Sebastian am liebsten an der Hand genommen. »Schon schrecklich, oder?« Aber sie schwieg. Und Sebastian schwieg auch, bis sie wieder auf der Wache angekommen waren.

Tanja Kaltenbacher war auf ihrem Stuhl am Esstisch sitzen geblieben. Die Worte des Kommissars hallten in ihren Ohren nach, sie konnte sie nur mit einem spitzen Schrei übertönen. Gleichzeitig zersprang eines der Wassergläser an der Wand, ihre Hand hatte es dagegengeschleudert wie von selbst, ihre rechte Hand, in die sie für einen Moment all ihren Hass gelegt hatte.

Konstantin kam die Treppe heraufgerannt. »Mama, was ist passiert?« Sein Gesicht war ängstlich.

»Es ist alles in Ordnung, mein Schatz, alles ist gut. Mama hat sich für einen Moment fürchterlich geärgert, aber jetzt ist es schon wieder vorbei.« Tanja stand auf und strich ihrem Jungen beruhigend übers Haar. »Geh wieder nach unten und mach deine Hausaufgaben, ja?«

»Soll ich dir helfen, die Scherben aufzukehren?« Konstantin sah seine Mutter unsicher an.

»Nein, ich mach das schon, geh nur.« Tanja Kaltenbacher versuchte ein aufmunterndes Lächeln.

Nachdem der Junge den Raum wieder verlassen hatte, stützte sie sich auf den Esstisch und atmete tief durch. Konstantin hätte ihren Jähzorn nicht mitbekommen dürfen, sie hätte sich besser unter Kontrolle haben müssen. Sie trug eine große Verantwortung für ihren Sohn, sie wusste nur zu gut, was die Trennung der Eltern für ein Kind bedeutete, sie musste alles tun, um Konstantin ein harmonisches Zuhause zu geben, in dem er sich wohl und geborgen fühlte. Sie musste alles dafür tun, dass es in seinem Leben nicht noch weitere Brüche gab. Wenn die Trennung von Mutter und Vater schon unvermeidlich gewesen war, so musste es zumindest jetzt Kontinuität für den Jungen geben.

Tanja nahm Schaufel und Handfeger aus einem der unteren Küchenschränke und begann, die Glasscherben zusammenzukehren, die Splitter waren weit im Raum verteilt. Sie dachte an Martin. Ihren toten Exschwager.

Vor etwas mehr als drei Monaten hatte er sich mit ihr treffen wollen, es sei wichtig, hatte er gesagt, bei ihm war es immer wichtig. Vermutlich, weil er so furchtbar wichtig war. Sie trafen sich in einem Café in der Altstadt, Martin war direkt zur Sache gekommen.

»Hatte unsere … Begegnung damals auf Fuerteventura eigentlich Folgen?«

Tanja traf es völlig unvorbereitet. Jetzt? Nach all den Jahren?

»Welche Folgen?«

»Konstantin?«

»Spinnst du? Wie kommst du denn darauf? Ich habe verhütet zu der Zeit.«

»Ach. Aber Konstantin ist doch eindeutig zu dieser Zeit entstanden.«

»Nein, erst drei Wochen später. Konstantin kam drei Wochen zu früh zur Welt.« Im selben Moment hatte Tanja an den properen, fast vier Kilo schweren neugeborenen Jungen gedacht und gewusst, dass Martin ihr nicht glauben würde. Sie hatte sich in eine Sackgasse gelogen, sie hätte anders lügen müssen. Aber sie war überfahren worden.

»Tanja, ich weiß es.«

»Was weißt du? Was willst du schon wissen?«

»Ich bin Konstantins Vater.«

Tanja hatte weiterhin versucht zu leugnen, aber es hatte keinen Sinn gehabt. Martin wusste es. Er hatte sich aus seinem Rollstuhl ganz nah zu ihr herübergebeugt und gesagt: »Ich werde nicht länger schweigen, ich kann auf meine Vaterschaft nicht verzichten.«

Tanja hatte sich gefühlt wie in einem bösen Traum. Auf seine Vaterschaft nicht verzichten? Er hatte sich zehn Jahre lang anscheinend keine Gedanken über ihren damaligen Seitensprung gemacht, kurz darauf saß er plötzlich im Rollstuhl und war ohnehin nur mit sich selbst beschäftigt, mit sich und irgendwann mit anderen Frauen. Er hatte sein ichbezogenes Leben gelebt, beruflichen Erfolg und Luxus gehabt, Reisen unternommen, dazwischen gab es die geschäftig umhertänzelnde Eva. Und Tanja war es recht gewesen, es herrschte Stillschweigen, Konstantin wuchs in einer normalen Familie auf. Zumindest bis sein Vater seine Feder in fremde Tinte tauchte, wie es so schön hieß. Und nun kam Martin an und wollte Vater sein? Es war nicht zu fassen, Tanja war die Luft weggeblieben. Jetzt, da Konstantin ohnehin in ein schwieriges Alter kam, jetzt, da er ohnehin schon genug damit zu tun hatte, die Scheidung seiner Eltern zu verkraften.

Sie hatte ihren Schwager damals gebeten, ihn bekniet, die Dinge erst einmal so zu belassen, wie sie waren. Sie hatte ihm angeboten, dass er Konstantin öfter sehen könne, mit ihm zum Fußball gehen, mit ihm Ausflüge machen könne. »Lass uns an den Jungen denken, lass ihn langsam in eine Beziehung zu dir hineinwachsen.« Tanja musste Zeit gewinnen.

Martin hatte vorerst zugestimmt, aber bereits deutlich gemacht, dass ihm das nicht reichen würde, er würde bald die Karten auf den Tisch legen müssen.

Tanjas Gedanken kehrten zurück, mit einem klirrenden Geräusch schüttete sie die Glasscherben auf der Schaufel in den Müll. Sie hatte Verantwortung, sie war eine Mutter. Sie hatte die Pflicht, Konstantin zu schützen, die Seele des sensiblen Jungen zu bewahren vor Schaden, vor einem weiteren Knacks, vor etwas, das ein Zehnjähriger noch überhaupt nicht verstehen konnte.

Jetzt gab es Martin nicht mehr. Der starrsinnige, selbstgerechte, eitle Martin war tot. Genau genommen hatten sich die Dinge für sie nicht zum Nachteil gefügt. Sie wusste zwar, dass Thorsten sehr bald versuchen würde, Konstantin ganz zu sich zu holen, er tat jetzt schon alles, um den Jungen auf seine Seite zu ziehen. Aber er wusste nicht, dass er damit ins Leere laufen würde. Thorsten konnte ihr das Kind nicht wegnehmen. Wenn er es versuchen würde, würde sie die Bombe platzen lassen. Dann hatte sie keine andere Wahl mehr, das war auch in Konstantins Interesse, er brauchte seine Mutter und sein Zuhause bei ihr. Und Martin konnte keine Ansprüche mehr stellen. Er konnte lediglich sein Vermögen an seinen einzigen Nachkommen weitergeben, Konstantin hatte ein Recht auf das Erbe. Wenn der egoistische Thorsten die Dinge ins Rollen bringen würde mit seinem Kampf um Konstantin, würde sie nachziehen. Und dass Martin eines unnatürlichen Todes gestorben war, wäre bis dahin schon fast wieder vergessen.

Tanja ging die Treppe hinunter zu Konstantin, sie beide lebten ein gutes Leben, ein Leben in Ruhe und Harmonie, und ein komfortables finanzielles Polster konnte dabei nicht schaden.

Klara und Sebastian gingen nach dem Besuch bei Tanja Kaltenbacher die wenigen Stufen zum Polizeirevier hinauf, dann in den ersten Stock und über den lang gezogenen Flur zum Büro des Chefs.

Kriminaldirektor Conrad hörte sich mit nachdenklicher Miene den Bericht seiner Ermittler über die erneute Begegnung mit Konstantins Mutter an, wobei Klara ihren Abstecher ins Bad der Frau verschwieg.

»Tanja Kaltenbacher hasst ihre Exschwägerin, und vermutlich ist es umgekehrt genauso. Die beiden Frauen scheinen eine tiefe Abneigung gegeneinander zu hegen, wir haben uns gefragt, woher diese Feindschaft rührt. Martin hatte wohl schon früh in seiner Ehe Affären, aber Tanja hätte ja auch Mitleid haben können mit Eva. Stattdessen gab es offenbar immer schon eine Art Rivalität zwischen den beiden Frauen. Die Brüder Kaltenbacher und ihre Exfrauen scheinen alle in einer merkwürdigen Schicksalsgemeinschaft miteinander verbunden. Und Tanja ist nicht so ahnungslos, wie sie tut, irgendetwas ist da im Busch, die Mitglieder dieser Sippe wissen mehr, als wir wissen.«

»Ich werde außerdem das Gefühl nicht los, dass einer den anderen mit seinem Wissen unter Druck setzt, ihn in der Hand hat«, setzte Sebastian Klaras Gedanken fort. »Vielleicht sogar erpresst. Haben wir eigentlich Informationen über die Kontobewegungen der beteiligten Personen? Vielleicht fließt irgendwann Schweigegeld …«

Conrad dachte nach und meinte dann: »Wir können bei Tatverdächtigen natürlich Informationen über Kontobewegungen einholen, allerdings werden die Damen und Herren auf ein polizeiliches Auskunftsersuchen wohl kaum reagieren, wenn sie etwas zu verbergen haben. Das bedeutet, ich brauche wieder einen richterlichen Beschluss, mit dem wir an die Banken herangehen. Ich werde sehen, was sich machen lässt.«

»Was ist mit einer Hausdurchsuchung bei Thorsten Kaltenbacher und der trauernden Witwe Eva?« Klara war der Überzeugung, dass dies die Ermittlungen weiter bringen würde, als Viola Schanz' Wohnung auf den Kopf zu stellen.

Conrad neigte den Kopf zur Seite, in seinen braunen Augen lag ein kurzes Funkeln. »Ja, sicher, am besten, ich ziehe beim Ermittlungsrichter ein, dann sind bei der Fülle der Anträge die

Wege nicht immer so weit.« Die Kommissarin zog die linke Augenbraue hoch. Wurde der Chef jetzt sarkastisch? Offenbar stand er mächtig unter Druck.

Sebastian warf Klara einen leicht belustigten Blick zu und meinte dann in ernstem Ton: »Ich bin immer noch dafür, zu observieren. Da kommt noch was, irgendjemand aus unserem Verdächtigenkreis kennt den Täter und hat eine Rechnung offen.«

Conrad rieb sich mit der Hand über Stirn und Augen, die Überstunden der letzten Woche machten sich auch bei ihm bemerkbar, zudem erwarteten Presse und Öffentlichkeit endlich erste Ergebnisse. »Okay, ich denke darüber nach. Die Sache mit der Auskunft über die Kontobewegungen kann ich angehen.« Er machte eine kurze Pause, dann fügte er hinzu: »Der Anwalt, bei dem Martin Kaltenbacher sein Testament hinterlegt hatte, hat sich übrigens beim Amtsgericht gemeldet. Ziemlich spät, wie ich finde.«

»Und?« Klara und Sebastian sprachen das Wort gleichzeitig aus.

»Die Firmenanteile fallen an den Halbbruder, das Privatvermögen fällt zu einem Drittel an seinen Neffen Konstantin, zu zwei Dritteln wird es in eine Stiftung umgewandelt, die alternative Therapien bei Querschnittslähmung fördern soll. Die Exfrau erbt nichts, auch keine seiner Freundinnen.«

»Aber Tanja Kaltenbacher erbt indirekt über ihren Sohn.« Klara sah den Chef fragend an.

»Nicht ganz, Konstantins Geld wird treuhänderisch verwaltet bis zu seinem einundzwanzigsten Geburtstag.«

Sebastian strich scheinbar nachdenklich über sein Kinn. »Offenbar mochte Martin Kaltenbacher seinen Neffen …«

Der Chef biss nicht an. »Ja, soll vorkommen so etwas. Insgesamt scheint durch das Testament keine neue Motivlage zu entstehen, niemand, der unerwartet reich wird durch Kaltenbachers Tod.«

Klara sah auf ihre Uhr, sie musste los. Die Ermittler verabschiedeten sich und gingen hinüber in ihr Büro. Klara war nachdenklich. »Konstantin erbt erst mit einundzwanzig. Aber ob seine Mutter das weiß? Ob sie überhaupt weiß, wer der Erzeuger ihres Sohnes ist? Ein aufgestelltes Urlaubsfoto ist ja noch kein Beweis.«

»Tja.« Sebastian vergrub die Hände in den Hosentaschen. »Wir werden sehen, ob sie Ansprüche auf das Erbe erhebt oder ob es ihr möglicherweise sehr viel Geld wert ist, dass mit ihrem Jungen alles so bleibt, wie es ist, und er Thorsten als seinen Vater behält.«

Klara griff nach ihrer grauen Ledertasche. »Ist es ihr einen Mord wert, dass alles so bleibt, wie es ist?«

Sebastian zuckte mit den Schultern. »Ein Alibi für den Donnerstag- und den Freitagabend hat sie zumindest nicht.«

»Hm.« Klara zögerte. »Tanja und Thorsten als Komplizen, zum Wohle ihres Sohnes?«

Ihr Kollege sah sie an, um seinen Mund herum lag ein Schmunzeln. »Na ja, das ist vielleicht doch ein wenig weit hergeholt …«

»Ja, wahrscheinlich schon.« Die Kommissarin nickte. »Wie auch immer, ich muss jetzt Josi vom Kindergarten abholen.« Sie zog ihre Lederjacke über. »Morgen kommt das Test-Set an, ich schicke es sofort mit den Proben per Express zurück. Anfang der Woche sind wir klüger.«

Sebastian sah sie an. »Ich zweifle nicht an deiner weiblichen Intuition.« Es klang eindeutig zweideutig.

Klara sah noch einmal in die dunkelgrünen Augen und verließ mit einem leisen »Tschüss dann, ich bin per Handy erreichbar« den Raum.

Sie war bereits auf dem Flur, als Sebastian ihr nachgelaufen kam. »Sehen wir uns am Wochenende bei Monika Gruber?«

Klara dachte einen Moment nach, die Pathologin feierte ihren Fünfzigsten, das hatte sie ganz vergessen. Sebastian grinste. »Ach komm, Büfett mit Blutwurst und Nierenspießen …« Der Mann war unmöglich.

»Und um Mitternacht der Partykracher ›Es lebe der Zentralfriedhof‹? Mal sehen, wenn ich einen Babysitter für Josi bekomme, vielleicht«, sagte sie lächelnd, drehte sich um und ging in Richtung Treppenhaus.

Im Erdgeschoss angekommen, trat sie in den herbstlichen Tag hinaus und eilte die wenigen Stufen der Treppe vor dem Revier hinunter, vorbei an dem blau gepinselten Wasserbassin, das die

Leute »Polizeibrunnen« nannten und das die Beamten vielleicht jeden Tag an ihren nächsten Urlaub an der blauen Adria erinnern sollte.

Klara atmete tief ein, jetzt war erst einmal Zeit für Josephine und Zeit, nachzudenken – über das eine und das andere.

SECHZEHN

Eva Kaltenbacher saß in ihrer Wohnung auf dem Teppich vor der Couch und hielt ein Fotoalbum auf ihren Knien. Mechanisch blätterte sie die Seiten um, sie fühlte sich hohl und leer. Auf den Fotos strahlten ihr ein junger Mann und eine junge Frau entgegen, im Hintergrund sah man eine atemberaubende Berglandschaft, auf einem anderen Foto Palmen, einen weißen Sandstrand, später den Grand Canyon, riesige Bäume im Nationalpark … ihre Amerikareise vor vielen Jahren. Wann eigentlich genau? Vor zehn oder zwanzig oder fünfzig Jahren? In diesem Leben oder in einem anderen? Sie waren einmal so glücklich gewesen, wie hatte alles derart aus dem Ruder laufen können?

Eva erinnerte sich, wie stolz sie gewesen war, einen Mann wie Martin gefunden zu haben. Sie dachte daran, wie viel Spaß sie auf dieser USA-Reise gehabt hatten, die Welt hatte ihnen gehört. In Gedanken sah sie wieder die bewundernden Blicke der anderen Gäste in Restaurants oder Hotels, Martin und sie waren wirklich ein schönes Paar gewesen, und man hatte gesehen, wie sehr sie sich liebten. Sie hatten am Anfang ihres gemeinsamen Lebens gestanden, waren sicher gewesen, eine strahlende Zukunft zu haben, ein gelungenes Leben, eines, das sich von der Bedeutungslosigkeit des Mittelmaßes abhob.

Eva legte das Album zur Seite. Martin war tot, aber sie spürte, dass sie nicht fertig war mit den Dingen, sie war weit davon entfernt, versöhnt zu sein mit ihrem Leben und ihrem Schicksal. Und es erboste sie zutiefst, wie man mit ihr umging. Thorsten hatte sich seit Martins Tod kein einziges Mal bei ihr gemeldet, er tat so, als wäre sie eine Fremde, als gehörte sie nicht zur Familie, als wäre sie völlig unwichtig. Es wurde nichts mit ihr besprochen, nicht, wie Martins Begräbnis aussehen sollte, nicht, wie mit seinem Nachlass verfahren werden sollte. Sie wurde nicht gefragt, ob sie persönliche Dinge von Martin haben wolle, nichts, gar nichts wurde sie gefragt. Sie war es gewesen, die Martin nach seinem schweren Unfall wieder aufgebaut hatte, sie allein. Sie war da gewesen in den langen Nächten und den schmerzvollen Tagen, sie war langsam mit ihrem Mann zurückgegangen ins Licht.

Thorsten verdankte es ihr, dass Martin die Kraft hatte, die Firma zu gründen und erfolgreich zu machen, ohne Martin hätte Thorsten das nie geschafft. Hinter allem hatte Eva gestanden, sie hatte Martin gestärkt und ihm den Rücken freigehalten, Thorsten verdankte damit nicht zuletzt *ihr* die Firma und seinen beruflichen Erfolg, seinen Wohlstand und dass er nicht mehr in einem kleinen Büro als Angestellter arbeiten musste. Wie konnte man so undankbar sein?

Das Scheidungsurteil hatte sie enterbt, einfach so, von einem Tag auf den anderen. Aber die moralische Seite war eine ganz andere. Sie ließ sich nicht einfach durch ein Stück Papier von der Alleinerbin zur Unperson degradieren, sie hatte ihr Leben Martin gewidmet, sie war seine Frau. Und Ehefrauen werden nach dem Tod des Mannes gefragt, sie bestimmen, sie verfügen, sie entscheiden.

Eva hatte nicht vor, Thorstens arrogante Alleingänge hinzunehmen, so konnte man mit ihr nicht umgehen, was bildete sich der Mann ein? Sie saß hier in ihrer Wohnung und wurde einfach nicht zur Kenntnis genommen. Wahrscheinlich richtete Thorsten ein grässliches Begräbnis für Martin aus, falsche Blumen, falsche Musik, falsche Grabrede, protzig, geschmacklos und verlogen, wahrscheinlich führte er sich auf als der liebende, trauernde Bruder. Dabei wusste er genauso gut wie sie, wie es um das Verhältnis zwischen den »Brüdern« gestanden hatte. Sie hatten sich von klein auf nicht gemocht, waren immer Konkurrenten gewesen, Martin immer der stärkere, irgendwann auch der erfolgreichere, Thorsten immer im Schatten. Sie hatten die Firma in einer Zweckgemeinschaft geführt, über die Jahre gelernt, dass sie auf der beruflichen Ebene aufeinander angewiesen waren und sich zusammenreißen mussten. Die kindliche Abneigung gegeneinander war übergegangen in eine kühle Gleichgültigkeit. Sie konnten gemeinsam Geschäftsentscheidungen treffen, da zumeist beide davon profitierten, aber tief im Inneren konnten sie sich nicht ausstehen.

Eva stand auf, ging in die Küche und goss sich eine Tasse grünen Tee ein. Manchmal, wenn sie sich schnell umdrehte, von der Anrichte hin zum Küchentisch, sah sie ein kleines Mädchen mit rotem Haar und leuchtend grünen Augen auf einem der Stühle sitzen. Es hatte einen Becher Kakao vor sich stehen und lachte mit einem schokoladeverschmierten Mund, die kleine Stupsnase voller Sommersprossen, die Händchen um den gelben Becher geschlungen. Es war ihr Kind, das Kind, das sie hätte bekommen sollen, das auf der kosmischen grünen Wiese auf sie gewartet hatte, darauf, zu ihr hinunterkommen zu dürfen, ihre Tochter sein zu dürfen, das Kind, das für sie bestimmt gewesen war. Eva hatte sich falsch entschieden, sie hatte Martin mehr geliebt als dieses Kind, das sie hätte haben können, und sie würde sich das niemals verzeihen.

Sie nahm einen Schluck Tee, er schmeckte wie bittere Galle. Sie hasste Thorsten, hasste ihn dafür, dass er vor dreizehn Jahren diese Schlampe Tanja angeschleppt hatte, die alles kaputt machte. Mit Tanja hatte ihre Ehe einen Sprung bekommen, wegen Tanja war Martin ihr untreu geworden, damit hatte alles begonnen. Und nachdem er bei Tanja Blut geleckt hatte oder etwas anderes, hatte er nicht mehr aufgehört, sich nach anderen Frauen umzudrehen.

Es war Eva zuwider, daran zu denken. Thorsten hatte sich gebrüstet mit einer Frau wie Tanja, einem blonden Engel, einer erotischen Kindfrau, dem fleischgewordenen Traum der Männer, dem Motiv eines Pin-up-Kalenders. Und Martin hatte sie ihm einfach ausgespannt, irgendwo im kargen Landesinneren von Fuerteventura hinter einem Busch, einfach so, er hatte sie gevögelt, als wäre es das Selbstverständlichste der Welt.

Es gab nichts, was Thorsten für sich haben konnte – wenn Martin es auch wollte, war der ältere Bruder immer der Sieger. Und die Trophäe Tanja hatte er sich mit Sicherheit im Geiste ganz oben an sein Revers geheftet. Er hatte sie markiert, wie ein Hund sein Revier markiert, er hatte seinen Abdruck auf ihr hinterlassen, die Brüder hatten sie sich geteilt wie im biblischen Sodom und Gomorrha. Martin hatte sie gevögelt, er hatte sie geschwängert und Thorsten Hörner aufgesetzt – so lang wie Elefantenrüssel.

Und nun schwang sich der armselige Thorsten auf, Eva zu behandeln wie Luft, nun, da Familienangelegenheiten zu besprechen und zu regeln waren. Sie war keine Luft. Sie war, wenn schon keine Mutter, so eine Stiefmutter. Und Thorsten war kein Vater. Thorsten hatte seinem Halbbruder nicht nur seinen beruflichen Erfolg zu verdanken, sondern auch Konstantin.

Eva gedachte nicht, hierüber länger zu schweigen. Sie wusste nicht, ob Thorsten sich dessen bewusst war, dass er ein Kuckuckskind großgezogen hatte, sie hatte keine Ahnung, darüber hatte Martin geschwiegen. Und sie bislang auch. Martin hätte es nicht gebilligt, wenn sie sich in diese Sache eingemischt hätte. Aber so langsam war es an der Zeit, reinen Tisch zu machen und die Dinge beim Namen zu nennen.

Sie nahm noch einen Schluck bitteren Tee. Als sie versucht hatte, von Matthias schwanger zu werden, hatte sie ihn literweise getrunken, weil die besonderen Stoffe darin angeblich empfängnisfördernd waren. Aber es hatte nicht funktioniert, und im Nachhinein wusste Eva, dass sie kein Kind von Matthias gewollt hatte, ihr Körper war nicht bereit dazu, sie hatte eines von Martin gewollt, von ihrem Ehemann. Als Eva nicht schwanger wurde, hatte Matthias irgendwann sein Sperma testen lassen, die Qualität war lausig, aber selbst wenn er ein Deckhengst gewesen wäre, hätte Evas Körper vermutlich kein Kind von ihm angenommen.

Sie stellte ihre Tasse ab, ging in die Diele und zog ihren Mantel über. Dann verließ sie die Wohnung, stieg in ihren Sportwagen und fuhr los. Sie fuhr zu Thorsten in die Firma. Sollten es ruhig alle mitbekommen, dass sie auch noch da war. Ja, es gab sie noch. Eine Scheidung bedeutete nicht das Abgleiten in die Nichtexistenz. Sie war die Frau eines der Geschäftsführer, in einer anderen Zeit hätte man sie mit Respekt und Ehrerbietung behandelt. Sie war eine Person des gesellschaftlichen Lebens in der Stadt, man kannte sie, und sie hatte sich immer wundervoll sicher auf dem Parkett bewegt. Es gab keinen Grund, sich in ein Mauseloch zu verziehen, schon gar nicht nach Martins Tod. Am Ende würde man noch meinen, dass sie etwas mit der Sache zu tun habe.

Eva lenkte ihren Wagen über die Neckarbrücke. Sie hätte das Coupé gern gegen eine Familienkutsche getauscht. Manchmal hatte sie überlegt, ob sie allein ein Kind adoptieren sollte, eines, das eine Mutter brauchte, eines aus Afrika oder Asien. Aber Martin hätte sie für verrückt erklärt, und er wäre sicherlich niemals zu ihr zurückgekehrt, wenn sie ein fremdes Kind am Hals gehabt hätte.

Nun war alles anders, vielleicht würde sie noch einmal darüber nachdenken. Es könnte ihrem Leben Sinn und Tiefe geben, sie könnte eine Mutter sein, so auftreten und so geliebt werden und auch in der Gesellschaft für ihr Engagement geschätzt werden. Viele bekannte Menschen hatten Kinder adoptiert, Schauspieler, Filmstars, warum sollte sie das nicht auch tun?

Eva parkte den Wagen vor der Firma »Kaltenbacher Raum und Leben«. Der Firmenname war ihre Idee gewesen, sie hatte immer schon Kreativität bei solchen Dingen gezeigt. Sie ging die Treppen des Gebäudes hinauf in den zweiten Stock und öffnete die Tür zur Büroetage des Unternehmens. Thorstens Assistentin Angela saß am Empfang, sie sah von ihrem Laptop auf und konnte ihr Staunen nicht verbergen.

»Eva? Was machst du denn hier?«

Allein bei dieser Frage hätte Eva schon zu schreien anfangen können. Was bildete sich dieses Büro-Mäuschen ein? Als bräuchte sie eine Anmeldung, um im Geschäft ihres Mannes aufzutauchen.

»Ach, Angela, grüß dich. Ich muss kurz mit Thorsten sprechen«, antwortete sie mit zuckersüßer Stimme und rauschte am Empfang vorbei den Gang entlang. Die stümperhafte Hobbykunst an der Wand, die von einer der zahlreichen Gespielinnen ihres Exmannes stammte, versuchte sie, nicht zur Kenntnis zu nehmen.

Ohne anzuklopfen öffnete sie die Tür zu Thorstens Büro, ihr Schwager saß auf seinem schwarzen Ledersessel und starrte aus dem Fenster. Sein Blick löste sich blitzschnell von dem Ausblick auf die Dächer der benachbarten Häuser, flog zur Tür und fixierte Eva in erkennbarer Überraschung.

»Was willst du denn hier?« Die Frage war kalt und abweisend. Es hätte nur noch gefehlt, dass er sie gesiezt hätte, als wäre sie ein fremder Eindringling.

»Hallo, Thorsten.« Eine sachliche, freundliche Begrüßung. Eva war in der überlegenen Position, Thorsten wusste es nur noch nicht. *Ich weiß etwas, was du nicht weißt.*

Seelenruhig nahm Eva Platz, noch bevor Thorsten sie herablassend dazu einlud. Der Mann hatte sich immer schon selbstsicher und überlegen gegeben. Aber Eva wusste, dass er tief im Inneren der unsichere, zu kurz gekommene Junge von damals war. Ihre Psychologin, der sie von ihrem Schwager erzählt hatte, hatte von »Überkompensation« gesprochen. Eva wollte Thorsten die Möglichkeit geben, sie den Umständen entsprechend angemessen zu behandeln, man musste nicht sofort mit der Tür ins Haus fallen.

»Thorsten, ich möchte mit dir sprechen.«

Ihr Gegenüber hob fragend die Augenbrauen. Diese Wichtigtuerin. »Bitte, schieß los.«

»Ich denke, es ist mehr als angemessen, mich als Martins ehemalige Frau in die Dinge einzubeziehen, die jetzt zu regeln sind.«

Thorsten lehnte sich in seinem Sessel zurück. Seine Schwägerin war überspannt, geltungssüchtig und ichbezogen, sie lebte auf einer Insel namens »Eva« und sollte besser auch dort bleiben.

»Einzubeziehen in was?«, fragte er spöttisch.

»In die Familienangelegenheiten, die nach Martins Tod geordnet werden müssen.«

Thorsten sah erstaunt drein, aber er war die Ruhe selbst. »Eva, Martin und du, ihr seid geschieden, du hast weder irgendwelche Ansprüche noch irgendwelche Rechte, es geht dich nichts an, was nun wie geregelt wird.«

Eva schlug ein Bein über das andere und drehte mit den Fingerspitzen ihren Ehering, den sie noch immer trug. Es entsprach einfach ihrem Gefühl.

»Nun, das sehe ich anders. Du weißt ebenso gut wie ich, dass du diese Firma auch mir verdankst.«

»Was?« Thorsten lachte auf.

»Ja, ich habe Martin nach seinem Unfall zurück ins Leben geführt.«

Thorsten Kaltenbacher gab erneut ein lautes, trockenes Lachen von sich, diese Frau war einfach nur peinlich. »Genau, Eva, und dafür hast du nach der Scheidung auch eine großzügige Abfindung bekommen. Dafür und für deine Geduld und Toleranz all die Jahre über, dafür, dass du so schön die Augen verschlossen hast vor der Realität und vor Martins Überdruss dir gegenüber. Und jetzt geh bitte, ich muss arbeiten.« Thorsten wandte sich dem Bildschirm seines Computers zu.

Eva sah ihren Schwager feindselig an, sie kochte, dieser arrogante, selbstherrliche Widerling. Sie strich sich eine rot gefärbte Haarsträhne aus dem Gesicht, setzte ein Lächeln auf und fragte: »Wie geht es eigentlich Konstantin? Wie kommt er zurecht mit dem Verlust seines … Onkels?«

Thorsten horchte auf. Was sollte das? Was wusste diese Kuh? »Konstantin geht es gut, und jetzt muss ich hier weitermachen.« Er sah geschäftig auf seinen Laptop und fing an zu tippen.

Eva befeuchtete beiläufig mit ihrer Zunge die orangefarbenen Lippen. »Und Tanja, ist sie sehr traurig über Martins Tod?«

Kaltenbacher sah weiter auf die Computertastatur. »Das fragst du sie am besten selbst.«

Er hatte nicht vor, dieses unsinnige Gespräch mit seiner Schwägerin fortzusetzen, doch Eva sprach unbeeindruckt weiter: »Martin hat ihr sicher einiges bedeutet. Er gehörte ja zur Familie.« Sie sah prüfend auf ihre blutrot lackierten Fingernägel.

Thorsten Kaltenbacher hob den Kopf. »Was willst du?« Seine Stimme war kalt und drohend.

Eva zwang sich, den Blickkontakt zu halten, sie sah ihrem Schwager gerade in die Augen. »Die Frage ist, was du willst. Das Wichtigste im Leben ist doch eine gute Beziehung zu seinen Kindern, oder?«

Bei den letzten Worten schoss Thorsten das Adrenalin ins Blut, auf diese Art von Andeutungen reagierte er allergisch, da sah er rot. Man konnte vieles von ihm haben, er war ein fairer Verhandlungspartner, aber beim Thema Konstantin verstand er keinen Spaß. Er fixierte die Frau vor sich mit starrem Blick, sah die grellen Farben ihres Make-ups, den biestigen Gesichtsausdruck, der entschlossen wirken sollte und doch unsicher war. Dann stand er auf und ging um seinen Schreibtisch herum auf sie zu. Er stand neben ihr und sah auf sie hinunter, er sah ihren dunkleren Haaransatz, in den sich einzelne graue Haare mischten, ihre etwas zu lange Nase, die zunehmend tiefer werdenden Falten an Hals und Kinn.

»Ich sage dir eins, Eva, und ich sage es dir nur dieses eine Mal. Halte dich aus Dingen heraus, die dich nichts angehen. Das Leben kann sonst sehr gefährlich werden.«

»Willst du mir drohen? Willst du mich aus dem Weg schaffen so wie Martin?« Eva stand auf und sah ihrem Schwager gerade ins Gesicht.

Thorsten gab einen verächtlichen Laut von sich, ein spöttisches Lächeln umspielte seine blassen Lippen. »Du bist ja komplett verrückt, verschwinde aus meinem Büro.« Seine blauen Augen blitzten im Zorn.

Eva griff nach ihrer Handtasche. »Wie du willst. Ich habe dir eine Chance gegeben. Falls du dein Verhalten mir gegenüber noch einmal überdenken möchtest, ruf mich an. Ich bin bereit, Martins Geschäfte weiterzuführen und seinen Nachlass würdig zu verwalten. Schließlich sind wir doch alle eine Familie.« Sie versuchte ein wissendes Lächeln. »Du und ich, Thorsten, wir haben mehr Gemeinsamkeiten, als du denkst.« Sie drehte sich auf ihren hohen Absätzen um und verließ das Büro, die Schritte voreinandersetzend wie ein Mannequin, die Tür in theatralischer Geste hinter sich offen lassend. Der Hauch eines schweren französischen Parfums blieb im Raum.

Thorsten konnte es nicht fassen. Martins Geschäfte weiterführen? Diese Frau, die von absolut nichts eine Ahnung hatte, eine Irre mit einer schlecht gehenden Modeboutique? Martins Nachlass verwalten? Hatte Eva den Verstand verloren? Offenbar hatte ihre Psychotherapie sie in den Größenwahn befördert, oder ihr Warmduscher Matthias hatte sie angestiftet.

Aber sie wusste etwas, ihre Anspielungen waren zu deutlich gewesen. Sie wusste etwas über Konstantin, und Thorsten wusste, dass er handeln musste. Er würde sich seinen Sohn nicht wegnehmen lassen, von niemandem.

Nachdenklich ging er hinüber zum Fenster. Ob es Eva war, die ihn erpresste? Ob sie die Schlange war, die hunderttausend von ihm gefordert und dann erbost das Zeitungspapier auf der Baustelle hinterlassen hatte? Und nun versuchte sie es auf diese Art und Weise, sie wollte in die Firma hineingelangen, das war mehr wert als hunderttausend und brachte ihr zudem so etwas wie gesellschaftliche Anerkennung ein – Frau Geschäftsführerin, dass er nicht lachte. Ein einziger Termin mit Eva bei einem potenziellen Auftraggeber, und der Zuschlag für das Projekt würde in weite Ferne entschwinden. Aber er musste vorsichtig sein. Zu viele Hunde sind des Hasen Tod. Das Risiko war zu groß, Eva wusste etwas.

Er würde sie anfüttern, ihr in Aussicht stellen, dass er auf ihre Wünsche eingehen würde und sie wertschätzte. Eva war weniger gierig nach Geld als nach Anerkennung und Bedeutung. Er würde sie morgen anrufen, sich mit ihr treffen und ihr Honig ums Maul schmieren. Er würde sie um ihren Rat fragen, was Martins Beisetzung betraf, vielleicht würde er sie fragen, ob sie ein paar Worte sagen wolle. Evas Auftritt würde höchst peinlich werden, aber Martin hatte schließlich auch nichts Besseres verdient.

Je mehr er darüber nachdachte, desto mehr gefiel ihm die Idee. Es war das Schlimmste, was man Martin posthum antun konnte, Eva, die am Sarg eine Ansprache hielt. Thorsten musste unwillkürlich lächeln. Eva könnte sich um den Blumenschmuck, die Trauerfeier, die Danksagungskarten kümmern, warum eigentlich nicht? Er hatte sowieso schon zu viel um die Ohren. Sie konnte Hof halten als die trauernde Witwe, gestützt von ihrem Weichheini Matthias, der dabei endgültig sein Gesicht verlieren würde.

Thorsten rieb sich die klammen Hände und bog seine Finger knackend nach hinten. Er würde seine neurotische Exschwägerin einwickeln, sie war ihm nicht gewachsen, das war sie nie gewesen. Nach Martins Beerdigung würde er ankündigen, ihr einen Gesellschafterposten in der Firma einzuräumen, er würde ihr einen Assistenten zur Seite stellen, der sie gezielt desinformierte und ihr Belanglosigkeiten als tiefere Einblicke in das Geschäftsgeschehen verkaufte. Er würde sie bei der Stange halten mit Lobhudelei und dem Einbeziehen in banale Entscheidungen. Und dann würde er sich eine andere Lösung einfallen lassen.

Zufrieden ging Thorsten Kaltenbacher zurück an seinen Schreibtisch. Es verschaffte ihm eine tiefe Genugtuung, die Dinge nach seinen Vorstellungen zu lenken. Das Leben hatte außerdem etwas gutzumachen an ihm, die ohnmächtigen Jahre seiner Kindheit und Jugend forderten einen Ausgleich. Er hatte viel getan für seine jetzige Position, und er würde sie weiter ausbauen, beruflich wie privat.

Seine Assistentin Angela trat durch die noch immer offen stehende Tür und kam mit einem fragenden Ausdruck auf ihn zu. Ihr kurzer Rock rutschte noch ein Stück höher, als sie sich auf die Schreibtischkante setzte.

»Was wollte die denn hier?« Angela legte eines ihrer langen Beine quer über Thorstens Oberschenkel.

Thorsten zog ihr den schwarzen, hochhackigen Schuh vom Fuß und massierte durch die seidenen Strümpfe hindurch sanft die Fußsohle. »Zerbrich dir nicht dein hübsches Köpfchen, Eva brauchte nur ein wenig Zuspruch.«

Angela lächelte und ließ ihren Fuß etwas höher gleiten.

»Habe ich heute eigentlich noch Termine?« Thorsten lehnte sich in seinem Ledersessel zurück und sah seine Assistentin durch halb geschlossene Augenlider an. Die rutschte von der Schreibtischkante auf seinen Schoß.

»Nicht dass ich wüsste.«

Thorsten lächelte, es war das Lächeln eines Siegers. Geschickt knöpfte er Angelas Bluse auf, es versprach ein gelungener Arbeitstag zu werden.

Zwanzig Minuten später knöpfte sich Angela wieder zu und brachte ihrem Chef anschließend einen Kaffee. Thorsten musste noch ein paar Telefonate führen und erneut mit seinem Steuerberater sprechen, Martins Tod brachte einige Veränderungen mit sich. Er arbeitete bis zum späten Nachmittag und verließ dann sein Büro. Am Wochenende würde er sich wohl noch einmal mit Angela treffen, die Kleine musste bei Laune gehalten werden, nun ja, ihm sollte es recht sein.

Thorsten Kaltenbacher stieg in seinen schwarzen Geländewagen und fuhr nach Hause. Er würde nun erst einmal abwarten. Das Wochenende stand bevor, und er hatte Zeit, über seine weitere Strategie nachzudenken. Eva war für ihn keine Bedrohung, und wenn sie es war, die ihn erpresst hatte, so würde er dieses Problem ebenfalls aus dem Weg schaffen, indem er sie morgen anrief und sie wie geplant mit vorgetäuschter Wertschätzung einlullte.

Aber jetzt brauchte er erst einmal einen ruhigen Abend mit Rotwein und klassischer Musik. Seit einer Woche war er wesentlich ruhiger als die Wochen zuvor, er schlief auch besser und hatte kaum noch Alpträume. Gegen zehn Uhr nahm er ein heißes Bad, auf dem Wannenrand stand sein Weinglas, er las ein paar Seiten in einem Buch über Frank Lloyd Wright, einen amerikanischen Architekten des 19. und beginnenden 20. Jahrhunderts.

Eine angenehme, wohlige Müdigkeit erfasste ihn, er entspannte sich vollkommen, die Buchstaben vor seinen Augen verloren ihre scharfen Konturen, er betrachtete das Foto eines Hauses namens »Fallingwater«, das erschien, als wäre es aus Wald und Felsen gleichsam herausgewachsen. Vielleicht würde er mit Konstantin einmal nach Amerika reisen. Oder nach Dubai oder Singapur zu den Wolkenkratzern. Er schloss die Augen und spürte, wie seine Glieder immer schwerer wurden, er musste ins Bett.

Es kostete ihn Anstrengung und Willenskraft, das warme Bad zu verlassen. In ein großformatiges Handtuch gehüllt ging er hinüber ins Schlafzimmer, legte sich in sein Bett und schlief sofort ein.

Am nächsten Morgen fühlte sich Thorsten Kaltenbacher erholt und ausgeschlafen. Es gab nichts, was sich nicht regeln ließe. Er zog seine Sportsachen an, frühstückte Toast und Milchkaffee und verließ die Wohnung, um eine Runde laufen zu gehen. Körperliche Fitness war wichtig für einen Mann in seinem Alter und seiner Position.

Er lief in Richtung des alten Bergfriedhofs, hier würde auch sein Bruder beigesetzt werden. Hin und wieder war es gut, sich die Endlichkeit des Lebens bewusst zu machen.

Kaltenbacher hörte auf seinen Atem, kraftvoll zog er die Luft ein und stieß sie wieder aus, sein Körper funktionierte zuverlässig wie eine Maschine. Nach einer Viertelstunde kam er in die Routine der Bewegung hinein, die ihm das Gefühl gab, als könnte er ewig so weiterlaufen, Raum und Zeit vergessend, einen Fuß vor den anderen setzend in einer endlosen Folge von Schritten. Sein

Kopf war leer und er gleichzeitig hoch konzentriert, er ging in Gedanken das gestrige Gespräch mit seiner Exschwägerin durch, sie hielt sich für klug und gerissen, arme Eva. Er würde mit ihr sprechen, wenn er wieder zu Hause war, und sich diese Baustelle vom Halse schaffen.

Er atmete tief, unter seinen Füßen spürte er den weichen Waldweg, die Blätter der Bäume verfärbten sich bereits, die kühle Luft war herbstlich. Die Polizei schien nach wie vor im Dunkeln zu tappen, was Martins Tod anbelangte, nun ja, er hatte nichts anderes erwartet. Wichtig war, dass er lebte. Er hatte schließlich ein Kind zu versorgen. Sein Kind, das eine Mutter hatte und einen Vater.

Auch Tanja hatte bislang keinen Zweifel an Thorstens Vaterschaft geäußert, und es wäre mehr als dumm gewesen, dieses Thema ihr gegenüber anzusprechen. Manche Dinge wurden erst real, wenn man sie aussprach, und es gab sie nicht, wenn man über sie schwieg. Thorsten dachte an seine Exfrau. Die schöne Tanja. Das Einzige, was sie im Leben hinbekommen hatte, war, ihm einen Sohn zu schenken. Der Rest war bedeutungslos. Konsum, Genusssucht, Statusdenken, ein Blondchen, das keine Spuren auf der Welt hinterlassen würde.

Während Thorsten weiterlief, wanderten seine Gedanken in seine Kindheit zurück. Er hatte schon früh im Leben entschieden, dass es bei ihm anders sein würde, sein Leben würde Gewicht haben, hell und leuchtend sein, man würde ihn nicht übersehen können. Thorsten dachte an seinen Halbbruder und daran, wie sie sich bei ihren kindlichen Phantasien überboten hatten. Martin wollte Astronaut werden und Außerirdische entdecken, er war der Herrscher eines fremden Planeten, und alle huldigten ihm. Thorsten selbst wollte ein berühmter Erfinder werden, alles, was man sich ausdenken konnte, wollte er erfinden. Martin hatte ihn verspottet. »Was willst du dir schon groß ausdenken? Eine Maschine, die dir den Hintern abwischt?« Thorsten hatte seinen Bruder getreten, und der hatte ihn die Treppe hinuntergestoßen. Die Mutter hatte ihm nicht geglaubt, sie hatte ihn ausgeschimpft, er solle gefälligst besser aufpassen. Thorsten hatte sich vorgestellt, wie er Martin verhaften lassen würde, wenn er erwachsen wäre.

Martin würde ihm eine Erfindung kaputt machen, er würde zur Polizei gehen, und die würde Martin einsperren. Bis in alle Ewigkeit.

Thorsten lief weiter auf der weichen Erde des Waldwegs, er musste wirklich feststellen, dass sich die Trauer um seinen Bruder in Grenzen hielt.

Nach weiteren fünfhundert Metern kreuzte der Weg einen anderen, Thorsten lief bis zu dieser Gabelung und drehte dann um. Nach etwa einer halben Stunde kam er wieder vor seiner Wohnung in der Südstadt an. Seine Beine schmerzten, und sein Herz pochte, aber er fühlte sich gut.

Er zog das Schlüsselmäppchen aus der Seitentasche seiner Sportjacke und betrachtete für einen kurzen Moment den kleineren der beiden Schlüssel. Einem Impuls folgend, steckte er ihn in das Schloss des Briefkastens, der Augenblick, in dem er ihn umdrehte, verursachte ihm ein kurzes Flattern im Magen, er fühlte sich für eine Sekunde unsicher, ausgeliefert, beobachtet.

Die kleine Metalltür des Kastens öffnete sich und gab den Blick frei auf einen weißen, unbeschrifteten Umschlag. Hinter Thorsten Kaltenbachers Schläfen verkrampfte sich irgendetwas, aber dann fiel ihm ein, dass Eva ja auch noch nichts wusste von dem Angebot, das er ihr machen wollte.

Kaltenbacher nahm mit Daumen und Zeigefinger den Brief heraus, schloss die Haustür auf und ging die Treppe hinauf zu seiner Wohnung. Er setzte sich auf einen Stuhl in der Küche und trank ein Glas Wasser. Der weiße Briefumschlag lag vor ihm auf dem Tisch. Eigentlich hätte er Eva eine Erpressung gar nicht zugetraut. Aber andererseits … Sie war überspannt genug, sich auf diese Weise Aufmerksamkeit zu verschaffen, sie hatte vermutlich das Gefühl, eine Rechnung begleichen zu müssen, mit seinem verstorbenen Halbbruder sowieso, aber offenbar auch mit ihm. Sie wollte sich wichtigmachen und abkassieren, nicht weil sie das Geld so dringend brauchte, sondern um Macht zu demonstrieren, um zu zeigen: Sieh her, ich habe dich in der Hand. Was für ein Schwachsinn, ihn hatte niemand in der Hand.

Thorsten stand auf, ging hinüber ins Wohnzimmer und trat auf den kleinen Balkon hinaus. Vielleicht sollte er den Brief einfach zerreißen. Ihm konnte nichts passieren, er musste auf keine kriminellen Forderungen eingehen.

Die kühle Herbstluft füllte seine Lungen, sein Blick schweifte über die Fassaden der Häuser in der Nachbarschaft. Er würde nun erst einmal duschen, und vielleicht würde er dann Angela anrufen. Ein wenig Sport nach dem Sport.

Aber der Brief lag in der Küche, etwas war in seiner Wohnung, das dort nicht hingehörte, ein Fremdkörper. Thorsten konnte den Umschlag von seinem Platz auf dem Balkon aus zwar nicht sehen, aber er fühlte ihn. Es war, als ob dieses weiße papierne Rechteck stinken oder brennen oder sich in die Platte des Küchentisches ätzen würde.

Thorsten ging zurück in die Küche. Er musste wissen, um was es ging. Er hatte schon einmal geglaubt, unbedingt wissen zu müssen, damals bei Konstantin, und er verfluchte sich dafür. Andererseits hatte sich gezeigt, dass offenbar auch andere Menschen wussten.

Seine rechte Hand griff nach dem Brief. Er holte ein Küchenmesser aus dem Messerblock, eines der gut geschliffenen mit schmaler Klinge. Dann durchtrennte er den Umschlag an seiner oberen Kante mit einem leisen, scharfen Geräusch und zog einen gefalteten Bogen Papier heraus.

Die schwarze Schrift darauf brannte sich in seine Netzhaut.

Letzte Chance. Hunderttausend, hinterer Laboreingang der alten Kinderklinik, Montag auf Dienstag, vierundzwanzig Uhr.

Und dann noch ein Wort, das Kaltenbacher das Blut in den Adern gefrieren ließ: *Brudermörder.*

Thorstens Hände hielten das weiße Blatt Papier, sie zitterten nicht.

Nun war es also so. Er würde damit fertigwerden. Aber in seinem Kopf begann etwas zu kreisen, er fühlte sich an die Science-Fiction-Comics seiner Kindheit erinnert. Wenn nicht die überspannte Eva die Absenderin war, so war der Brief falsch. Falsch in der Zeit, es durfte das Schreiben nicht geben, er hatte alle Spuren und alle Zeugen beseitigt. Der Brief war aus einer anderen Zeit, einer anderen Galaxie, er hatte eine Woche irgendwo in einer Zeitspalte gehangen und war nun in den Briefkasten gefallen, aber die Absenderin war längst tot. Sie hatte den Brief in der Zukunft geparkt und nun von irgendwoher abgeschickt.

Thorsten Kaltenbacher räusperte sich und strich mit der rechten Hand leicht über den äußeren Rand seiner Ohrmuschel, eine Geste, die Angela »so süß« fand.

Es gab ein Problem, und dieses Problem musste gelöst werden. Und wenn es um Mord ging, musste man ernsthaft über die Summe nachdenken. Hunderttausend waren ein angemessener Preis dafür, weiter ein erfolgreiches, glückliches Leben führen zu können. Aber was, wenn das Schwein immer mehr wollte, zweihunderttausend, dreihunderttausend?

Wie auch immer, er konnte nicht noch einmal das Risiko eingehen, Zeitungspapier einzupacken und den Erpresser dann zu verpassen. Er würde das Geld besorgen, aber er würde auch noch etwas anderes besorgen, etwas aus kaltem Stahl mit beeindruckender Durchschlagskraft.

Thorsten überlegte. Er hatte einen Kontakt im Frankfurter Milieu, über den er eine Waffe bekommen konnte, das sollte nicht allzu schwer sein, die Öffnung der Grenzen hatte auch diesen Markt geöffnet.

Was war mit dem Übergabeort, der alten Kinderklinik? Thorsten ging in sein Arbeitszimmer und schaltete den Computer an. Die Klinik war ein mehrgeschossiger Bau aus den siebziger Jahren mit dem Charme eines Hochhauses in einer Plattenbausiedlung. Er lag im Neuenheimer Feld, einem stetig wachsenden Stadtteil Heidelbergs, in dem sich die Gebäude der Universitätsklinik und der Naturwissenschaften befanden, der Thinktank der Stadt, dazu Studentenwohnheime, der Botanische Garten und eine riesige Mensa, in der während des legendären Mediziner-Faschings Massen an Kostümierten bei dröhnendem Tiefbass bis in die Morgenstunden feierten, die Konserven der benachbarten Plasmabank bekamen buchstäblich Rhythmus ins Blut.

Die Kinderklinik war vor einigen Jahren umgezogen in einen beeindruckenden Neubau, das alte Gebäude war von anderen Fachbereichen genutzt worden, die jedoch mittlerweile auch ausgezogen waren. Verblieben war im Erdgeschoss die Kindertagesstätte der Universität, aber nach deren Schließzeit stand das Hochhaus verlassen in dem weiten Areal des Neuenheimer Feldes.

Kaltenbacher sah sich Fotos im Internet an, aber er würde sich heute oder morgen vor Ort noch einen Überblick verschaffen. Zunächst musste er nach Frankfurt.

Er duschte kurz, zog Jeans und Pulli über, steckte alles Bargeld ein, das er zu Hause hatte, verließ die Wohnung und fuhr in die Firma. Dort entnahm er weiteres Bargeld aus der Kasse, das sollte reichen.

Mit überhöhter Geschwindigkeit lenkte er seinen Wagen durch das ruhige Pfaffengrund, fuhr schließlich auf die Autobahn und gab Gas. Es war einfach nicht mehr anders gegangen, er hatte es ja versucht. Als Martin ihm vor ein paar Wochen gesagt hatte, dass *er* Konstantins Vater sei, hatte er ihn zunächst ausgelacht. Aber wirklich überrascht hatte es ihn nicht, er wusste ja, dass er selbst es nicht sein konnte. Er hatte seinen Halbbruder einfach stehen lassen, war aus dem Raum gegangen, aber Martin war ihm hinterhergekommen.

»Thorsten, wir müssen reden. Ich kann nicht auf meinen Sohn verzichten, ich kann es nicht.« Martins Stimme hatte eindringlich geklungen und auch seltsam verletzlich. »Du kannst noch fünf Kinder haben, ich habe nur dieses eine Kind, ich werde nie wieder eines bekommen. Weißt du, was das für mich bedeutet? Ich bin Konstantins Vater, und ich möchte als Vater wahrgenommen werden.«

Thorsten hatte der Atem gestockt, er kannte seinen Bruder, er wusste genau, dass er nicht lockerlassen würde. Er hatte sich immer genommen, was er wollte, immer, schon von Kind auf. Er konnte es nicht ertragen, dass Thorsten etwas hatte, das er nicht hatte. Aber dieses Mal würde Thorsten nicht nachgeben und sich auch nicht berauben lassen. Er hatte versucht, mit Martin zu reden, hatte ihm angeboten, dass er Konstantin als Onkel oft bei sich haben könne, dass er ein liebevolles Verhältnis zu ihm haben könne, aber es hatte Martin nicht gereicht. »Ich bin sein Vater, Thorsten, und ich werde diese Rolle annehmen und ausfüllen. Es ist Schicksal.«

Thorsten hätte ihm am liebsten ins Gesicht geschlagen. Schicksal. Das Wort klang wie Hohn aus dem Munde dieses Egoisten. Er hatte tonlos gefragt: »Wie lange ging das mit dir und Tanja?«

Martin hatte aufgelacht. »Passiert ist es wohl auf Fuerteventura, damals in unserem gemeinsamen Urlaub.«

Thorsten spürte, wie ihm der Hals zuging. Schicksal? Er hatte damals jeden Abend Sex mit Tanja gehabt, aber da sie eine Pilzinfektion hatte, benutzten sie ein Kondom. Und Martin, das Schwein, hatte sie ohne Gummi gevögelt und den goldenen Schuss gelandet? Thorsten war wie von Sinnen gewesen, als ihm die bittere Ironie klar wurde, die sein Leben gefährdete, die drohte, ihm alles zu nehmen.

»Hast du Konstantin schon irgendetwas gesagt?« Thorstens Stimme hatte gezittert.

»Nein, noch nicht, aber wenn du es ihm nicht sagst, werde ich es tun.« Martin war entschlossen, er kannte keine Gnade, Thorsten wusste das. Sein Halbbruder hatte im Leben alles erreicht, seine Behinderung hatte ihn nicht davon abgehalten, sein Leben zu genießen. Nur eines hatte er nicht, nur in einem unterschied er sich von den anderen Alphatieren in seinem Umfeld – er hatte keine Nachkommen, er konnte sein Lebenswerk an niemanden weitergeben, konnte sich nicht schmücken mit einem gelungenen Produkt seiner Potenz, wurde von niemandem so geliebt wie ein Vater von seinem Kind.

Martin würde nicht verzichten, niemals, Thorsten hatte das gewusst. Er hatte Martin gebeten, er hatte sogar gebettelt, wenn ihm nur etwas an Konstantin läge, so solle er den Jungen in Ruhe aufwachsen lassen. Martin hatte den Kopf geschüttelt.

Auf Thorstens Frage, ob Tanja es wisse, hatte Martin nur müde gelächelt. »Natürlich. Aber sie will, dass alles beim Alten bleibt. Aber ich will das nicht.« Thorsten hatte weiter gefragt, wie sein Bruder nach all den Jahren darauf gekommen war, und das arrogante Lächeln war in Martins Gesicht geblieben. »Wenn man sich ein wenig mit Vererbungslehre auskennt, kann man stutzig werden. Eigentlich hat mich Elsa darauf gebracht …«

In Thorsten war eine unglaubliche Hilflosigkeit aufgestiegen, er hatte gedroht: »Konstantin wird dich niemals als Vater anerkennen, er ist mein Sohn, ich bin sein Vater. Ich werde dafür sorgen, dass er dich niemals lieben wird, er glaubt mir, ich werde dich bei ihm so schlechtmachen, dass er dich nicht mehr sehen will.«

Aber Martin hatte nur gemeint, natürlich müsse man dem Jungen ein wenig Zeit geben, sich an die neuen Umstände zu gewöhnen, man müsse ihn hineinwachsen lassen in eine neue Vater-Sohn-Beziehung, aber das würde schon werden. Und dann hatte er gönnerhaft gesagt, dass Thorsten sicherlich noch ein Umgangsrecht mit Konstantin behalten würde. »Zumindest die erste Zeit«, und Thorsten war schier ausgerastet. Er hatte Martin am Hemdkragen gepackt und ihn aus dem Rollstuhl gezerrt, Martin hatte sich gewehrt, er hatte muskulöse Oberarme, die Brüder lagen am Boden und kämpften, in Thorsten kam der ganze Hass aus der Kindheit hoch, er rang mit seinem Halbbruder, er hörte Martins Keuchen dicht an seinem Ohr. »Du Versager, du kleiner Niemand.«

Thorsten hatte ihn fest am Hals gepackt, Martin stieß einen Fluch hervor, die Luft wurde ihm knapp. Er stammelte: »In Ordnung, lass uns noch einmal darüber reden«, aber Thorsten war in blinde Wut geraten, er hatte die Oberhand gewonnen und den Bruder mit seinem ganzen Gewicht zu Boden gedrückt.

Erst als Martin schrie: »Hör auf, ich gehe auf deine Bedingungen ein«, hatte Thorsten von ihm abgelassen.

Dass dies nur ein scheinheiliges Versprechen des Bruders gewesen war, um seine Haut zu retten, hatte Thorsten einige Zeit später gemerkt. Er erfuhr, dass sich Martin immer öfter mit Konstantin traf, die beiden gingen Eis essen oder am Wochenende zum Autorennen oder zum Fußball. Martin holte Konstantin sogar von der Schule ab.

Thorsten hatte mit einer tickenden Zeitbombe gelebt, er hatte einfach handeln müssen. Martin war selbst schuld, er hätte auf ihn hören sollen, einmal im Leben hätte er auf seinen jüngeren Bruder hören sollen. »Wer nicht hören will, muss fühlen«, das hatte die Mutter schon gesagt.

Jetzt lagen die Dinge anders, das Blatt hatte sich gewendet, er war nicht mehr der kleine unterdrückte Bruder, er war der

Gewinner. Thorstens Blick ging geradeaus auf die Fahrbahn vor ihm, seine Hände umkrampften das Lenkrad, er scherte auf die linke Spur aus. Er würde sich heute bei Alexej eine aussuchen, die aussah wie Tanja. Vielleicht war sie sogar im Preis inbegriffen, ein Freundschaftsangebot unter Männern. Colt und Stute. Kaltenbachers Mundwinkel bewegten sich nach oben.

Am Frankfurter Westkreuz war er recht zuversichtlich, dass er die Sache in den Griff bekommen würde. Er nahm die Ausfahrt und fuhr Richtung Bahnhofsviertel.

SIEBZEHN

Klara ging an dem netten jungen Mann und dem Schild »Geschlossene Gesellschaft« vorbei und stieg die Treppe hinunter in ein Kellergewölbe, das derzeit zu den angesagtesten Locations der Stadt gehörte. Ihr Rock war kurz, die Absätze ihrer Stiefel ungewohnt hoch, ihr dunkles Haar fiel in langen, dicken Strähnen über ihre Schultern, die blauen Augen wurden umrahmt von dunklem Lidschatten, der herzförmige Mund war blutrot.

Sie hatte es nicht lassen können, es hatte sie aus dem Haus getrieben. Sie redete sich ein, dass sie die Einladung von Monika Gruber schlecht ausschlagen konnte nach all den Jahren, in denen sie nicht nur über berufliche Dinge gesprochen hatten, in denen sie gemerkt hatten, wie ähnlich sie sich in vielem waren, Schwestern im Geiste, ruhelos und auf der Jagd. Sie hatte sich eingeredet, dass es sich einfach nicht gehörte, zu Hause vor dem Fernseher zu sitzen, während Monika ihren Fünfzigsten feierte. Aber sie wusste, dass das, was sie hinauszog, etwas anderes war – es war die Aussicht, Sebastian zu treffen.

Klara sah sich in dem zu einem Restaurant umgestalteten Kellergewölbe um. Die Lichtinstallation war sensationell, Hunderte von kleinen rosa- und violettfarbenen Strahlern beleuchteten die Wände aus Felsgestein, setzten Akzente und spielten mit dem Blick des Betrachters. Weiß gedeckte Tische, Stühle aus weißem Leder, eine schneeweiße Bar, unaufdringliche Lounge-Musik in einer beeindruckenden Akustik. Wie Klara Monika kannte, würde sich der Musikstil über den Abend hinweg noch ändern.

Die Kommissarin blickte in die Menge und erspähte das Geburtstagskind. Die beiden Frauen begrüßten sich herzlich, Monika Gruber drückte Klara ein Glas Sekt in die Hand.

»Dein Partner ist auch da.«

Ihre tiefe Stimme klang warm, und Klara wusste einen Moment lang nicht, ob sich die Pathologin der Doppeldeutigkeit ihres Satzes bewusst war.

»Dahinten, irgendwo im Getümmel.« Monika wies mit ihrer

rechten Hand in den hinteren Teil des Gewölbes. Ihre Wangen waren gerötet, sie versprühte den herben Charme einer großen pinkfarbenen Kaktusblüte oder den von winterhartem Hibiskus, mit Veilchen und Vergissmeinnicht konnte man der Frau nicht kommen.

Klara nahm einen Schluck Sekt. Heute würde es bei diesem einen Glas bleiben, das Abtauchen in die schieferbedeckten Rieslinggefilde am letzten Wochenende steckte ihr noch immer in den Knochen. Und dass plötzlich jemand neben ihr auf dem sonnigen Schieferhang gelegen hatte, war so nicht abgemacht gewesen, es galt, die Folgen des Geschehenen einzudämmen, nicht auszuweiten.

Erneut ließ Klara ihren Blick in die Menge eintauchen – und wurde vom Schlag getroffen. Ein paar Meter von ihr entfernt stand Jan, den Arm um die Hüfte einer jungen blonden Frau gelegt. Auch das noch. Klara drehte sich zur Seite, am liebsten hätte sie sich unsichtbar gemacht oder die Party fluchtartig verlassen. Musste sie jetzt etwa Billie kennenlernen?

Monika stand noch immer neben ihr, Klara neigte sich zu ihr hinüber. »Oh, hast du meinen Ex gleich mit eingeladen?« Die Kommissarin versuchte ein argloses Lächeln.

»Wie? Deinen Ex?«

»Da drüben.« Klara deutete mit ihren Augen möglichst unauffällig in Jans Richtung.

»Das ist dein Ex?« Monika Gruber lachte ein tiefes, kehliges Lachen. »Da sieht man mal wieder, wie klein die Welt ist.« Die Pathologin war offensichtlich amüsiert. »Die Frau da ist Sybille Fuchs, meine Physiotherapeutin. Wir kennen uns schon seit Jahren, sie hat meinen Rücken wieder hinbekommen.« Monika nahm einen Schluck aus ihrem Glas. »Ich stehe entweder am Seziertisch oder sitze am Computer, irgendwann streiken da die Bandscheiben. Aber die Frau hat Zauberhände.«

Klara sah auf einen der violettfarbenen Lichtpunkte an der Wand, entzückend, ein Massagewunder. »Ah, verstehe.« Sie nickte.

Monika Gruber legte leicht eine Hand auf Klaras Schulter. »Wenn du magst, mache ich euch gern bekannt.«

Klara lehnte dankend ab. »Wenn Jan mich entdeckt, wird das ohnehin unvermeidlich sein.« Sie trank einen Schluck Sekt und hörte ein paar Sekunden später eine überaus angenehme Stimme.

»Klara. Schön, dass du da bist.« Sebastian kam auf sie zu und ließ seine Hand halb kumpelhaft, halb zärtlich über ihren Rücken gleiten.

Im selben Moment drehte sich wenige Meter entfernt Jan um und sah direkt in Klaras Augen. Die Verwunderung in seinem Blick wurde blitzschnell durch ein Lächeln abgelöst, er sprach kurz mit der blonden Frau an seiner Seite, dann kamen beide auf Klara und Sebastian zu.

Ach nein, bitte nicht. Klara hielt sich an ihrem Sektglas fest, leider gab es ihr bemitleidenswert wenig Halt.

»Hallo, Klara, was machst du denn hier?« Jan gab sich lässig.

Ha, das könnte Klara ihn genauso gut fragen, immerhin war sie eingeladen, aber Jan offenbar nur das Anhängsel eines geladenen Gastes.

»Du erinnerst dich vielleicht noch, dass ich seit vielen Jahren mit Monika zusammenarbeite? So erstaunlich ist es also nicht, dass ich hier bin.«

Jan sah kurz auf sein Cocktailglas, vermutlich war ihm die Verbindung zwischen Klara und Monika Gruber längst entfallen. »Darf ich dir Sybille vorstellen?«

Sybille Fuchs reichte Klara eine schlanke Hand und drückte ordentlich zu. »Hey, ich bin Billie. Schön, dass wir uns endlich kennenlernen.«

Endlich kennenlernen? Endlich?

»Hallo, ich bin Klara.«

»Ja, ich weiß.« Billie kicherte. »Ich habe schon viel von dir gehört. Und du hast ja wirklich eine so wahnsinnig süße Tochter. So etwas wünsche ich mir auch mal.« Das Massagefräulein sah zu Jan hinüber und strahlte.

Klara nahm einen großen Schluck Sekt. Sebastian bot sich an, ihr noch einen zu bringen.

»Ach nein, lieber nicht, lass mal … Ja gern.«

Mit einem Lächeln nahm ihr Sebastian das leere Glas aus der

Hand, seine Finger berührten die ihren, er sah ihr tief in die Augen, sein Blick sagte: Ich bin gleich wieder da und stehe dir bei. Er ging los und besorgte Nachschub.

Jan stand mit betont heiterem Gesicht vor Klara, während er gleichzeitig nervös sein Gewicht von einem Bein auf das andere verlagerte. Billie hatte nun ihren Arm um seine Hüften gelegt, Terrain abstecken, Revier markieren, Klara nahm es gelassen. Ist schon gut, du kannst ihn haben.

»Na, Klara, wie immer bei der Verbrecherjagd?« Jan versuchte sich im Small Talk, eine Art von Gespräch, die ihm nicht lag. Klaras Job war kein Räuber-und-Gendarm-Spiel.

Sie sah ihn an. »Wie du weißt, schläft das Böse nie.« Wo blieb ihr Sekt?

Billie schaltete sich ein, der regionale Dialekt war nicht zu überhören. »Jan hat erzählt, dass du bei der Polizei bist.«

»Hm.« Klara hielt nach Sebastian Ausschau.

»Gibt's denn schon eine heiße Spur bei dem Martin Kaltenbacher?«

Klara horchte auf und sah Billie an. »Eigentlich sprechen wir nicht über den Stand aktueller Ermittlungen.«

Sebastian wand sich gerade die letzten Meter durch die Menge, in jeder Hand ein Sektglas.

»Ach ja, klar.« Billie lachte. »Ich frage ja auch nur, weil ich den Martin kannte.«

Klara hob die linke Augenbraue. »Ach wirklich?«

»Ja, er war mein Patient. Die Rollifahrer haben ja meistens Probleme. Martin kam schon seit einigen Jahren zu mir in die Praxis.«

Sebastian war angekommen und reichte Klara ein Glas.

»Stell dir vor, Martin Kaltenbacher war Billies Patient.« Klara formulierte bedeutungsschwanger, vielleicht ein klein wenig ironisch, aber man wusste ja nie. Möglicherweise hatte Billie tatsächlich etwas zu erzählen.

»Der Martin war wirklich ein netter Kerl. Und ganz schön charmant.« Billie warf Jan einen neckischen Blick zu. »Es ist wirklich tragisch, dass er nicht mehr lebt. Er stand doch mitten im Leben und hatte noch so viel vor.«

»Ja, den Eindruck hatten wir auch.« Sebastian lächelte Billie an. »Was hatte er denn noch so vor?«

»Er wollte doch eine Stiftung für behinderte Kinder gründen. Die Kinder lagen ihm wirklich am Herzen. Er konnte selbst ja keine bekommen.« Für Billie schien dies eine schwere Strafe des Himmels zu sein, sie blickte traurig in ihr Cocktailglas.

»Ja, sehr schade.« Sebastian nickte mitfühlend.

Billie führte ihr Glas an die rosa bemalten Lippen und nippte an ihrem Getränk. »Aber anscheinend hat er sich ja mit seinem Neffen gut verstanden. Wie heißt der noch?« Billie überlegte. »Ach ja, Konstantin. Einmal hat er mich sogar gefragt, wie man denn ein tolles Zimmer für einen Zehnjährigen einrichtet, was da alles so reingehört. Stellt euch vor, sein Neffe sollte sogar ein eigenes Zimmer bei ihm bekommen.«

Klara und Sebastian tauschten einen Blick.

»Na ja, aber das ist ja jetzt alles vorbei.« Billie sah ihren Jan schwermütig an. »Wie schnell so etwas gehen kann, ist das nicht schrecklich?« Jan nickte zustimmend.

Das ist jetzt aber kein Grund, noch rasch ein Kind zu machen, dachte Klara und nahm einen Schluck Sekt. Dann wandte sie sich an Billie: »Ist dir denn sonst noch etwas an Martin Kaltenbacher aufgefallen? Hatte er mit jemandem Streit, oder fühlte er sich bedroht?«

Billie schien zu überlegen. »Nein, eigentlich nicht. Nicht dass ich wüsste. Vor ein paar Wochen hatte er mal was von einer Elsa erzählt, die er kennengelernt hatte und die ganz berühmte Leute dolmetschte. Er war eigentlich sehr gut drauf die letzten Male, die er bei mir war. Einmal hat er gesagt: ›Billie, unverhofft kommt oft‹, und dabei richtig gestrahlt. Aber ob das wirklich was zu bedeuten hatte, weiß ich auch nicht.«

Jan räusperte sich. »Klara führt gern Verhöre.« Seine Stimme hatte diesen ironischen Unterton, den Klara nicht an ihm mochte. »Aber eigentlich sind wir ja hier zum Feiern, oder?«

»Oh ja, sicher.« Sebastian lächelte. Und dann legte er demonstrativ einen Arm um die Schultern seiner Kollegin. »Klara, wir sind gar nicht im Dienst.« Er grinste sein Bubengrinsen.

Jan schien für einen Moment irritiert, dann fing er sich wieder.

»Ja fein, also dann. Man sieht sich. Komm, Billie, wir schauen mal, was es am Büfett so gibt.«

»Saure Nierchen, glaube ich.« Sebastian lächelte einladend.

»Super. Nach sieben Jahren Nudeln mit Tomatensoße ist mir jede Abwechslung recht. Nicht wahr, Klara?« Jan hob zum Abschied sein Glas.

Klara gab den Seitenhieb zurück. »Besser frische Pasta als alter Fisch.« Jan verzog das Gesicht und verschwand mit Billie in der Menge.

Sebastian sah Klara an. »Ich freue mich wirklich, dass du gekommen bist. Wie geht's Josi?«

»Gut, Annabelle passt auf sie auf, aber jetzt schläft Josi ja schon. Hoffe ich zumindest.« Klara lächelte in Gedanken an ihre Tochter. Dann meinte sie: »Sieh einer an, der Kaltenbacher wollte ein Zimmer einrichten für seinen Neffen, ›unverhofft kommt oft‹.«

»Tja, wie gesagt, ich zweifle nicht daran, dass du den richtigen Riecher hattest mit deiner Vater-Sohn-Theorie.« Sebastian nahm ihr das Glas aus der Hand und stellte es auf einem der weiß gedeckten Bistrotische ab. »Lass uns tanzen.« Er zog Klara mit sich auf die Tanzfläche.

Sie hatte seit langer Zeit nicht mehr getanzt und genoss es umso mehr. Sebastian war dicht vor ihr, und seine Augen hingen an ihren. Klara war bemüht, sich ab und zu von ihm wegzudrehen, um keine allzu große Vertrautheit offenbar werden zu lassen.

Nach einer Weile holte sie sich ein Glas Wasser und traf auf Harald, der mit einem Bier in der Hand an der Bar stand, neben ihm seine Rosi, die Klara wie gewohnt mit einem beherzten Griff an sich zog und ihr einen Begrüßungskuss auf die Wange drückte. Wahrscheinlich konnte Rosi gar nicht anders, Menschen, die sie mochte, bekamen das zu spüren. Menschen, die sie nicht mochte, auch.

Rosi lachte ihr ebenfalls ziemlich rauchiges Lachen. »Na, Klärchen, alles in Ordnung?«, krächzte sie. »Mensch, du wirst ja immer hübscher.« Sie blinzelte mit ihren von Lachfalten umrahmten Augen. »Frisch verliebt?«

Was war denn nur los heute Abend? Trug Klara irgendein Mal auf der Stirn?

Harald sah auf sein Bier, als hätte er nichts gehört, aber Klara ahnte, dass er sich insgeheim einen grinste.

»Schon neue Erkenntnisse in Sachen Familienzusammenführung?«, fragte er scheinbar arglos lächelnd, sodass seine hellbraunen Zähne durch die bunten Lichtstrahler schaurige violettfarbene Reflexe warfen.

»Am Montag.« Klara nahm einen Schluck Wasser. »Aber du weißt ja ohnehin von nichts.«

»Ja, ganz richtig. Es gibt Sachen, von denen will ich gar nichts wissen. Der Chef ist übrigens auch hier. Ist ein wenig angefressen, dass wir bei Viola Schanz nichts gefunden haben. Und die Kollegen aus Stuttgart sind im Umfeld von Elsa Weißgerber auch nicht weitergekommen. Dann warten wir also mal Montag ab.« Harald sah auf den letzten Rest seines Bierschaums. »Aber wenn du wirklich recht hast mit deiner Vermutung, wie willst du dann dem Chef erklären, woher du es weißt?«

Nun lächelte Klara sehr unschuldig. »Keine Ahnung, Harald. Da müssen wir uns dann was überlegen.«

»Wir? Nee, nee, nix *wir*, lass mich bloß da raus.« Harald machte eine abweisende Handbewegung. Klara zwinkerte ihm zu und verschwand in Richtung Tanzfläche.

Gegen Mitternacht verabschiedete sie sich von Monika Gruber. Sebastian bestand darauf, sie nach Hause zu bringen, aber Klara lehnte ab. »Nein, bleib hier und feier noch ein bisschen, ich muss jetzt die Babysitterin ablösen, und ich bin hundemüde.«

Sebastian stieg mit ihr die Stufen aus dem Kellergewölbe hinauf, die frische Nachtluft war kühl und klar. Klara hatte den Abend mit Sebastian genossen, das Menschengetümmel, die Musik. Aber sie wusste nicht, wohin die Geschichte mit ihm führen sollte, es war besser, der Sache frühzeitig keine allzu große Bedeutung einzuräumen. Und sie wollte morgen einen ruhigen Tag mit ihrer Tochter verbringen, Zeit für sie haben.

Sebastian umarmte sie zum Abschied, er sah ein wenig traurig aus, als Klara auf ihr Mountainbike stieg und ihm noch einmal zuwinkte. Aber sie war sicher, dass er den Rest des Abends auch ohne sie Spaß haben würde.

Am Sonntagvormittag ging Klara mit Josephine in den Zoo. Sie wollte abschalten, doch wie immer, wenn sie an einem Mordfall arbeitete, gelang ihr das nur bedingt. Auch nach vielen Jahren im Job gingen ihr Kapitalverbrechen nahe, und seit Josis Geburt war es eher noch schlimmer geworden. Seitdem sie eine Tochter hatte, war sie dünnhäutiger geworden, seitdem sie so etwas Wunderbares geschenkt bekommen hatte, trug sie stets eine verborgene Angst in sich, es zu verlieren. Aber diese neue Verbindung zum Leben, die ein Kind mit sich brachte, stärkte auch ihren Antrieb, für die Opfer zu arbeiten, sie fühlte sich dazu verpflichtet. Klara stand jeglicher Esoterik fern, aber es war, als müsste man den Täter stellen, um eine Art Weltgefüge wieder in Ordnung zu bringen. Schuld und Sühne, Frieden für die Seelen der Getöteten.

Josi stand vor dem Gehege der Eisbären, die hatten es ihr angetan, sie konnte sie stundenlang beobachten. Klara trat dicht an sie heran, strich ihr über das rotbraune Haar und beugte sich zu ihr hinunter, um ihr noch näher zu sein. Manchmal musste sie sich regelrecht zurückhalten, um Josi nicht andauernd zu umarmen und festzuhalten.

Was brachte einen Menschen dazu, das Leben eines anderen zu beenden, wie konnte sich jemand dazu aufschwingen? Elsa Weißgerbers Tod nagte mehr an Klara als der von Martin Kaltenbacher, auch wenn sich die Ermittlungen stärker auf Letzteren konzentrierten. Eine junge Frau war mitten aus dem Leben gerissen worden, und Klara durfte gar nicht an den Schmerz der Eltern denken. Sie war Harald dankbar, dass er mit Elsas Vater und Mutter geredet hatte, bei getöteten Kindern stieß sie an ihre Grenzen. Sebastian hätte man für dieses Gespräch ohnehin kaum gebrauchen können, im Angesicht der leidenden Eltern wäre er vermutlich auch mit seinem Lehrbuch-Jargon nicht mehr zurechtgekommen.

Klara schlief nicht gut in dieser Nacht, immer wieder schlich sich das Bild der ermordeten Elsa in ihre Träume, wie sie dort gelegen hatte, ihr aufgedunsenes Gesicht, ihre merkwürdigen Augen, die fast durchsichtig helle Iris auf dem dunklen Hintergrund der verfärbten Bindehäute, ein Kontrast, wie ihn Klara noch nie gesehen hatte. Elsas Augen, in denen sich trotz der Leere das Entsetzen konserviert hatte, ein stummer Schrei: Warum hilft mir niemand?

Hatten Klara und Sebastian am Tatort etwas übersehen? Hatten sie bei Kaltenbacher etwas übersehen? Gab es die reale Gefahr eines dritten Mordes, so wie es die Zeitungen fast schon orakelten? Es war nicht die Forderung der Medien und der Öffentlichkeit nach Ermittlungserfolgen, die Klara zusetzte, es war das Gefühl der Verpflichtung Elsa und ihrer Familie gegenüber.

Gegen halb sechs am Morgen war Klara endgültig fertig mit der Nacht, es war sinnlos, sie würde nicht noch einmal einschlafen können. Sie stand auf und setzte sich an ihren Computer.

Elsas Augen … dieses ungewöhnlich helle Grau. Wie war das doch gleich mit der Vererbung der Augenfarbe? Konnte Konstantin seine grünen Augen auch von seiner Großmutter geerbt haben, waren es gar nicht die Gene seines Onkels Martin? Klara begann zu recherchieren, las sich durch verschiedene Internetseiten. Ein Kind konnte alle möglichen Augenfarben haben, sozusagen bunt gemischt, je nachdem, welche Farben sich bei Eltern oder Großeltern fanden … Aber wenn sowohl der Vater als auch die Mutter blaue Augen hatten, mussten die des Kindes ebenfalls blau sein. Klara dachte an das matte Blau bei Thorsten Kaltenbacher und die auffällig geschminkten Augen von Konstantins Mutter, ein aufgesetzter Unschuldsblick in Meeresblau.

Die Ermittlerin klappte den Laptop zu, ging ins Bad, duschte, machte Frühstück und weckte gegen halb acht Josephine.

So war das also mit der Augenfarbe.

Eine Stunde später kam die Kommissarin etwas blass und unausgeschlafen aufs Revier, Sebastian war bereits da. »Guten Morgen, Klara. Es gibt Neuigkeiten von unserem blauen Damenmantel …« Er sah Klara erwartungsvoll an.

Es gibt Neuigkeiten von unseren blauen Augen, dachte Klara, aber das erzähle ich ihm später.

»Der Chef bleibt vom Herzinfarkt verschont, der Mantel gehört offenbar nicht Eva Kaltenbacher, sondern Elsa Weißgerber. Sie hatte ihn also entweder schon vor dem Tatabend in Martins

Wohnung vergessen, oder sie war am Tatabend doch dort, obwohl ihre Handydaten vermuten lassen, dass sie in der Altstadt war.«

Klara stellte eine Tasse unter die Espressomaschine, die auf dem Aktenschrank stand. »Elsa hat Martin umgebracht, weil sie herausgefunden hat, dass er sie betrügt, und anschließend hat Eva Kaltenbacher ihren Martin gerächt, den sie ja immer noch so liebte, und Elsa getötet.« Klara schaufelte sich drei Löffel Zucker in ihren Kaffee. »Die Welt kann so einfach sein.«

Sebastian sah sie halb belustigt, halb nachdenklich an. »So abwegig ist das vielleicht gar nicht. Elsas Büro am Institut befindet sich in der Altstadt, sie könnte ihr Handy dort gelassen haben. Und ihr Anruf am Freitagabend bei Martin Kaltenbacher diente sozusagen der Tarnung. Sie wusste schon, dass Martin tot war, rief ihn aber dennoch an, weil sie ja davon ausgehen konnte, dass die Polizei auch die Verbindungsdaten der Mobiltelefone überprüfen würde.«

Klara überlegte. »Und dass Konstantin Martins Sohn ist, hat mit der ganzen Sache eigentlich nichts zu tun?«

»Wäre möglich. Vielleicht wissen es alle Beteiligten schon seit Jahren und haben sich einfach damit arrangiert, quasi zum Wohle des Kindes.«

Klara rührte in ihrer Tasse und sah aus dem Fenster. »Leider können wir Elsa nicht mehr befragen. Es wäre natürlich möglich, dass Eva sie umgebracht hat. Elsa starb den Angaben der Pathologie zufolge am Freitag zwischen neunzehn und einundzwanzig Uhr, für dieses Zeitfenster hat Eva kein Alibi, ich war ja erst etwas später bei ihr.« Klara überlegte weiter: »Kommt jemand anderes für den Mord an Elsa Weißgerber in Frage, gibt es weitere Motive? Wie weit ist Harald mit der Durchsicht von Elsas E-Mails?«

»Soweit ich weiß, sitzt Herr Mausbach jetzt dran. Hätte Thorsten Kaltenbacher ein Motiv gehabt, Elsa umzubringen? Wohl kaum das, seinen wenig geliebten Halbbruder zu rächen.«

Klara nickte. »Thorsten hätte ein Motiv, wenn er seinen Halbbruder umgebracht hat und Elsa als Zeugin beseitigen musste. Oder als vermeintliche Zeugin.«

»Hm.« Sebastian stand auf und ging vor dem Aktenschrank auf und ab. »Ich würde gern noch einmal mit Eva sprechen, aber ihr Anwalt hat ihr ebenfalls einen Maulkorb verpasst. Wirklich schade, der Frau scheint irgendetwas auf der Seele zu brennen. Wie ist eigentlich das Verhältnis zwischen Eva und Thorsten?«

»Eher kühl, Tanja Kaltenbacher hat so etwas verlauten lassen. Haben die beiden wohl nach Martins Tod miteinander gesprochen? Es gibt doch sicher ein paar Dinge zu regeln?«

Sebastian zuckte mit den Achseln. »Tja, solange Conrad nicht observieren lässt, bleibt uns wohl einiges verborgen.« Er setzte sich wieder an seinen Schreibtisch. »Ich muss noch einen Bericht schreiben von letzter Woche, der Chef hat außerdem für zwölf Uhr eine Sitzung anberaumt.«

Das Telefon läutete, ein hausinterner Anruf. Sebastian hob ab. »Ach ja …? Hm … Okay, wir kommen runter.« Er sah Klara an. »Unten sitzt eine Studentin, die eine Aussage machen will. Sie kellnerte im Sommer in einem Bistro am Neuenheimer Marktplatz und will Martin Kaltenbacher im Streit mit einer Frau beobachtet haben.«

Klara neigte den Kopf zur Seite und warf ihrem Kollegen einen skeptischen Blick zu. Seitdem in der Regionalpresse die Bevölkerung um sachdienliche Hinweise in den Mordfällen Kaltenbacher und Weißgerber gebeten worden war, hatten die Beamten zahlreiche Anrufe erhalten. Alle Aussagen mussten geprüft werden, ein weiterer großer Zeitfaktor in der Ermittlungsarbeit. Bislang hatte sich allerdings keine heiße Spur ergeben.

»Dann lass uns mal hören, was die angebliche Zeugin zu erzählen hat«, sagte Klara und ging mit Sebastian ins Erdgeschoss der Wache.

In einem nüchtern eingerichteten kleinen Raum saß eine junge Frau auf dem abgewetzten Bürostuhl, der rechts neben dem Schreibtisch stand. Der Stuhl stammte anscheinend noch aus den siebziger Jahren, das Polster der Sitzfläche war derart alt und überstrapaziert, dass der Befragte, der auf ihm saß, automatisch zehn Zentimeter einsank und sich mit hängenden Schultern seiner unterlegenen Position mehr als bewusst wurde. Psychologische Kriegsführung. Klara musste sich jedes Mal ein Schmunzeln verkneifen, wenn sie diesen kläglichen, ehemals dunkelrot bezogenen Sessel sah.

Klara und ihr Kollege stellten sich vor und setzten sich der Frau gegenüber. Sie war Anfang zwanzig, gut gekleidet und hübsch, sie trug einen dunkelblonden Pagenschnitt und eine moderne Brille … Klara tippte auf Jura oder BWL.

»Ja, also, mein Name ist Julia, Julia Reuss. Ich habe erst jetzt von diesem Aufruf gehört, dass Sie nach Hinweisen fahnden.« Klara schloss augenblicklich Jura als Studienfach wieder aus, die Ausdrucksweise war wenig fachsprachlich.

Sie antwortete: »Genau, die Bevölkerung wurde um sachdienliche Hinweise in den Mordfällen Kaltenbacher und Weißgerber gebeten. Möchten Sie dazu etwas sagen?«

Julia Reuss spielte an der Perlenkette, die sich um ihren schlanken Hals legte. Klaras Meinung nach gab es im Leben nie die richtige Zeit, Perlen zu tragen, wenn man jung war, machten Perlen alt, wenn man alt war, ebenfalls.

»Ja, also, ich habe im Sommer in ›Marcs Café‹ gejobbt, und ich kann mich an einen gut aussehenden Rollstuhlfahrer erinnern, dem Foto in der Zeitung nach war es Martin Kaltenbacher.« Die Studentin zögerte einen Moment. »Ich meine, der fällt ja auf. Außerdem hat er noch so ein bisschen mit mir geflirtet. Es war um die Mittagszeit, er hat einen Cappuccino bestellt und gesagt: ›Aber machen Sie's bitte nicht zu heiß‹, und mich angelächelt. Zuerst saß eine rothaarige Frau an dem Tisch, und Herr Kaltenbacher, wenn er es denn war, kam später dazu, da hatte die Frau schon eine Weile gewartet. Am Anfang haben sich die zwei wohl normal unterhalten, aber dann hat ihn die Frau plötzlich mit ›Du Schwein‹ oder so etwas beschimpft und auch irgendwas mit … äh … ich weiß nicht, ob ich das sagen soll … mit ›ficken‹ von sich gegeben und ›Du bist kein Vater‹ oder so. Kurze Zeit später ist sie aufgesprungen und weggerannt. Ich kann mich noch gut erinnern, ich dachte, vielleicht ist der Mann fremdgegangen und kümmert sich nicht mehr um seine Kinder.« Julia Reuss knabberte an ihrer Unterlippe. »Herr Kaltenbacher hat dann kurze Zeit später bezahlt und mich mit so einem Achselzucken schief angeguckt, als wollte er sagen: ›Die kriegt sich schon wieder ein.‹«

Sebastian rollte seinen Bürostuhl etwas näher an den Schreibtisch und loggte sich in den Computer ein, der dort stand. Er öffnete die Internetseite von Eva Kaltenbachers Boutique.

»War es diese Frau, die Sie gesehen haben?« Der Ermittler drehte den Flachbildschirm in die Richtung von Julia Reuss, Eva Kaltenbacher lächelte ihnen in eleganter Pose entgegen.

»Ja, die war es.«

Klara und Sebastian sahen sich an. »Würden Sie Ihre Aussage zu Protokoll geben? Vielleicht ist sie wirklich hilfreich für uns.«

Frau Reuss nickte. »Natürlich. Wenn ich helfen kann.« Sie lächelte ein schüchternes Lächeln. Vielleicht auch Katholische Theologie, dachte Klara.

Die Beamten nahmen das Protokoll auf, ließen es gegenlesen und von Frau Reuss unterschreiben.

Einige Zeit später saßen sie wieder in ihrem Büro.

»Wir müssen mit dem Chef sprechen. Martin war der Vater von Konstantin, und sowohl er selbst als auch Eva haben es gewusst. Und Eva hat die Nachricht offenbar kalt erwischt.«

Klara nickte. »Aber lass uns erst noch das Ergebnis des Tests abwarten, damit wir sicher sein können, dass wir auf der richtigen Spur sind. Vielleicht können wir Conrad überzeugen, ohne den Test zu erwähnen. Besser wäre das.« Sie sah Sebastian an. Der schien für einen Moment ein ganz klein wenig rot zu werden, oder bildete sich Klara das nur ein?

Es klopfte am Türrahmen der offenen Bürotür, irgendwie war das Usus geworden, die Türen standen zumeist offen, und während man in den Raum trat, pochte man kurz am Holz des Rahmens.

Kriminaldirektor Conrad stand in der Tür. »Okay, möglicherweise hattet ihr den richtigen Riecher.« Seine Stimme war ziemlich laut. Klara kannte ihren Chef mittlerweile gut genug, mehr Lob war nicht drin, aber man musste es zu nehmen wissen, und dann freute man sich umso mehr.

Conrad verschränkte die Arme vor der Brust und blickte von Klara zu Sebastian und wieder zurück. »Ich habe gerade einen Anruf von Thorsten Kaltenbachers Hausbank bekommen. Er hat für heute Nachmittag fünfzigtausend Euro in bar vorbestellt.«

Sebastian pfiff durch die Zähne.

»Er hat sich für sechzehn Uhr dort angemeldet, um das Geld abzuholen«, fuhr Conrad fort. »Da werden wir wohl einmal hinterherfahren.« Er sah seine beiden Ermittler an. »Das bedeutet Spätschicht.«

»Kein Problem.« Sebastians Antwort kam wie aus der Pistole geschossen. Einen Moment später sah er seine Kollegin an und fragte: »Oder?«

Klara fühlte wieder einmal mit fast körperlichen Dehnungsschmerzen den Spagat der berufstätigen Mutter.

»Muss ich mit Jan klären, aber ich denke, es geht.«

»Gut.« Conrad schien zufrieden. »Ihr bringt euch rechtzeitig vor der Bank in Position, und wenn Kaltenbacher das Geld hat, lasst ihr ihn nicht mehr aus den Augen. Ach ja, und bitte keine Alleingänge, wenn es brenzlig wird. Ihr wisst, wie ich das hasse. Ich setze weitere Kollegen in Bereitschaft. Dienstbesprechung um zwölf Uhr.« Er verließ das Büro.

Sebastian stand auf und schloss einige Sekunden später hinter dem Chef die Tür. »Es geht also los.« Eine merkwürdige Stimmung lag plötzlich im Raum, die Jagd war angeblasen, aber der Ausgang war ungewiss. Es war wie immer möglich, dass die Jäger auf einmal zu Gejagten wurden.

Klara fühlte ein Unwohlsein. Sie spürte, dass sie es offenbar mit einem ungewöhnlich kalten und gleichzeitig tief gekränkten Mann zu tun hatten, dem pathologischen Täterprofil eines Narzisses, der sich in übersteigerter Selbstgerechtigkeit und Egomanie zum Richter aufschwingt, der vollkommen in seiner subjektiven Realität gefangen ist. Der für seinen Sohn, der nicht sein Sohn ist, über Leichen geht.

Klara liebte die Jagd, vielleicht hatten ihre Vorfahren das Blut der Steppenreiter in sich getragen, heißblütiger Turkmenen oder kriegerischer Amazonen. Aber sie ahnte, dass für Kaltenbacher die Anzahl der Morde keine Rolle spielte, weil er den Mord nicht als solchen wahrnahm. Und es bereitete ihr Angst.

Sie holte tief Luft, dann sah sie auf die Uhr und zog die Tastatur ihres Rechners etwas näher an sich heran. Sie loggte sich ein und rief die Seite eines E-Mail-Anbieters auf. Sebastian stand hinter ihr. Als Benutzernamen gab sie »k.ehrlich« ein, dann das Passwort »Maximilian«.

Wie in einem Flashback fühlte sie für den Bruchteil einer Sekunde Sebastians Hände auf ihrer nackten Haut, erinnerte sich an ihre zweite, überwältigende Begegnung, in der sie verschlungen auf Klaras Bett lagen, spürte das Bersten aller Dämme und das unendlich tiefe Sinken ineinander.

Sebastian beugte sich über Klaras Schulter, sie roch wieder den Duft seiner Haut und zwang sich, den Bildschirm zu fixieren.

Im E-Mail-Postfach tauchte der Name des Testlabors auf, die E-Mail trug einen Anhang mit dem Testergebnis. Klara konnte nicht anders, sie drehte den Kopf zur Seite und sah in Sebastians Augen, ein kurzes Flattern durchfuhr ihren Magen. Dann öffnete sie den Anhang mit einem schnellen Doppelklick.

Konstantin war Martin Kaltenbachers Sohn. Wahrscheinlichkeit neunundneunzig Komma neun Prozent.

»Bingo.« Sebastian sprach das Wort mit einer irritierenden Zärtlichkeit aus, wie das »Ja« vor dem Traualtar. *Bin Go. Ich. Will.*

Klara meldete sich aus dem Mailprogramm ab. »Jetzt haben wir es schwarz auf weiß.« Sie drehte sich auf ihrem Schreibtischstuhl ein paar Zentimeter nach rechts, ihre Oberschenkel streiften Sebastians Knie.

»Für wen, denkst du, ist das Geld bestimmt, das Kaltenbacher abhebt?«

»Wollen wir wetten?« Sebastians Gesichtsausdruck war ein wenig herausfordernd.

Klara traute sich nicht zu fragen, um was. Sie stand auf, ging ans Fenster und sah auf die gegenüberliegenden Wohnhäuser der »Alten Glockengießerei«. »Eva Kaltenbacher oder Viola Schanz? Oder etwa Thorstens Exfrau Tanja?«

Sebastian überlegte. »Oder ein Überraschungsgast?«

Klara drehte sich zu ihrem Kollegen um. »Egal, wer es ist, er oder sie lebt gefährlich. Kaltenbacher scheint nicht der Mann zu sein, der zahlt und dann die Sache auf sich beruhen lässt.« Sie sah erneut auf ihre Uhr. »Komm, es ist gleich zwölf, wir müssen rüber.«

Die Ermittler gingen aus ihrem Büro ein paar Meter über

den Flur. In dem Besprechungsraum saßen bereits die Kollegen Klinkhammer und Mausbach aus Stuttgart, die anderen Beamten kamen nach und nach dazu. Mit Harald wehte der typische Hauch von kaltem Rauch und »Paco Rabanne« herein. Der Kommissar warf Klara einen verschwörerischen Blick zu und flüsterte: »Neuigkeiten?«

»Neunundneunzig Komma neun Prozent.«

Harald verstand sofort, er hustete. »Alter Schwede, leck mich fett.«

Klara wunderte sich immer, woher der Mann seine Ausdrücke nahm. In irgendeinem Winkel seines Gehirns musste es einen Speicher von etwa fünfzig Wörtern geben, die in allen erdenklichen Kombinationen miteinander hinunter auf die Zunge wanderten und »Arsch, Sack« an die Luft wollten.

»Wollt ihr's dem Chef sagen?«, fragte Harald leise.

Klara zuckte kaum sichtbar mit den Achseln, vielleicht wollte Sebastian.

Kriminaldirektor Conrad eröffnete die Sitzung mit der Nachricht, dass Thorsten Kaltenbacher um sechzehn Uhr fünfzigtausend Euro bei seiner Bank abholen wolle. Die Observation wurde geplant und besprochen.

Schließlich fasste Klara noch für die restlichen Mitglieder der Soko die zuvor aufgenommene Aussage der Studentin Julia Reuss zusammen.

»Was hett die g'sagt?« Herr Mausbach schien noch nicht recht zu begreifen. »›Du bist kein Vater‹ und was vom … äääh … äh?« Thomas Mausbach kam der Ausdruck nicht über die Lippen, Klara fragte sich, ob es ein schwäbisches Äquivalent dafür gab. Vielleicht »fickele«?

Sebastian ergriff das Wort. »Es gibt Hinweise darauf, dass nicht Thorsten Kaltenbacher, sondern sein Halbbruder Martin der Vater von Konstantin ist.«

»Wie? Hinweise?« Herr Klinkhammers Stimme klang scharf.

»Welche Hinweise?« Kriminaldirektor Conrad sah ebenfalls in Sebastians Richtung. »Das würde ich jetzt so nicht aus der Aussage von Frau Reuss herauslesen können.« Conrad war lange genug im Geschäft, und er kannte seine Ermittler, da war etwas im Busch.

Fragend wanderte sein Blick zwischen Klara und Sebastian hin und her.

Sebastian rettete sich zu dem Foto aus dem gemeinsamen Urlaub der Kaltenbachers vor elf Jahren, das immer noch bei Tanja Kaltenbacher stand, zu Billies Aussage, Kaltenbacher habe ein eigenes Zimmer für Konstantin einrichten wollen, zu Konstantins Aussage, er sei in letzter Zeit öfter mit seinem Onkel unterwegs gewesen. »Außerdem bekommen zwei blauäugige Eltern immer blauäugige Kinder, Vererbungslehre. Tanja und Thorsten Kaltenbacher haben blaue Augen, Konstantin nicht.«

Klara meinte wahrzunehmen, wie der blauäugige Herr Klinkhammer einen Moment angestrengt nachzudenken schien.

Sebastian verschränkte die Arme vor der Brust. »Alles eindeutige Indizien, das alles führt uns klar zu der Annahme, dass Konstantin ein Kuckuckskind ist.«

Conrad neigte misstrauisch den Kopf zur Seite und warf seinem jungen Ermittler einen stechenden Blick zu, dann entschied er sich aber offenbar dafür, nicht weiter nachzufragen.

»Gesetzt den Fall, es wäre tatsächlich so, hätte Thorsten Kaltenbacher vielleicht ein Motiv für den Mord an seinem Halbbruder gehabt. Und die fünfzigtausend Euro sind Schweigegeld für einen Zeugen der Tat.«

Sebastian nickte zustimmend. »Bingo.« Das Wort klang nun ganz anders als eben, wie ein kleiner spitzer Pfeil, der durch die Luft sirrte und dann dumpf auf die Zielscheibe traf.

Conrad schloss die Sitzung. »Okay, warten wir ab, was Kaltenbacher mit dem Geld macht, und gegebenenfalls gehen wir dieser anderen … Kuckuckskind-Spur nach. Ihr wisst Bescheid, Sebastian und Klara in dem einen Wagen, Harald und Ralf als Verstärkung, die anderen in Bereitschaft.« Er stand auf, es war Jagdsaison.

Knapp drei Stunden später saß Klara in einem Mittelklassewagen, die schusssichere Weste engte sie ein, ihre Gedanken ebenfalls. Machte es einen Mord weniger verwerflich, wenn er begangen wurde, um ein Kind zu behalten? Wurde ein Mord umso schlimmer, wenn er am Halbbruder begangen wurde, an der eigenen Familie? Die Frage, ob man zwischen solchen und solchen Mördern unterscheiden konnte, hatte Klara schon oft beschäftigt, am Ende ging es nur darum, für sich selbst eine Antwort zu finden. Für Klara war die Tat immer die gleiche, aber die Menschen, die sie begingen, waren unterschiedlich, ihre Motive waren unterschiedlich, und auch wenn sie in ihrer Laufbahn noch keinen Mörder getroffen hatte, für den sie Mitleid oder Verständnis empfand, wusste sie nicht, wie sie selbst reagieren würde, wenn jemand ihrer Tochter etwas antäte.

Aber Thorsten Kaltenbacher hätte seinen Sohn nicht verloren, er hätte ihn nicht an seinen Halbbruder verloren, er hätte den Mut haben müssen, mit der Wahrheit zu leben, und er hätte mutig genug sein müssen, dies seinem Sohn auch zuzugestehen. Auch Kinder hatten ein Recht auf die Wahrheit.

Klara dachte an die Worte eines ihrer Ausbilder: »Wissen ist besser als Nichtwissen. *Sapere aude* – wage zu wissen.« Sie waren zu einem ihrer Leitsätze geworden.

Die Kommissarin sah aus der Windschutzscheibe des Dienstwagens, neben ihr schüttelte Sebastian eine Kaugummipackung. »Auch einen?«

Klara lehnte dankend ab. Gleich war es sechzehn Uhr, die Beamten hatten sich auf dem Kundenparkplatz der Bank in Position gebracht, einem spärlich begrünten Stück Asphalt mit zahlreichen Parkfeldern vor einem kastigen Betonbau aus den achtziger Jahren, der an der nördlichen Ausfahrtstraße aus der Stadt heraus lag. Harald und Ralf hatten zusätzlich den Vordereingang der Bank im Blick.

»Da kommt er, pünktlich wie die Maurer.« Sebastian deutete mit dem Kopf in Richtung Parkplatzeinfahrt. Ein schwarzer Geländewagen fuhr ein und hielt im ersten freien Parkfeld. Thorsten Kaltenbacher stieg aus, er trug Jeans und ein schwarzes Sakko, fuhr sich kurz durch die Haare, richtete seinen Hemdkragen und eilte zum Eingang.

Klara machte eine Meldung über Funk an die Kollegen und wartete die Bestätigung ab, dann herrschte minutenlang eine angespannte Stille im Wagen.

Sebastian begann, Kaugummiblasen zu formen, die mit einem hellen »Plöpp« zerplatzten.

Klara sah zu ihm hinüber. »Josephine kann das besser. Obwohl du dreißig Jahre mehr Übung hast.«

Sebastian grinste. »Muss mir das jetzt zu denken geben? Vielleicht kann ich ja bei ihr in die Lehre gehen?«

»Hm. Wir haben auch noch Strohhalm-Schlürfen, Pfützen-Springen und Widersprechen im Angebot.«

Sebastian warf seiner Kollegin einen belustigten Blick zu. »Ich nehme alles und buche ein Wochenendseminar.«

Klaras Wangen fühlten sich plötzlich deutlich wärmer an – Themawechsel. »Eigentlich sollte Kaltenbacher langsam wieder herauskommen.« Sie blickte angespannt geradeaus.

Wenige Momente später sahen die Ermittler den hochgewachsenen, schlanken Mann um die Ecke kommen, einen großformatigen braunen Umschlag in der Hand.

Klara nahm das Funksprechgerät. »Die Zielperson hat die Bank verlassen und geht zum Wagen.«

Kaltenbacher öffnete die Autotür, stieg ein und fuhr los.

Klara ließ den Motor an und nahm die Verfolgung auf, Harald und Ralf meldeten sich, sie starteten ebenfalls.

Der schwarze BMW bog vom Parkplatz auf die Ausfahrtstraße Richtung Norden und manövrierte sich durch den Stadtverkehr, offenbar fuhr Kaltenbacher weder nach Hause noch in die Firma. Die Ermittler folgten ihm über die Ernst-Walz-Brücke auf die andere Neckarseite, er fuhr in Richtung Handschuhsheim.

Sebastian kam sofort die Befragung der ersten Firmenspionin Nicole Baumgartner in den Sinn. »Vielleicht sitzen die beiden Mata Haris, Viola und Nicole, bei Nicole zu Hause, und Kaltenbacher bringt ihnen schnell das Geld vorbei?«

»Und Nicoles Muskelprotz-Mann macht ihm zum Dank einen Eiweißshake, und dann plaudern sie alle noch ein bisschen miteinander?« Klara runzelte die Stirn.

»Tja. Das Leben geht manchmal verschlungene Pfade …« Sebastian lehnte sich scheinbar gelassen in seinem Sitz zurück, aber Klara spürte, dass auch er angespannt war.

Der schwarze Geländewagen zwei Autos vor ihnen setzte den Blinker, Klara bog ebenfalls ab. Hinter ihnen kamen Harald und Ralf.

Kaltenbacher fuhr weiter durch das dörfliche Handschuhsheim, verlangsamte schließlich das Tempo, setzte erneut den Blinker und parkte den Wagen vor einer weiteren Bank.

»Er braucht noch mehr Geld, er braucht mehr als fünfzigtausend. Das ist Schweigegeld für ein Kapitalverbrechen.«

Sebastian machte eine Meldung über Funk, Klara parkte den Dienstwagen ein paar Meter von der Bank entfernt. Im Rückspiegel beobachtete sie, wie Kaltenbacher in das Gebäude ging.

Einige Minuten später kam er wieder heraus, erneut mit einem großformatigen Umschlag in der Hand. Er stieg in den schwarzen Geländewagen und fuhr los, direkt an den Ermittlern vorbei.

Klara wandte ihr Gesicht schnell zur Beifahrerseite, sie durften kein Risiko eingehen, erkannt zu werden. Dann startete sie und folgte wieder Kaltenbacher, Sebastian funkte Harald an, die beiden Kollegen setzten sich ebenfalls in Bewegung.

Der Verdächtige fuhr zurück über die Neckarbrücke und bog anschließend nach rechts ab, er fuhr ein paar Kilometer den Fluss entlang und lenkte dann den Wagen in das Wohn- und Industriegebiet, in dem seine Firma lag.

»Er fährt ins Geschäft und holt womöglich noch Schwarzgeld aus dem Safe.« Sebastians Stimme hatte einen angewiderten Klang, so als wäre er gerade in einen Hundehaufen getreten. »Unser sauberer Geschäftsmann und treu sorgender Vater.«

Klara zuckte mit den Achseln. »Wahrscheinlich ist die Welt voller Kaltenbachers, irgendwie funktioniert das Spiel so.«

Thorsten Kaltenbacher bog in die Einfahrt vor dem Gebäude seiner Firma ein und stellte seinen Wagen auf dem gekennzeichneten Parkplatz rechts des Eingangs ab. Klara blieb etwa fünfzig Meter zurück, sie sah im Rückspiegel Haralds Wagen aufschließen. Sebastian informierte den Kollegen über Funk. »Zielperson betritt das Bürogebäude.«

»Okay, wir bringen uns weiter vorn an der anderen Seite des Gebäudes in Position.«

Kaltenbacher war bereits durch den Haupteingang verschwunden. Jetzt hieß es abwarten.

Klara stützte ihren Ellbogen am Rahmen der Fahrertür ab und begann nach ein paar Minuten, eine Haarsträhne zwischen den Fingern zu drehen. Als sie zwanzig war, war sie von Irland nach Frankfurt geflogen, im Cockpit der Linienmaschine auf dem sogenannten *jumpseat*. Ihre ältere Schwester arbeitete bei der Fluggesellschaft, und Klara flog ziemlich günstig Stand-by. Die Piloten hatten während des ereignislosen Fluges nicht sonderlich viel zu tun, sie unterhielten sich über ihre Kinder, ihren Urlaub, ihren Dienstplan für den Monat.

Klara hatte sich damals gefragt, ob es wohl ein anstrengender Teil ihres Berufs war, stundenlang mit einem mehr oder weniger fremden Menschen auf engstem Raum zu verbringen und eine möglichst belanglose, aber angenehme Unterhaltung zu führen. Bei jeder Party hätte man längst den Gesprächspartner gewechselt, bei jedem Meeting längst einen anderen Termin vorgeschoben, um das Gespräch zu beenden. Aber da saß man gezwungenermaßen nebeneinander, widmete sich hin und wieder dem Funkverkehr und den Instrumenten und verbrachte ansonsten einfach Zeit. Wie lang wurden dabei wohl Transkontinentalflüge?

Nun saß Klara hier mit Sebastian und wusste nicht, wie lang die Zeit werden würde. Aber wie auch immer, irgendwann musste Kaltenbacher wieder herauskommen aus seinem Geschäft.

Sebastian kaute Kaugummi, reckte nach einer Weile die Arme nach oben und dehnte seinen Rücken. »Vielleicht arbeitet er noch bis sechs oder sieben? Ein viel beschäftigter Geschäftsmann wie er … Kann schon ganz schön lang werden die Zeit … Bei langen Flügen bekommt man wenigstens was zu trinken und kann sich einen Film ansehen.«

Klara erschrak, es gab Momente, in denen ihr Sebastian unheimlich wurde. Wieder so eine Bemerkung, als könnte er Gedanken lesen. »Auf dem Rücksitz liegt eine Flasche Wasser. Aber das mit dem Imbiss und dem Film wird schwierig.«

Klara sah auf die Uhr, sie war angespannt, und die Zeit dehnte sich.

Unvermittelt durchschnitt Haralds rauchige Stimme über Funk die Stille. »Conrad hat mit dem Direktor der Bank in Handschuhsheim telefoniert, die beiden kennen sich vom Golfspielen. Kaltenbacher hat weitere vierzigtausend abgehoben.«

Sebastian bestätigte. »Danke für die Info. Der Mann hat wohl mehr zu verbergen als die Schieberei in seinem Geschäft.« Er beendete das Gespräch, griff nach der Wasserflasche auf dem Rücksitz und bot sie zuerst Klara an. Dann nahm er ein paar tiefe Schlucke und legte die Flasche zurück.

Sie saßen wieder schweigend nebeneinander, Sebastian trommelte mit den Fingerspitzen auf den Rand des Handschuhfachs. »Ich habe früher Schlagzeug gespielt, wusstest du das?« Er sah von seinem Beifahrersitz herüber.

Klara verneinte.

Dann fragte er: »Spielst du ein Instrument?«

Die Kommissarin verzog ein wenig das Gesicht und erzählte von ihrer kurzen Karriere als Saxofonistin in einer Schulband. »Wir waren nicht besonders gut, und nach dem Abitur war ohnehin alles vorbei.«

Sebastian nickte. »Verstehe. Meine Musikerlaufbahn war auch nur mäßig erfolgreich.«

Dann erzählte er von seiner Jugend, seiner Familie, er kam aus Mannheim, war dort auf dem Gymnasium gewesen und hatte sich danach für Physik eingeschrieben, aber nach und nach das Gefühl gehabt, dass das nicht das Richtige war. Irgendwie hatte er begonnen, sich für Kriminaltechnik zu interessieren, und sich schließlich für den gehobenen Dienst bei der Kripo beworben. Am Anfang der Ausbildung war er manchmal skeptisch gewesen, aber dann hatte es ihn gepackt. Das Jagdfieber. Klara wusste, wovon er sprach.

Sebastian reiste gern und bedauerte, dass er dazu jetzt viel weniger Zeit hatte als noch im Studium. Er erzählte von seinen Reisen, von seinem letzten Urlaub auf Sardinien und dass er dort unbedingt wieder hinwolle. »Traumhafte Strände, eine wunderschöne Landschaft und nicht so viele Touristen. In manchen Buchten fühlt man sich wie Robinson Crusoe.«

Klara hörte ihm zu, sie mochte es, wenn er redete, mochte seine Stimme. Ab und zu fragte er sie etwas. »Was war dein schönster Urlaub?«, »Was hast du nächsten Sommer vor?«, »Wie geht es deinen Eltern, deiner Schwester?« Dann antwortete Klara und erzählte aus ihrem Leben. Es fühlte sich selbstverständlich und natürlich an, mit Sebastian zu sprechen.

Irgendwann fragte er: »Warum hast du dich eigentlich von Jan getrennt?«

Klara sah ihn an. »Das ist wie bei den meisten eine lange Geschichte.«

Sebastian zwinkerte ihr zu. »Wir haben ja Zeit.«

Klara sah wieder nach vorn auf den Eingang des Bürogebäudes. »Es gab wohl mehrere Gründe, auf beiden Seiten vermutlich. Manche Gründe schienen weniger entscheidend, manche mehr. Aber am Ende läuft es auf den einfachen Satz hinaus: ›Entweder es passt oder es passt nicht.‹ Und wenn es nicht passt, kann man es irgendwann nicht mehr leugnen, auch wenn man sich noch so bemüht.«

Sebastian nickte. »Nichtpassen kenne ich. Viele Leute verbringen viel Zeit mit Nichtpassen.«

Klara zuckte mit den Achseln. »Ist wohl nicht zu ändern.« Ihr Blick glitt an der Fassade des Bürogebäudes entlang, es dämmerte bereits, die Lichter in den Räumlichkeiten des zweiten Stocks brannten. Ein Haus mit hellen Augen.

In einem der Fenster erschien plötzlich ein Umriss, dann ein zweiter.

»Zweites Fenster von links, sieh mal.« Klara stieß Sebastian am Arm an. »Kaltenbacher und seine Assistentin, will sagen, Verlobte.«

Der Mann presste die Frau mit dem Rücken gegen die Fensterscheibe, für einen Moment war unklar, ob er sie bedrohte oder ihr aus anderen Gründen nahe kam. Dann schlang die Frau ihre Arme um Kaltenbachers Hals und küsste ihn leidenschaftlich.

»Was wird das? Entspannungssex vor der Geldübergabe?« Sebastian dehnte die Sätze in ungläubigem Staunen. Klara sah kurz zu ihm hinüber und sparte sich einen Kommentar. Die Sache war offensichtlich.

Kaltenbacher öffnete die Bluse seiner Assistentin und streifte sie über ihre Schultern. Dann verschwand sein Kopf nach unten hinter dem Umriss der Frau, deren Rücken sich noch immer gegen die Scheibe presste. Sie neigte den Kopf zur Seite und fuhr sich mit einer Hand durch ihr langes Haar.

»Ah, bitte, nicht auf der Fensterbank.« Sebastians Stimme hatte erneut diesen angewiderten Ton, der heutige Tag schien voller Tretminen.

Klara konnte sich ein Grinsen nicht verkneifen.

Ihr Kollege rieb sich mit der flachen Hand über die Stirn. »Junge, nimm wenigstens den Schreibtisch, das halten meine kranken Augen sonst nicht aus.« Er öffnete die Seitenscheibe und spuckte seinen Kaugummi auf den Gehweg. Die kühle Herbstluft, die durch das geöffnete Fenster in den Wagen strömte, war erfrischend.

»Lass einen Moment offen.« Klara atmete tief ein. Auch sie hatte keine Lust, die Show am Fenster weiter zu beobachten, es war unangenehm und peinlich.

Nach ein paar Minuten tauchte Kaltenbachers Kopf wieder im hellen Rechteck der Scheibe auf, und er zog die Frau vom Fenster weg.

Sebastian schien förmlich aufzuatmen. »Zum Glück. Aber jetzt wird es mindestens noch eine halbe Stunde dauern, bis Kaltenbacher wieder aus dem Gebäude kommt.« Er öffnete die Wagentür und stieg aus. »Ich muss mir kurz die Füße vertreten.«

Über Funk meldete sich Harald. »Gibt's was Neues bei euch?«

Klara verneinte. »Aber offenbar hält Kaltenbacher noch ein Schäferstündchen mit seiner Sekretärin. Wir haben die beiden am Fenster beobachtet.«

Harald hustete. »Kinder, euch bleibt auch nichts erspart.«

»Hm. Sebastian guckt zum Augen-Entgiften gerade in den dunklen Herbsthimmel.«

»Na, dann viel Erfolg.« Harald legte auf.

An der Fahrertür erschien Sebastian. »Geh du ein paar Schritte, ich halte die Stellung.«

Klara nickte und stieg aus, Sebastian setzte sich hinter das Lenkrad. Die Kommissarin lief einige Meter den Gehweg entlang. Die Parallelstraße war um diese Zeit stark befahren, Feierabendverkehr, aber auf der ruhigen Seitenstraße, an der ihr Dienstwagen parkte, fuhren nur wenige Autos.

Klara dachte an Josephine und dass sie sie wohl morgen erst wiedersehen würde. Sie hatte zu Hause einen Ordner angelegt, der hieß »Briefe an Josephine«. In ihm hatte sie die ganzen Briefe abgeheftet, die sie ihrer Tochter immer wieder schrieb, seit die Kleine auf der Welt war. Sie hielt darin all die Alltagsbegebenheiten fest, die man so schnell vergaß, wann Josi Krabbeln, Laufen, Sprechen gelernt hatte, welche lustigen Dinge sie von sich gab, wie sie so war als Säugling und als Kleinkind, wie sehr ihre Mutter sie liebte, und sie hatte auch über die Trennung von Jan geschrieben, wie alle mit der Situation umgegangen waren. Irgendwann könnte Josephine die Briefe lesen. Und manchmal dachte Klara, dass sie die Zeilen auch für den Fall schrieb, dass ihr einmal etwas zustoßen sollte. Dann würde sie etwas für ihre Tochter hinterlassen aus der Zeit, in der sie zusammengelebt hatten.

Klara sah in den Abendhimmel, würde sie rauchen, würde sie sich jetzt eine anstecken. Sie ging noch einmal hinter dem Wagen auf und ab und stieg dann auf der Beifahrerseite ein, sie fröstelte. Schweigend saßen die Ermittler eine Weile nebeneinander.

Plötzlich kam eine junge Frau aus der Eingangstür des Gebäudes, Angela Helmer, Kaltenbachers Assistentin. Sie trug einen knielangen Rock, hohe Schuhe und einen beigefarbenen Mantel, ihr Haar schimmerte im Schein der Straßenlaternen. Sie ging über den Parkplatz, stieg in ihren Kleinwagen, parkte aus und fuhr davon.

»Dann wird der Meister wohl auch gleich kommen.« Sebastian klang sarkastisch. »Es war ja auch ein langer Arbeitstag.«

Ein paar Minuten später erlosch das Licht in den Büroräumen des zweiten Stocks, Klara nahm das Funkgerät. »Achtung, er kommt runter.«

Harald bestätigte. Sebastian setzte sich aufrecht, es ging los.

Thorsten Kaltenbacher trat aus der Tür, in seiner rechten Hand trug er eine schwarze Aktentasche, er eilte zu seinem Wagen, schloss auf und stieg ein. Die Scheinwerfer leuchteten auf, er setzte beim Ausparken energisch rückwärts, die Rauchfahne aus dem Auspuff des Wagens waberte vor den roten Rückscheinwerfern. Kaltenbacher bog zügig vom Parkplatz auf die Straße und fuhr stadteinwärts los.

Die Kommissare nahmen die Verfolgung auf. Sie lavierten sich durch den Feierabendverkehr, Klara hielt Funkkontakt mit

Harald, Sebastian hatte alle Mühe, den schwarzen Geländewagen nicht zu verlieren.

Die Zielperson fuhr ein paar Kilometer durch das Wohnviertel, das sich in einigem Abstand zur Autobahn erstreckte, dann am Heidelberger Hauptbahnhof entlang, an dem zu dieser Zeit Hochbetrieb herrschte. Kaltenbacher überfuhr bei Gelb eine Fußgängerampel, die Ampel schaltete auf Rot, Sebastian musste anhalten, und sofort lief eine Herde von Menschen über die Straße, direkt vor dem Wagen der Ermittler.

»Mist.« Der Kommissar schlug mit der flachen Hand aufs Lenkrad, auf der Fahrspur rechts neben ihnen standen Harald und Ralf, über Funk erklang Haralds raue Stimme: »Den kriegen wir noch mal.«

Die Ampel dicht vor ihnen sprang auf Gelb, dann auf Grün. Sebastian gab Gas und bog nach rechts ab, so wie Kaltenbacher wenige Minuten zuvor. Tatsächlich stand der schwarze Wagen an der nächsten Ampel, die gerade auf Grün schaltete. Zwischen dem Geländewagen und den Ermittlern hielten mehrere Autos, alle setzten sich in Bewegung und nahmen die Grünphase mit. Sebastian und Klara folgten. Kaltenbacher fuhr mit überhöhter Geschwindigkeit geradeaus, dann bog er erneut rechts ab in Richtung Südstadt.

»Der fährt nach Hause.« Sebastian gab Gas und schloss auf der zweispurigen Ausfahrtstraße näher zu dem schwarzen Wagen auf, Harald folgte.

Nach wenigen Kilometern verlangsamte Kaltenbacher seine Fahrt. In der Straße, in der seine Wohnung lag, fuhr er mit Schrittgeschwindigkeit, offenbar auf der Suche nach einem Parkplatz. Etwa fünfzig Meter von seinem Haus entfernt fand er schließlich eine Lücke und parkte ein.

Sebastian blieb zurück, Harald und Ralf fuhren am Wagen des Verdächtigen vorbei und hielten dann in einiger Entfernung am Ende der Straße.

Sebastian und Klara beobachteten, wie Kaltenbacher ausstieg, mit der Aktentasche unter dem Arm zu seinem Haus ging, die Eingangstür aufschloss und verschwand. Die Ermittler parkten vor einer Hofeinfahrt etwa dreißig Meter vom Haus der Zielperson entfernt und machten eine Meldung über Funk an die Kollegen auf der Wache.

Im ersten Stock des Gebäudes, in dem Kaltenbachers Wohnung lag, ging das Licht an, dann wurden die Jalousien heruntergelassen.

»Vielleicht muss er noch einmal das Geld nachzählen«, murmelte Sebastian. Dann blieb alles ruhig. Erneut hieß es warten, und erneut wusste niemand, wie lange. Laut Dienstplan wurden die Ermittler um vierundzwanzig Uhr abgelöst, bis dahin konnte alles Mögliche passieren oder auch gar nichts.

Klara sah auf die Uhr, es war sieben. Seit Kaltenbacher in der Haustür verschwunden war, waren erst einige Minuten vergangen, aber langsam löste sich die Anspannung, die sich während der Verfolgungsfahrt aufgebaut hatte.

Weitere Minuten vergingen, Klara und Sebastian saßen schweigend nebeneinander. Sie sahen, wie Harald am Ende der Straße aus dem Wagen stieg, ein kleines Flämmchen zu seinem Gesicht führte und wenig später eine Rauchwolke in die Luft blies.

Die schmale Hofeinfahrt zu Kaltenbachers Haus lag still und verlassen da, beleuchtet von einer der Straßenlaternen. Viele Häuser hier hatten kleine Gärten und waren liebevoll renoviert worden. Der Stadtteil, in dem ehemals fast nur Arbeiter lebten, hatte sich gemausert zu einem beliebten Wohnviertel.

Die Ermittler warteten, den Blick auf die Eingangstür des schmucken Wohnhauses gerichtet. Irgendwann sagte Sebastian: »Ich habe Hunger.« Er sah zu seiner Kollegin hinüber. »Hier um die Ecke gibt es eine wirklich gute Pizzeria.«

Klara lachte. »Dann ruf doch an und reservier einen Tisch für vier Personen, Spesen trägt die Staatskasse.«

Sebastian grinste schief. Aber tatsächlich war auch Klara hungrig. Sie kramte aus ihrer Tasche, die wegen Josephine immer einem mobilen Versorgungszentrum glich, zwei Müsliriegel hervor und reichte einen Sebastian. »Nicht ganz Pizza Calzone, aber besser als nichts.«

Sebastian nahm dankend an. Dann fing er wieder an zu erzählen. Mit einer seiner letzten Freundinnen hatte er einen Kochkurs gemacht, sie hatte darauf bestanden. »Sinnliches Kochen für Paare.« Sebastian lachte. »Das war ein unglaublicher Schrott, unser Kursleiter sagte immer: ›Selbst Linsensuppe kann sinnlich sein, ihr dürft nur das Würstchen darin nicht zerschneiden.‹ Und in einer weiteren Kursstunde haben wir sinnliches Schlürfen von Austern geübt, seitdem muss ich rennen, wenn ich eine Auster sehe.«

Klaras Lachen klang durch den Innenraum des Wagens, es war ein bisschen tief und kehlig und passte nicht ganz zu ihrer zierlichen Figur. Ein reizvoller Gegensatz, wie Sebastian fand.

Dann erzählte sie: »Jans Mutter war einmal bei uns zu Besuch und hat festgestellt, dass unser Backofen einfach nur Stauraum für alles Mögliche war. Sie war entsetzt und meinte, Jan brauche ab und zu einen Krustenbraten. Aber ob das letztendlich unsere Beziehung gerettet hätte, wage ich zu bezweifeln.«

Sie redeten weiter, plauderten, erzählten, in Kaltenbachers Haus blieb alles still. Die Zeit verging. Einmal schreckten die Ermittler auf, als sich die Haustür öffnete und das Licht der Hofeinfahrt automatisch anging. Eine etwa fünfzigjährige Frau kam heraus, ging die Straße hinunter bis zu ihrem Wagen, stieg ein und fuhr los. Vermutlich eine andere Bewohnerin des Hauses.

Die Kommissare warteten weiter, merkwürdigerweise spürte Klara keine Müdigkeit, sie genoss die Gespräche mit ihrem Kollegen. Je weiter die Zeit voranschritt, desto vertraulicher wurden sie.

»Willst du eigentlich Kinder?«

Sebastian antwortete ohne Zögern. »Auf jeden Fall. Aber als Mann musst du dir schon sicher sein, dass es mit der Mutter der Kinder auch funktionieren kann, sonst sind plötzlich beide weg, Mutter und Kind. Und zumindest Letzteres fände ich ziemlich schlimm.«

Klara dachte wieder an ihre Tochter, eigentlich war sie immer bei ihr, immer in ihren Gedanken und Gefühlen. Wie hatte sich Kaltenbacher gefühlt, als er erfahren hatte, dass sein Halbbruder Konstantins leiblicher Vater war? Machte es die Sache besser oder schlimmer, wenn der Betrug innerhalb der eigenen Familie stattgefunden hatte? Offenbar in diesem Falle nicht besser.

Nachdenklich sah Klara hinaus in die Dunkelheit, es war eine klare Nacht, am Himmel standen zahllose Sterne. Sie ließ das Fenster der Beifahrertür hinunter und atmete wieder die kühle Herbstluft.

»Mir ist immer noch nicht klar, warum Thorsten, wenn er denn der Mörder seines Halbbruders ist, nach der Tat mutmaßlich auch Elsa Weißgerber umgebracht hat. Wenn sie gar keine Zeugin des Mordes war, wieso musste dann auch sie beseitigt werden? Nach allem, was wir wissen, ist sie Donnerstagabend ja nicht bei Martin Kaltenbacher gewesen. Wenn doch, so hätte sie als liebende Freundin vermutlich sofort die Polizei benachrichtigt.«

Sebastian zuckte mit den Achseln. »Vermutlich erfahren wir Näheres nur von Kaltenbacher, er ist der Schlüssel zu dem Fall.«

Klara beschlich ein plötzliches Unwohlsein, ein Zweifel, der angeflogen kam wie ein Nachtvogel oder der kühle Herbstwind.

»Sebastian, und was machen wir, wenn Kaltenbacher es doch nicht war, wenn wir uns geirrt haben? Wenn er das Geld für etwas anderes braucht? Oder wenn er nur einen der beiden Morde auf dem Gewissen hat?«

Sebastian sah sie an. »Tja.« Dann schwieg er. Manchmal hätte ihn Klara am liebsten geschüttelt. Aber sie wartete einfach ab. Schließlich meinte er: »Ich würde sagen, weitersuchen.«

Klara atmete hörbar aus. Es ging nicht um ein verstecktes Osternest. Aber im Prinzip hatte Sebastian recht, sie würden einfach weitersuchen. Und sie würden den Mörder finden. So oder so.

Die Ermittlerin dachte nach. Sie kehrte in Gedanken noch einmal an den ersten Tatort zurück. Und dann kam ihr wieder der stahlblaue Mantel in den Sinn, der in Martin Kaltenbachers Wohnung gehangen hatte und offenbar Elsa gehörte.

»Was ist, wenn Thorsten Kaltenbacher erst nach der Tat bemerkt hatte, dass noch jemand in der Wohnung war, im Schlafzimmer zum Beispiel? Und dann sah er diesen blauen Mantel und wusste, dass es Elsa war.«

Sebastian sah seine Kollegin an und nahm ihren Gedanken auf. »Oder er glaubte, dass es Elsa war … Tatsächlich aber hatte sie am Abend zuvor ihren Mantel bei Martin vergessen, und Martin wiederum war am Tatabend mit einer anderen Frau zusammen gewesen.« Sebastian machte eine lapidare Handbewegung. »Zuzutrauen wäre es ihm ja.«

Klara sah geradeaus auf die dunkle Straße des ruhigen Wohngebiets. »Und die Person, die an dem Tatabend tatsächlich bei Martin war, erpresst jetzt Thorsten.«

»Möglich.« Sebastian nickte. »Und das würde ich Viola Schanz am ehesten zutrauen, aber da kann man sich auch täuschen. Manchmal sind auch die Mauerblümchen nicht ohne.«

»Du meinst, Nicole Baumgartner mit dem arbeitslosen Ehemann?«

Sebastian zuckte mit den Schultern. »Wer weiß? Zumindest braucht sie Geld. Oder Tanja Kaltenbacher? Hatte die eigentlich immer noch was mit Martin?«

»Keine Ahnung, aber gefühlsmäßig würde ich sagen: Nein.«

Die Glocken eines benachbarten Kirchturms schlugen elfmal, in etwa einer Stunde wurden die Ermittler abgelöst. In den letzten anderthalb Stunden hatte sich Harald nicht mehr über Funk gemeldet, wahrscheinlich hielt er ein Nickerchen. Klara wusste nicht, ob sie hoffte, dass noch etwas passierte, oder ob sie einfach nach Hause wollte, den Abend als einen ereignislosen, aber damit auch gut ausgehenden zu den Akten legend.

Irgendwann ertönte ein einzelner Glockenschlag, Viertel nach elf. Plötzlich öffnete sich die Haustür des Hauses dreißig Meter vor ihnen, und Kaltenbacher trat heraus, in der Hand einen großformatigen braunen Umschlag. Er eilte den Gehweg entlang zu seinem Wagen.

Sebastian und Klara wechselten einen kurzen Blick. Sie waren jetzt hellwach. Klara funkte Harald an, am Klang seiner Stimme erkannte sie, dass er in anderen Gefilden geschwebt hatte, aber er war wenige Augenblicke später wieder voll da und bestätigte: »Zielperson fährt gerade an uns vorbei.«

»Okay, wir sind hinter ihm.« Der Wagen von Klara und Sebastian fuhr ebenfalls an Harald und Ralf vorbei, im Rückspiegel sah Klara, dass die Kollegen wiederum ihnen folgten, Klara machte eine Meldung aufs Revier.

Kaltenbacher nahm die zweispurige Straße stadteinwärts, fuhr einige Kilometer später erneut am Bahnhof vorbei, der nun linker

Hand lag, lenkte den Wagen weiter geradeaus und gelangte auf die Neckarbrücke. Auf der anderen Seite des Flusses bog er nach links ab auf das ausgedehnte Klinikgelände des Neuenheimer Feldes.

Die Ermittler folgten in sicherem Abstand. Je verlassener das Gelände wurde, desto auffälliger war ein nachfolgendes Fahrzeug. Sebastian verlangsamte den Wagen und blieb etwas zurück.

Der Verdächtige fuhr an dem international bekannten Krebsforschungszentrum vorbei und weiter Richtung Botanischer Garten, in den eingebettet das Botanische Institut der Universität lag. Klara kannte den Botanischen Garten, sie war hier ein paarmal mit Josephine gewesen. Das weitläufige Areal bot Freigelände und zahlreiche Gewächshäuser, und das angrenzende Café war im Sommer für Heidelberger Familien ein beliebtes Ziel für kleine Fahrradausflüge.

Kaltenbacher orientierte sich nach links, hier lag das Gelände der alten Kinderklinik. Der angrenzende Parkplatz, auf den die Zielperson einbog, war verlassen. Sebastian blieb zurück, die Scheinwerfer des Dienstwagens wären Thorsten Kaltenbacher aufgefallen. Mit einem kurzen Blick zu Klara hinüber parkte er am Rand des Weges und schaltete das Licht ab. Dann verständigte er sich über Funk mit dem zweiten Ermittlerteam, das in ein paar hundert Metern Entfernung wartete.

In der sternenklaren Nacht sahen Klara und Sebastian Kaltenbacher aus seinem Auto steigen, den braunen Umschlag in der linken Hand. Er legte ihn auf dem Dach des Wagens ab und griff in die Seitentasche seines Sakkos. Der dunkle Umriss eines gebogenen Gegenstands war für einen Moment erkennbar.

»Er hat eine Waffe«, flüsterte Sebastian.

Klara wusste, dass es nun kein Zurück mehr gab und der Gejagte zu denen gehörte, die entschlossen und vollkommen rücksichtslos vorgingen, weil sie nichts mehr zu verlieren hatten. Er glaubte sich im Recht, und er würde alles tun, um dieses Recht durchzusetzen. Er hatte getötet, weil er es musste, er hatte es gekonnt und würde es wieder können.

Kaltenbacher ging über den dunklen Parkplatz hinüber zum Hochhausgebäude der alten Klinik und verschwand aus dem

Blickfeld der Ermittler. Klara machte eine erneute Meldung über Funk an Harald, der mit belegter Stimme antwortete: »Dann wäre es vermutlich an der Zeit, Verstärkung anzufordern.«

Aber Sebastian wollte noch abwarten. »Das Risiko ist zu groß, dass Kaltenbacher oder die mögliche zweite Zielperson die Ankunft der Kollegen mitbekommt. Und wenn der Erpresser noch nicht vor Ort ist, kommt er unter Umständen zeitgleich mit den Kollegen an und macht sich sofort wieder unbemerkt aus dem Staub.«

Harald stimmte zu. Das Eintreffen der Polizei auf einem verlassenen Klinikgelände konnte nicht völlig unbemerkt ablaufen, und das würde möglicherweise den ganzen Ermittlungserfolg zunichtemachen.

»Gut, dann warten wir ab.«

Kaltenbacher blieb weiter unsichtbar, vermutlich deponierte er den braunen Umschlag irgendwo an der alten Klinik und hielt sich in einem Hinterhalt verborgen, die Hand an der entsicherten Waffe, bereit, sich das Geld wieder zurückzuholen und seinen Peiniger für immer unschädlich zu machen. Es ging um seinen Sohn, und es ging um sein Leben. Für ihn gab es keine andere Möglichkeit, er musste alles auf eine Karte setzen.

Die Beamten warteten angespannt. Niemand konnte sagen, wie die Nacht ausgehen würde, und auch wenn Klara den Gedanken verdrängte, so wäre es möglich, dass sie die letzte Stunde ihres Lebens mit Sebastian verbrachte. Sie musste einen kühlen Kopf bewahren, sich ganz auf die Situation konzentrieren, aber sie war gut darin, das wusste sie. Sie unterschied sich von blind um sich ballernden Jägern und von solchen, die sich feist auf ihrem Anstand sitzend das Großwild vor die Flinte treiben ließen, um es großkotzig mit einem Schuss abzuknallen, ohne ihren Hintern auch nur zwei Zentimeter bewegt zu haben. Klara war klug und mit sicheren Instinkten ausgestattet, und sie wusste, dass sie sich auf Sebastian verlassen konnte.

Die Ermittler saßen still nebeneinander. Auch auf der Hauptverkehrsstraße, die am Neuenheimer Feld vorbeiführte, war es um diese Zeit ruhig geworden, die Geräusche einzelner Autos drangen nur gedämpft zu ihnen herüber.

Plötzlich huschte ein Schatten ein paar Meter am Wagen der Kommissare vorbei, eine Gestalt auf einem Fahrrad ohne Licht, das eilig in Richtung der verlassenen Klinik fuhr.

Sebastians Hand berührte kurz die von Klara, er sah sie an, es war das Signal zum Aufbruch. Die Ermittler zogen ihre Dienstpistolen und warteten noch ein paar Sekunden, Klara meldete Harald: »Gehen weiter vor zum Klinikgebäude.«

Dann verließen beide leise den Wagen. Mit entsicherten Waffen schlichen sich Klara und Sebastian im Schutz des Gebüschs zu dem alten Hochhaus. Ein Teil des Geländes war durch die angrenzenden Straßenlaternen schwach beleuchtet, viele Winkel lagen jedoch im Dunkeln.

Vorsichtig näherten sich die Ermittler dem ehemaligen Haupteingang des Gebäudes, die bunten Blumen- und Schmetterlingsbilder auf den Fensterscheiben der Kindertagesstätte im Erdgeschoss wirkten gespenstisch und irgendwie surreal. Klara musste die Gedanken an ihre Tochter unterdrücken – nicht jetzt, nicht daran denken, was sie zu verlieren hatte. Sie sah ein Fahrrad an einer der Hecken lehnen, es war halb in das Gebüsch hineingedrückt.

Die Ermittler verständigten sich mit Blicken, Klara ging rechtsherum, ihr Kollege links, sie umkreisten das Gebäude aus zwei Richtungen. Klara hielt sich mit schussbereiter Waffe im Schatten der alten Klinik, lautlos wie eine Raubkatze pirschte sie sich voran, vorbei an den Lichtschächten des Kellergeschosses. Sie wusste, dass viele der Klinikgebäude im Neuenheimer Feld durch Kellergänge miteinander verbunden waren, ein kilometerlanges unterirdisches Geflecht von Wegen, an denen unzählige Kellerräume lagen, Katakomben gleich, eine verborgene Welt. Eine befreundete Ärztin hatte ihr davon erzählt und auch davon, dass viele Klinikmitarbeiter Zugang zu dieser unterirdischen Welt hatten.

Klara schauderte bei der Erinnerung an das Gespräch mit Elke. Sie hatte berichtet, wie sie irgendwann mit einer Kollegin im Keller eines der älteren Klinikgebäude gewesen war, die Tür zu einem der vielen Kellerräume geöffnet und unmittelbar auf einen gynäkologischen Stuhl samt steril gedecktem Operationsbesteck geblickt hatte. In einem Raum daneben lagen unzählige Ordner mit dreißig Jahre alten Studien- und Forschungsberichten, die verzweifelten Briefe von Eltern kranker Kinder, alles zerwühlt und auf der Erde verstreut. Klara hatte Elke damals ungläubig angesehen, die hatte nur gesagt: »Ich will nicht wissen, welcher Schmu da nachts getrieben wird.« Klara wollte es auch nicht wissen.

Sie schlich weiter vorwärts, nur noch wenige Meter, dann hätte sie die Ecke zur rückwärtigen Seite der Kinderklinik erreicht und müsste auf Sebastian treffen. Sie drückte sich an das Gemäuer und bog vorsichtig um die Ecke. Tatsächlich sah sie ihren Kollegen in einiger Entfernung, wie er ebenfalls im Schatten des Gebäudes Deckung suchte.

Die Ermittler trafen sich am hinteren Eingang der alten Klinik, hier lag das Isotopenlabor. Sie verständigten sich erneut mit einem Blick. Sebastian drückte vorsichtig gegen die Tür. Sie gab nach.

»Scheiße, hier ist offen.« Sebastian flüsterte kaum hörbar, aber beiden Kommissaren war sofort klar, was ihre Entdeckung bedeutete: ein unbekanntes, völlig unübersichtliches Hochhausgebäude, in dem hinter jeder Ecke Kaltenbacher oder der Erpresser lauern konnte – nicht mehr kalkulierbare Hinterhalte.

Sebastian und Klara betraten nacheinander das Gebäude, sie gaben einander Deckung mit der Waffe im Anschlag. Im Inneren war es dunkel und muffig. In unmittelbarer Nähe zur Eingangstür lag ein Treppenaufgang, eine weitere Treppe führte in den Keller.

Sekunden später überschlugen sich die Ereignisse. Klara nahm noch den hellen Funken einer abgefeuerten Waffe wahr, im selben Augenblick hörte sie einen ohrenbetäubenden Knall und einen kurzen Aufschrei neben ihr. Sebastian presste mit schmerzverzerrtem Gesicht die linke Hand auf seinen rechten Oberarm.

Klara feuerte in die Richtung, aus der der Schuss gekommen war. Sie sah in einigen Metern Entfernung eine Gestalt ins Freie stürzen, schrie: »Halt, Polizei«, die Person verschwand in der Dunkelheit. Klara zerrte Sebastian, der gegen die Wand getaumelt war, mit nach draußen. Ihr Blick flog über das Gelände, es war niemand zu sehen. Sie stützte ihren verletzten Kollegen, zog ihn und lief mit ihm so schnell es ging hinüber zu ihrem Wagen.

Dann registrierte sie Harald und Ralf, die in Richtung des Klinikgebäudes stürmten, und rief: »Wahrscheinlich ist eine Person noch im Gebäude, möglicherweise bewaffnet.« Zeitgleich hörte sie Geräusche vom Parkplatz her, der Motor von Kaltenbachers Wagen heulte auf, das tiefe, satte Heulen übermotorisierter Geländewagen, wie das dunkle Fauchen eines Bären.

Klara zerrte Sebastian auf den Beifahrersitz des Dienstwagens. Kaltenbachers Auto schoss ohne Licht an ihnen vorbei, sie sah schemenhaft, wie er mit entgleisten Gesichtszügen den Revolver durch das offene Seitenfenster hielt. Ein weiterer Schuss hallte durch die Nacht, die Kugel schlug mit einem beißenden metallischen Geräusch in den vorderen linken Kotflügel des Zivilwagens ein.

Klara ging in Deckung und schoss zurück, Kaltenbachers Auto kam kurz ins Schlingern und raste dann weiter davon. Sie sprang hinters Steuer, startete den Motor und gab Gas.

Sebastian lag stöhnend auf dem Beifahrersitz. Mit der linken Hand griff er nach dem Funksprechgerät und alarmierte die Kollegen auf der Wache. Klara raste die schmalen Straßen des Klinikgeländes entlang, vor ihr der Geländewagen. Er überfuhr eine rote Ampel und bog mit quietschenden Reifen nach links ab, stadtauswärts. Klara folgte, sie hörte von rechts ein scharfes Hupen und riss das Lenkrad herum. Dann gab sie wieder Gas und fuhr geradeaus, Kaltenbacher vor sich. Er raste nach Handschuhsheim hinein, überfuhr erneut eine rote Ampel und bekam die Linkskurve dahinter nur knapp, der Wagen schaukelte sich für einen Moment bedrohlich auf, kam dann aber wieder in die Spur.

Klara nahm den Geruch von Sebastians Blut wahr, es lief aus der Schusswunde und legte sich in einem riesigen dunkelroten Fleck über Arm und Schulter.

»Gib mir deine Waffe.« Sebastian presste die Worte zwischen den Zähnen hervor.

»Was? Du kannst mit links nicht schießen, und schon gar nicht hier im Wohngebiet«, schrie Klara und raste weiter dem Geländewagen nach. Er verließ Handschuhsheim und folgte der Bundesstraße.

Sebastian zog mit der linken Hand die Dienstwaffe aus Klaras Gurt. Auf der geraden Strecke zwischen Heidelberg und der angrenzenden Gemeinde Dossenheim erhöhte Kaltenbacher weiter die Geschwindigkeit, Klara hielt mit, der Motor dröhnte. Sebastian ließ die Scheibe der Beifahrertür herunter und hängte sich mit halbem Oberkörper aus dem Wagen, war er völlig verrückt geworden? Klara schoss eine weitere Dosis Adrenalin ins Blut, wenn sie nun die Kontrolle über den Wagen verlor, war alles vorbei.

Sebastian hielt so gut es ging mit der linken Hand die Waffe, er zielte und feuerte ab. Der Rückschlag des Revolvers ließ ihn vor Schmerzen aufschreien. Klara sah, wie der Geländewagen ins Schlingern kam, die roten Rücklichter tanzten in der Dunkelheit. Sebastian drückte noch einmal den Abzug herunter, ein weiterer Schuss hallte durch die Nacht.

Der schwarze Wagen vor ihnen taumelte mit quietschenden Reifen zuerst nach links und dann nach rechts, überfuhr den Fahrbahnrand und kam ins Schleudern. Klara bremste scharf ab. Die roten Rücklichter des Geländewagens verwandelten sich in die weißen Frontscheinwerfer, der Wagen drehte sich um seine eigene Achse und prallte nach der schlingernden Drehung gegen die Leitplanke.

Das Fahrzeug der Ermittler kam mit quietschenden Reifen zum Stehen und hielt etwa dreißig Meter von Kaltenbachers Wagen entfernt. Plötzlich war alles ruhig. Klaras Gehirn brauchte einen Moment, um zu begreifen – die Geschwindigkeit war von einem plötzlichen Stillstand abgelöst worden, ein Knall, ein Crash, Kaltenbachers Flucht war zu Ende, das Blatt hatte sich mit einem Schlag gegen ihn gewendet.

Sebastian und Klara fixierten den demolierten Geländewagen, der dort stand wie ein großes, verletztes Tier. Alles blieb ruhig. Über Funk gab Klara ihre Position durch, die Kollegen würden gleich vor Ort sein. Ganz langsam fuhr sie ein paar Meter näher an den schwarzen Wagen heran. Kaltenbacher war bewaffnet, sie durften kein Risiko eingehen. Klara hielt wieder an und griff nach ihrer Waffe, die auf der Mittelkonsole lag. Sie stieg aus und ging langsam mit vorgehaltener Pistole auf das Auto zu.

Im schwachen Licht konnte sie das helle Kissen des Airbags

erkennen, darauf liegend Kaltenbachers Kopf, sein Körper war nach vorn gesunken. Vorsichtig näherte sich Klara weiter der Unfallstelle. Aus wenigen Metern Entfernung sah sie das dunkle Blut auf dem weißen Airbag und das rote Rinnsal, das über Kaltenbachers Gesicht lief. Seine Augen waren geschlossen, er wirkte seltsam friedlich.

Die Fahrerseite des Wagens war eingedrückt. Klara ging noch näher heran und zerrte am Griff, die Autotür ließ sich nicht öffnen. Im Hintergrund hörte sie bereits das Geräusch der Polizeisirenen, das zunehmend lauter wurde. Sie entfernte sich wieder ein paar Meter von dem Unfallwagen, die Kollegen von der Feuerwehr würden die Fahrertür öffnen müssen.

Kurze Zeit später verwandelte sich die zuvor gespenstisch stille Straße in eine hell erleuchtete Szenerie: Weiße Scheinwerferkegel und das blaue Licht der Einsatzfahrzeuge durchschnitten die Nacht, hinter den Polizeibeamten trafen zwei Notarztwagen ein, gefolgt von Feuerwehr und Krankenwagen. Innerhalb weniger Minuten herrschte Hochbetrieb. Ein Arzt rannte zu ihrem Dienstwagen, in dem Sebastian auf dem Beifahrersitz zusammengesunken war, ein zweiter eilte mit zwei Feuerwehrmännern zu Kaltenbachers Fahrzeug. Klara wartete die Bergung des Bewusstlosen ab.

»Kommt er durch?«

»Wenn er keine schweren inneren Verletzungen hat … Aber der Kreislauf ist aktuell stabil.« Der Arzt nickte der Kommissarin zu.

Klara spürte noch immer ihre zitternden Knie, aber von jetzt auf gleich waren die Dinge entschieden worden, ein Wimpernschlag, und die Jagd war vorbei. Benzin und Öl, die aus Kaltenbachers demoliertem Fahrzeug liefen, schimmerten wie das Blut eines erlegten Tieres, das Blut des schwarzen Bären aus Blech und Stahl. Alles schien seltsam unwirklich, sie stand hier auf dieser nächtlichen Straße, die entlang der üppig grünen Gegend führte, die als Bergstraße bekannt war – die »Riviera Deutschlands«. Aber Klara hatte derzeit eindeutig eine andere Vorstellung von klimatisch reizvollen Küstenabschnitten.

Sie ging zu Sebastian zurück, er lag mittlerweile auf einer Krankentrage und war blass wie eine gekalkte Wand. Aber er lächelte Klara zu, als er sprach. »Gute Teamarbeit, was?«

Klara lächelte zurück und legte ihre Hand auf seine linke Schulter.

»Was ist mit Kaltenbacher?«, wollte Sebastian wissen.

»Der Arzt meint, er schafft es.« Sie sah in das fahle Gesicht ihres Kollegen, das durch das kreisende Blaulicht des Notarztwagens wirkte, als wäre es nicht von dieser Welt.

»Ist auch besser so«, murmelte Sebastian und verdrehte kurz die Augen. »Ich glaube, die haben mir was zur Beruhigung gegeben, mir wird so warm.« Seine Sprache war undeutlich.

Klara ließ ihre Hand noch einen Moment auf seiner Schulter liegen. »Ruh dich ein bisschen aus, morgen bist du wieder fit.«

Sebastian deutete ein Nicken an und schloss die Augen.

Klara ging ein paar Schritte zu einem der Streifenwagen, dann sah sie Kriminaldirektor Conrad, der direkt auf sie zukam.

»Ihr wisst genau, wie sehr ich Alleingänge hasse.« Seine Stimme war laut und dröhnend.

Klara machte sich ein paar Zentimeter kleiner, sie sah Conrads ovales Gesicht im Licht der Scheinwerfer, die strengen Falten um die Mundwinkel und über der Nasenwurzel.

»Tut mir leid, ging nicht anders«, sagte sie.

Conrad sah seine Ermittlerin ein paar Sekunden lang an, dann kam ein Anflug von Milde in seinen Ausdruck. »Gute Arbeit.«

Klara atmete ein klein wenig auf und fragte: »Was ist mit Harald und der zweiten Zielperson in dem Klinikgebäude?«

»Harald und Ralf haben Viola Schanz gestellt. Natürlich hat sie bislang jede Aussage verweigert, aber dieses Mal kriegen wir sie.« In Conrads Stimme lag eine tiefe Befriedigung. Das Schneewittchen mit dem kalten Lächeln hatte Dreck am Stecken, er hatte sich nicht geirrt.

ACHTZEHN

Klara schlief schlecht in dieser Nacht, sie träumte wirr von einem großen schwarzen Wagen, der zuerst vor ihr fuhr und plötzlich wendete und geradewegs auf sie zuraste. Sie sah den blutüberströmten Sebastian, der auf der Fahrbahn lag und von dem Wagen überrollt wurde. Dann hörte sie im Traum ihre Tochter rufen: »Mama, nicht so schnell.«

Mehrmals war sie aufgeschreckt und hatte am Morgen das Gefühl, überhaupt nicht geschlafen zu haben. Ihre Glieder waren bleiern, und erst gegen neun stand sie auf. Sie duschte, machte sich einen Kaffee und fuhr mit dem Fahrrad aufs Revier.

Einige Kollegen von der Streife, denen sie im Treppenhaus begegnete, gratulierten ihr. Klara war froh, als sie in ihrem Büro ankam, und schloss die Tür, sie wollte allein sein. Sie hob den Hörer des Telefons ab, das vor ihr auf dem Schreibtisch stand, und wählte Sebastians Handynummer. Er lag noch in der Klinik, aber der glatte Durchschuss an seiner rechten Schulter würde verheilen.

Klara hörte die Ansage der Mobilbox und legte auf. Welche Art von Nachricht hätte sie auch hinterlassen sollen? Sebastian würde schon zurückrufen, wenn er wollte.

Die Ermittlerin schaltete den Computer ein, sie musste einen umfassenden Bericht schreiben – keine sonderlich spannende Aufgabe, aber sie hatte schon mehrfach festgestellt, dass das Schreiben dabei half, die Geschehnisse noch einmal zu reflektieren, um sie dann irgendwann buchstäblich zu den Akten legen zu können.

Es klopfte an der Tür, Harald streckte den Kopf herein. »Na, wie geht's dir?« Seine Stimme klang warm und ein wenig besorgt.

»Komm rein.« Klara machte eine einladende Handbewegung. Harald war eine Ausnahme, mit ihm wollte sie sprechen. Außerdem fehlte ihr noch der Teil der Geschichte, der sich gestern Nacht in der alten Kinderklinik abgespielt hatte, während sie Kaltenbacher nachgejagt war.

Harald begann zu erzählen. Seine immer wieder eingeworfenen Flüche, »Arsch, Sack«, hatten eine beinahe beruhigende Wirkung auf Klara. Ralf und er hatten Viola Schanz im Treppenhaus der Klinik gestellt, sie hatte versucht, nach oben zu fliehen, war jedoch schon im ersten Stock von einer Holzwand aufgehalten worden, die den weiteren Treppenaufgang blockierte. Nachdem die Klinik geräumt worden war, hatten Bauarbeiter diese Barriere errichtet.

Viola hatte sich widerstandslos festnehmen lassen und den Rest der Nacht in Untersuchungshaft verbracht. Sie hatte zunächst die Aussage verweigert, dann aber heute Morgen nach Rücksprache mit ihrem Anwalt zu Protokoll gegeben, am Abend, an dem Martin Kaltenbacher ermordet wurde, in dessen Wohnung gewesen zu sein und dort Thorsten Kaltenbacher bei der Tat beobachtet zu haben.

»Anscheinend ist es ihr wichtig, Kaltenbacher ans Messer zu liefern.« Harald verschränkte seine gelblichen Finger ineinander. »Ist ja auch klar, ansonsten wäre sie ihres Lebens nicht mehr sicher. Aber die Erpressung wird sie wohl auf Dauer nicht leugnen können, und wegen Strafvereitelung ist sie sowieso dran.«

Klara sah aus dem Fenster. »Ist Kaltenbacher vernehmungsfähig?«

»Conrad und Maybaum sind vor einer Stunde in die Klinik, sie haben von dem behandelnden Arzt grünes Licht bekommen. Conrad hat für heute Nachmittag eine Pressekonferenz angesetzt.«

Ohne mich, dachte Klara. Sie wollte nicht ohne Sebastian dort sitzen, der mindestens genauso viel wie sie zum Ermittlungserfolg beigetragen hatte, und sie wollte Josephine vom Kindergarten abholen. Manchmal musste man Prioritäten setzen. Conrad würde das mit der Presse auch allein hinbekommen.

Es klopfte erneut, Herr Mausbach öffnete zögerlich die Tür. »Hoi, gute Morge, ich wollt noch g'schwind gratuliere zum Erfolg gestern Nacht. Aber des wor ja net grad ung'fährlich …« Der Kollege setzte ein leicht tadelndes Gesicht auf.

»Ach, danke schön, Herr Mausbach. Na ja, es ist ja gut gegangen.« Klara versuchte ein Lächeln.

»Hoi ja, zum Glück.« Der Beamte rieb sich die Nase. »Und fein, dass wir ihn jetzt g'packt habe.«

Ja, dachte Klara, sehr fein. Und wirklich net grad ung'fährlich.

Am späten Vormittag kamen Kriminaldirektor Conrad und Oberrat Maybaum auf das Revier zurück. Conrad wollte Klara sprechen, er war sichtlich angespannt.

»Wir haben Kaltenbacher mit der Aussage von Frau Schanz konfrontiert. Zuerst hat er alles abgestritten, dann haben wir nachgelegt und ihm gesagt, dass wir wissen, dass er nicht Konstantins Vater ist. Das war anscheinend die Formulierung, die ihn an die Decke gehen ließ.« Conrad schob ein paar Blätter auf seinem Schreibtisch hin und her. »Kaltenbacher schrie, dass ihm niemand seinen Sohn wegnehmen werde, weder sein nichtsnutziger Halbbruder noch sonst jemand. Und dann sagte er, dass alles Martins Schuld gewesen sei, er habe es nicht anders gewollt, er hätte wissen müssen, dass sich Thorsten seinen Sohn nicht wegnehmen lassen würde. Irgendwann hat er alles gestanden. Das Schlafmittel habe er sich als Privatpatient und unter falschem Namen bei einem Arzt in Darmstadt verschreiben lassen, er habe, während Martin den Wein trank, noch einmal versucht, mit ihm zu reden, aber sein Bruder sei dabei geblieben, dass er Konstantin die Wahrheit sagen wolle und zukünftig seine Rechte als Vater wahrnehmen werde. Und damit war die Sache entschieden.«

Klara sah den Chef an. »Und am Tatabend war Viola Schanz in Martins Wohnung, sie hat die Tat mitbekommen und Thorsten Kaltenbacher anschließend erpresst.«

Conrad nickte. »So war es wohl. Gemäß ihrer Aussage hielt sie sich im Schlafzimmer auf und hat sich nicht gerührt, zunächst, weil Martin nicht gewollt hatte, dass Thorsten sie in seiner Wohnung sah. Irgendwann verstummte das Gespräch der Brüder, dann hörte Frau Schanz einen merkwürdigen Laut, ein tiefes Stöhnen und das dumpfe Sacken eines Körpers, der zu Boden fiel. Sie verließ auf Zehenspitzen das Schlafzimmer und sah vorsichtig um die Ecke ins Wohnzimmer. Martin lag blutüberströmt am Boden, Thorsten war über ihn gebeugt mit einem Messer in der

Hand. Sie verließ fluchtartig die Wohnung, Kaltenbacher hat aber offenbar gehört, wie die Haustür ins Schloss fiel, also musste er davon ausgehen, dass es einen Zeugen gab.«

Klara nahm den letzten Satz ihres Chefs auf: »Und dann sah Kaltenbacher einen auffälligen blauen Damenmantel, den er an Elsa Weißgerber bereits gesehen hatte. Er kombinierte, dass die Zeugin im Schlafzimmer gewesen sein musste, dass Martin derzeit nur mit einer Frau auszugehen schien und dass diese Frau bei ihrer übereilten Flucht ihren Mantel liegen gelassen hatte. Es kam also nur Elsa Weißgerber für ihn in Frage.«

Conrad nickte abermals. »Kaltenbacher musste handeln, er tötete sozusagen auf Verdacht, aber für ihn war klar, dass er mit Elsa die Zeugin der Tat zum Schweigen gebracht hatte.«

»Ja.« Klara senkte ein wenig den Kopf. »So lange, bis er erpresst wurde. Da war ihm dann klar, dass er die Falsche umgebracht hatte.«

Conrad sah aus dem Fenster, Klara spürte, dass ihm Kaltenbachers Abgründe zuwider waren.

»Thorsten Kaltenbacher hat bei dem Verhör heute Morgen ein paar Dinge aus seiner Kindheit preisgegeben, es waren eher beiläufige Äußerungen, vielleicht war ihm gar nicht bewusst, was er da sagte. Aber es wurde mehr als deutlich, wie trostlos diese Kindheit war, wie tief die Abneigung zwischen den beiden Halbbrüdern und wie zermürbend die Konkurrenz. Als Kaltenbacher dann erfuhr, dass Martin Konstantin gezeugt hatte und nun auch die Vaterschaft für sich beanspruchte, war das einfach zu viel.« Conrad machte eine Pause, wie um seinen Gedanken ein wenig Zeit zu geben, das am Morgen Gehörte einzuordnen. »Kaltenbacher weiß, was er getan hat, aber ihm ist es nicht als Unrecht bewusst. Er wirkte auf uns völlig kalt und gefühllos. Vielleicht hat er Empathie einfach nicht gelernt, da ist in seiner Kindheit offenbar etwas mächtig schiefgelaufen.«

Der Chef erhob sich von seinem Bürostuhl, ging zum Fenster und drehte seiner Ermittlerin den Rücken zu. »Ach, Klara, woher wusstet ihr eigentlich von Martin Kaltenbachers Vaterschaft?«, fragte er unvermittelt.

Die Kommissarin spürte einen Anflug von Nervosität. Sie

konnte dem Chef ohnehin nichts vormachen, aber vielleicht gab er sich ja mit einer salomonischen Antwort zufrieden.

»Na ja, wie Sebastian schon sagte, es gab da einige Indizien, die uns auf die Spur gebracht haben …«

Conrad drehte sich um und sah direkt in die blauen Augen seiner Ermittlerin. »Vielleicht solltet ihr noch einmal in eure Rechtskunde-Unterlagen aus der Ausbildung schauen. Eine kleine Auffrischung kann ja nicht schaden.«

Klara richtete ihren Blick auf den dunkelgrauen Kunststoffboden. »Hm. Tja. Vielleicht.«

»Okay.« Conrad hob wieder seine Stimme. »Bist du heute Nachmittag bei der Pressekonferenz dabei?«

Klara verneinte. »Harald wird da sein, ich muss meine Tochter abholen. Geht nicht anders.«

Conrad nickte. Die Kommissarin verabschiedete sich und verließ den Raum. Auf dem Weg über den Flur klingelte ihr Handy, es war Sebastian.

»Ich habe den halben Tag verschlafen, aber jetzt geht es wieder.« Er klang immer noch müde und erschöpft.

Klara ging mit dem Telefon am Ohr in ihr Büro und schloss die Tür. Sie erzählte Sebastian von ihrem Gespräch mit Conrad, von Kaltenbachers Geständnis und seiner völligen Teilnahmslosigkeit.

»Selbst dass er mit Elsa Weißgerber eine eigentlich Unbeteiligte auf dem Gewissen hat, schien ihn nicht sehr zu bewegen.«

Sebastian murmelte: »Das ist wirklich tragisch. Mir tut Konstantin leid.«

»Hm.« Klara sah auf den alten Baum vor dem Revier, der zunehmend seine Blätter verlor. »Mir auch. Er kann am wenigsten dafür und wird wahrscheinlich am meisten leiden. Fast hätte er zwei Väter gehabt, jetzt hat er irgendwie keinen mehr.« Sie dachte an Haralds Ausspruch und das Gold der Heidelberger Immobilien. Aber für Thorsten Kaltenbacher war das wahre Gold etwas anderes gewesen. Und dann hatte er alles ruiniert.

Am anderen Ende der Leitung war es für einen Moment still. Dann räusperte sich Sebastian. »Was wird eigentlich aus Kaltenbachers Firma?«

»Nun ja, ich denke, es wird einen Mitbewerber weniger im

Heidelberger Immobiliengeschäft geben. Einer der Geschäftsführer tot, der andere hinter Gittern – der Name Kaltenbacher ist verbrannt bis in alle Ewigkeit.«

Sebastian schien in seinem Krankenbett in der Universitätsklinik vor sich hin zu schmunzeln. »Vielleicht können Tanja und Eva die Geschäfte weiterführen, das könnte lustig werden.«

Klara nahm einen Schluck Kaffee, er stand schon eine Weile und war kalt. »Oh, damit ist die nächste Leiche vorprogrammiert, wir können höchstens noch Wetten abschließen, wer wen umbringt.«

»Um was wetten wir?« Sebastians Stimme klang sanft, aber auch herausfordernd.

Klara ging bewusst nicht auf seine Frage ein. »Werde erst mal wieder gesund. Wie lange musst du noch in der Klinik bleiben?«

»Ich weiß es nicht genau, aber vor dem Wochenende werde ich sicher entlassen. Komm mich doch mal besuchen.«

»Gern.« Klara nickte, obwohl es niemand sah. »Mache ich.«

Am Nachmittag verließ sie das Revier und fuhr mit dem Rad los, um Josephine abzuholen. Sie freute sich auf ihr kleines Mädchen, fast war es so, als hätte sie sie wochenlang nicht gesehen. Klara drückte die Eingangstür des Kindergartens auf und ging in den ersten Stock, Josi war in der »Tiger-Gruppe«, irgendwie passte das.

Die Kleine kam ihr entgegengerannt und lachte. »Hallo, Mama.«

»Hallo, mein Schatz.«

Sie trug löchrige Jeans und ein Rolling-Stones-Shirt mit einer riesigen roten Glitzerzunge. Jan konnte es nicht lassen. Guns N' Roses hatte er auch noch im Sortiment, Metallica, in deren Heavy-Metal-Fan-Shirt eine Vierjährige grenzwertig aussah, und auch Radiohead, eine Elektroband, deren Logo an eine tollwütige, dezent drogenverstrahlte Maus erinnerte. Aber Josephine gefielen die T-Shirts offenbar, sie trug sie mit Vorliebe.

Klara schnappte sich ihre Tochter, verabschiedete sich von den Erzieherinnen und lief mit ihr den kurzen Weg nach Hause. Am kommenden Sonntag wurde Josephine fünf, und Klara hatte sich noch um nichts gekümmert, keine Geschenke, keine Dekoration, keine Zutaten für den Geburtstagskuchen. Ihre Schwester Carmen und ihre beiden Nichten Anna und Teresa wollten zum Geburtstagskaffee kommen, dazu Josis Freundinnen Merle und Louisa und deren Mütter, mit denen Klara sich gut verstand. Und Jan hatte angekündigt, gegen Abend auch vorbeizuschauen, ob mit Billie oder ohne, war unklar. Sollte er das Massagewunder eben mitbringen, es war jetzt auch schon egal. Klara freute sich auf die kleine Party.

Der Rest der Woche verlief ruhig. Conrad heimste die Lorbeeren für den Fahndungserfolg ein und verteilte sie an seine Ermittler. Klara verbrachte einen großen Teil der Zeit mit Schreibtischarbeit, sie verfasste Berichte und sprach mit einem Redakteur der örtlichen Zeitung. Dann besuchte sie Sebastian in der Klinik – mit ein wenig Herzklopfen und geröteten Wangen. Er lag in seinem Krankenbett und wirkte schon wieder ziemlich munter.

»Am Freitag komme ich raus.« Sein Gesicht war schmaler geworden, irgendwie markanter, aber das Grinsen war noch dasselbe. »Zu Hause ist es doch am schönsten. Die Schwestern hier sind zwar ganz nett, aber irgendwie nichts Richtiges.«

Klara sah zu Boden, immer diese Anspielungen.

»Nee, die sind irgendwie … fachfremd. Also, was Richtiges zu finden ist ja gar nicht so einfach, aber manchmal hat man Glück.« Seine Augen leuchteten wie zwei Fjorde, in denen sich die saftigen Wiesen Neuseelands spiegelten. Es war kaum zum Aushalten.

Klara stand auf. »Äh, Sebastian, ich muss noch so viel für Josis Geburtstag besorgen, ich glaube, ich mache mich mal auf den Weg.« Sie verabschiedete sich, verließ die Klinik und eilte zu ihrem Wagen. Sie fühlte sich wie ein verknallter Teenager.

Am Sonntagmorgen wurde sie von einer aufgeregten, strahlenden Fünfjährigen geweckt, die anschließend freudig ihre Geschenke auspackte und in Anbetracht ihres fortgeschrittenen Alters die doppelte Menge Kakao zum Frühstück trank. Gegen Mittag holten sie zusammen Josis Tante und ihre Cousinen vom Bahnhof ab. Es war ein milder Herbsttag, die Sonne schien. Sie fuhren in Klaras altem Volvo nach Hause, redeten und lachten, und später kamen Josephines Freundinnen mit ihren Müttern.

Klara holte eine Flasche trockenen Winzersekt aus dem Kühlschrank und öffnete sie mit einem lauten Knall. »Auf Josephine!«

Alle hoben ihre mit Sekt oder Orangensaft gefüllten Gläser. »Auf Josephine!«

Josi strahlte. Sie hatte gerade die fünf Kerzen auf ihrem Geburtstagskuchen ausgepustet, als es an der Tür klingelte.

»Nanu, Jan kommt doch erst heute Abend.« Klara stand auf und ging zur Haustür. Sie öffnete und sah sich einem riesigen Plüschelefanten gegenüber. Unter ihm ragten zwei Beine hervor, die Turnschuhe kannte Klara. Sie spürte, wie das Blut in ihre Wangen stieg. Sebastian.

Der Elefant bewegte sich ein Stück zur Seite und gab den Blick frei auf ein verlegenes Lächeln, dann auf einen Arm in einer Trageschlinge, während die linke Hand das viel zu große Tier balancierte.

»Ich dachte, ich bringe Josi kurz eine Kleinigkeit vorbei.«

Klara hörte hinter sich bereits ihre Tochter aufgeregt kichern. »Sebastian, boah, ist der aber groß.«

Klara trat einen Schritt zur Seite. »Komm rein, es gibt Schokokuchen und Sex.« Scheiße. »Sekt.« Klaras Kopf glich einer roten Ampel.

Sebastian grinste. »Aber doch wohl nicht selbst gebackenen?«

»Was denkst du denn?« Klara grinste zurück.

Es wurde die schönste Geburtstagsparty, die sie mit ihrer Tochter bisher gefeiert hatte. Und sie hatte Lust auf eine Fortsetzung im nächsten Jahr.

HOL TIEF LUFT!
DU WIRST SIE BRAUCHEN.
Ein raffiniert erzählter Kriminalroman, beruhend auf dem realen Untergang des Rostocker Wahrzeichens: authentisch, hochspannend, brillant.
OLIVER G. WACHLIN
OSTSEE GRUND
KRIMINALROMAN
emons:
OSTSEEGRUND
OLIVER G. WACHLIN
ISBN 978-3-95451-509-7 · 14,95 Euro (D)
Leseprobe
emons:
www.emons-verlag.de